Hermann Kant
Lebenslauf, zweiter Absatz

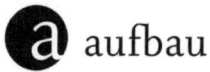 aufbau

Hermann Kant

Lebenslauf, zweiter Absatz

Erzählungen

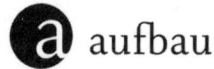

Die Orthographie folgt
jeweils der im Entstehungsjahr der Erzählungen
gültigen Rechtschreibung.

ISBN 978-3-351-03344-6

Aufbau ist eine Marke
der Aufbau Verlag GmbH & Co. KG

1. Auflage 2011
© Aufbau Verlag GmbH & Co. KG, Berlin 2011
Die Textnachweise der einzelnen Erzählungen
folgen am Schluss des Bandes.
Einbandgestaltung hißmann, heilmann, hamburg
Druck und Binden CPI – Clausen & Bosse, Leck
Printed in Germany

www.aufbau-verlag.de

INHALT

Krönungstag
7

Der Glasberg
23

Mitten im kalten Winter
44

Gold
65

Lebenslauf, zweiter Absatz
90

Eine Übertretung
99

Frau Persokeit hat grüßen lassen
115

Der dritte Nagel
144

Bronzezeit
177

Der Mann von Frau Lot
210

Patchwork
231

Textnachweis
255

KRÖNUNGSTAG

Ich saß auf dem Dach und konnte alles genau sehen: die vier verstaubten Männer in der Buchenlaube, meine Mutter und die Frau mit der Ziege, meine kleine Schwester Alida hinter dem Schattenmorellenspalier, den Festzug mit Blumen und Fahnen in der kleinen sandigen Straße und Judith, die Königin.

Die Königin stand ganz allein auf dem sauber geharkten Weg zwischen dem Steingarten und der Dahlienreihe. Sie wartete auf den König.

Ich hatte nie gewußt, daß Judith hübsch war, aber jetzt sah ich es. Gewiß, sie war so mager, wie nur Mädchen kurz vor der Konfirmation sein können, und ihre Augen waren vom Weinen gerötet, aber dennoch war sie hübsch oder sogar schön. Sicher war einiges davon dem weißen Kleid und den neuen blanken Schuhen und dem Nelkenkranz im Haar zu danken, aber schließlich saß der Kranz auf vollen braunen Locken, und in den zierlichen Schuhen steckten zierliche Füße, und das weiße Leinenkleid wäre nichts gewesen ohne die dünnen, aber golden schimmernden Arme und Beine Judiths. Sie stand schmal und allein auf dem Gartenweg und blickte dem König entgegen.

Die Leute im Festzug waren ruhig geworden und sahen neugierig über die Ligusterhecke in unseren Garten. Mochten sie nur! Da war jetzt alles in Ordnung. Die Blumenkästen unter den Fenstern glänzten in frischem Weiß, der Rhododendronbusch verbarg mit rosig leuchtenden Blüten die rostige Regentonne, auf dem Wege lag kein Stein mehr, niemand konnte meinen Vater und die anderen Männer oder die Frauen mit der Ziege sehen, und keiner sah den empörend strubbeligen Kopf meiner kleinen Schwester Alida hinter dem Kirschenspalier. Es war alles in Ordnung – bis auf den dünnen Faden Heu vielleicht, der in dem Heckenrosenbogen über der Pforte hing und leise im Winde schaukelte.

Aber außer mir sah das niemand. Die Blicke der Leute ruhten auf Judith, die erlöst und erwartend zugleich vor der offenen Haustür stand, und auf dem König, der aus der Kutsche geklettert war und durch den Rosenbogen unseren Garten betrat.

Er war keine fünf Minuten zu früh gekommen.

Der Tag hatte eigentlich wie alle anderen begonnen. Schön, wir Kinder waren aufgeregt – für uns war dieser Tag keineswegs wie jeder andere –, aber für meine Eltern begann er, wie ein Tag eben beginnt, wenn der Mann um sieben zur Arbeit fahren muß und im Stall ein Haufen Viehzeug nach Futter verlangt.

So war es jeden Morgen: Meine Mutter klapperte mit Tassen und Tellern und fragte sich laut, wo sie denn wieder den Malzkaffee gelassen habe, und beschwichtigte den Pfeifkessel mit ihrem allmorgendlichen »Jaja, ich komm ja schon!«, und mein Vater erklärte unserer Ziege, die sich wieder einmal nicht melken lassen wollte, sie sei ein »ganz obstinates Beest«. Dann pumpte mein Vater mit einer schrecklich quietschenden Pumpe Luft in die brüchigen Schläuche seines alten Fahrrades. Er tat das jeden Morgen, und jeden Morgen pfiff er »La Paloma« dazu. Die rostige Pumpe war musikalischer als er.

Wenn meine Mutter ihm die Tasche mit dem Mittagbrot und einer Blechflasche voll Kaffee an das Fahrrad gehängt hatte, fuhr er zur Arbeit, jedoch nie, ohne sich an der Gartenpforte noch einmal umzudrehen und meiner Mutter »Tschüs, Lowise!« zuzurufen. Er wußte ganz genau, daß sie sich darüber ärgerte, denn sie hieß ja nicht Lowise, sondern Luise.

Wenn mein Vater fort war, klopfte meine Mutter an die Schlafstubentür und fragte, ob sie es vielleicht noch einmal tun solle. So war es auch an diesem Tag gewesen, mit dem einen Unterschied nur, daß wir diesmal ungeduldig auf die Aufforderung, »endlich und ein bißchen dalli« aufzustehen, gewartet hatten.

Denn – wie gesagt – für uns war dieser Tag ein besonderer. Heute war »Kinnergreun«, was hochdeutsch »Kindergrün« heißt und bei uns in Hamburg der Name für das alle Jahre wiederkehrende Schulfest ist.

Kinnergreun war fast so schön wie Weihnachten, es gab Umzüge und einen Ball und Waldmeisterlimonade; Kinnergreun war schöner als Pfingsten, wo es nur neue Socken und keine Limonade gab.

An diesem Tag gingen wir gern in die Schule, wurden doch an Stelle der Kenntnis aller Ereignisse beim Gang nach Canossa und der atemlosen Beherrschung von Schillers »Glocke« Leistungen in Sackhüpfen, Eierlaufen und Tauziehen verlangt. Die Meister in diesen Sportarten wurden Könige geheißen und als solche reich beschenkt.

Nicht, daß wir an diesem Morgen gehofft hätten, am Mittag als gekrönte Häupter zurückzukehren. Daran war ja nicht zu denken – ausgerechnet wir! Aber der Spaß war uns auch so sicher.

Die beiden Mädchen wollten ihre neuen Kleider schon am Vormittag anziehen – meine Mutter erledigte das mit einer Handbewegung. Immerhin erreichte Alida einen Teilerfolg, als ihr »das Rote« genehmigt wurde. Das Rote war ein Dirndlkleid und eigentlich auch nur »für gut«, aber Alida kam mit meiner Mutter eben immer am weitesten. Einmal, weil sie die Jüngste war, und zum anderen ihres Namens wegen. Um diesen Namen hatte es heftige Kämpfe zwischen meinen Eltern gegeben. Mein Vater, der bei Judith einmal klein beigegeben hatte, war gegen eine so überkandidelte Bezeichnung wie Alida gewesen – »So heißen Herdbuchkühe oder welche vom Kintopp!« –, aber gegen meine Mutter, die gesagt hatte, die Namen ihrer Kinder seien der einzige Luxus, den sie sich leisten könne, war er nicht aufgekommen. Nur bei mir hatte er sich durchgesetzt.

In der Schule ging es schon hoch her, als wir ankamen. Die Sackhüpfbahn war mit bunten Fähnchen abgesteckt, in der Mitte des Hofes hatten sie einen Klettermast aufgestellt, und an der Turnhalle standen bunte Buden.

Der Kampf um die Königswürde in meiner Klasse wurde mit Lederbällen ausgetragen, die einer riesigen Pappfigur in den gewaltigen Rachen zu werfen waren. Ich hatte da nicht viel zu bestellen, denn nach dem Urteil meines Vaters war ich um die Hände rum der größte Dösbartel, der in unserer Gegend ansässig war.

Zuerst schien es ja, als würde ich ihn wenigstens einmal widerlegen, denn im ersten Durchgang landeten alle fünf Bälle im Rachen der Pappfigur, die übrigens auffällige Ähnlichkeit mit dem Biologielehrer Heinius hatte. Aber im Stichkampf ging ich schmählich unter, da ich immer nur den rechten Eckzahn von »Heini« traf.

Sieger und somit Klassenkönig wurde Pieke Holmers. Pieke hieß eigentlich Reginald – ein Name, der es meiner

Mutter angetan hatte –, Pieke war der Gipfel an Häßlichkeit, Faulheit und Dummheit nicht nur in unserer Klasse, sondern in der ganzen Schule. Kein Wunder, daß sein Sieg nur geteilte Freude bei unserem Klassenlehrer auslöste: König Pieke, o mein Gott!

Alida war beim Sackhüpfen – diese Sportart war stets der untersten Klasse vorbehalten – von vornherein geschlagen, denn sie hatte so herrlich gebogene Beine, daß sie sich auch ohne die künstliche Hemmung eines Zukkersackes ständig auf die eigenen Zehen trat. Ihr machte das nichts aus, sie war von einer wunderbaren Wurstigkeit und vollauf zufrieden, da sie das Rote anhaben durfte.

In der achten Klasse spielten die Mädchen Taubenstechen. Eine Holztaube mit einem Nagel an Stelle des Schnabels schwebte an einer langen Schnur gegen eine Zielscheibe und bohrte sich dort fest. Klar, wer mit drei Würfen die höchste Ringzahl erreichte, war Königin.

Ich kümmerte mich nicht um diesen Wettbewerb, denn daß Judith da keine Aussichten hatte, stand für mich fest: die Mädchen aus der Achten, zwei Klassen über mir, waren ja fast schon erwachsen, aber Judith war nur meine Schwester.

Ich sah gerade den ältesten Jungen beim Armbrustschießen zu, als Werner Gideon zu mir kam und sagte, meine Schwester sei Königin.

Zuerst begriff ich das gar nicht, aber dann rannte ich nach Hause. Meine Mutter war dabei, den Fußboden im Windfang zu schrubbern, als ich ihr mitteilte, sie sei Königinmutter geworden.

»Ist ja fein«, sagte sie und schrubberte weiter. Dann stellte sie jedoch plötzlich den Besen beiseite: »Moment mal, wieso, wer, Judith? – Dann gibt das doch einen Festzug hier, wie? Ach du meine Güte! All die vielen Leute, und wie das hier aussieht!«

Meine Mutter konnte fix arbeiten, aber so hatte ich sie noch nie gesehen. Sie langte sich wieder den Besen und scheuerte den Boden fertig, zwischendurch rief sie, ich solle nicht so dämlich rumstehen und die Steine vom Weg sammeln und die Straße fegen und Stärke für Judiths Kleid vom Krämer holen und die Ziege von der Wiese und Tante Ella Bescheid sagen und die Pumpe noch mal angießen, denn sie brauche noch Wasser, und ob ich denn nicht sehen könne, daß da frisch gescheuert sei, und wo denn die verflixten anderen beiden Gören blieben.

Meine Mutter hatte für Königinnen viel übrig; schließlich hieß sie ja Luise, und die berühmte Preußin mußte nach ihren Worten wirklich eine großartige Person gewesen sein, hatte sie doch all ihr Geschmeide (welch herrliches Wort, Geschmeide!) für den Kampf gegen Napoljon gestiftet und jeden Abend vor dem Schlafengehen das Gedicht »Wer nie sein Brot mit Tränen aß ...« aufgesagt. Mich verwirrte dieser Bericht immer, denn daß man Margarine mit Zucker aufs Brot tat oder am Freitag Leberwurst, leuchtete mir ein, wieso aber Tränen, das war nicht ganz klar. Aber schließlich war die Luise ja Königin ...

Und nun hatten wir eine Königin in der Familie.

Wenn die gedacht haben sollte, sie würde zu Hause mit Böllern und Fanfaren empfangen, so hatte sie sich geirrt. Meine Mutter hatte sich über die Fensterscheiben hergemacht, und ich sammelte die Steine aus dem kleinen Straßengraben vor unserem Garten, als sie ankam.

Mit ihr kam ein ganzer Schwarm von Mädchen, die wunder was erwartet haben mochten und nun enttäuscht waren, weil sich unser kleines Pappdachhäuschen noch nicht in ein Schloß verwandelt hatte. Sie gackerten und kicherten so lange auf der Straße herum, bis ich mit Steinen nach ihnen warf. Ich sagte ihnen nur, sie sollten man zusehen, daß sie Land gewönnen, aber das – und vielleicht auch die Steine – war schon zuviel, jedenfalls rief die eine: »Strootenfeger, Rönnsteenneger!«, und das war nun ganz gewiß eine tödliche Beleidigung.

Es stimmte schon, mein Vater war Straßenfeger, und wenn er abends nach Hause kam, war er voll Rinnsteinstaub, aber das war noch lange kein Grund, solche Worte in der Gegend herumzuschreien.

Judith heulte gleich los.

Sie hatte sich wohl schon so in ihre Königinnenrolle hineingelebt, daß ihr dieses Wort wie eine Entthronung ankommen mußte.

»Dumme Liese«, sagte meine Mutter, »hast du vielleicht gedacht, die freuen sich, daß ausgerechnet du Königin wirst? Das mach dir man ab!«

Und dann sagte sie, Judith solle ihr beim Fensterputzen helfen, damit die Leute auch schön durch die Scheiben in unseren fürstlichen Palast und auf unsere goldenen Teller sehen könnten.

Vielleicht hätte sie das nicht sagen sollen, denn jetzt sah Judith sich erst einmal richtig bei uns um, und da ging das Geheule wieder los.

Der Garten war ja schön, den hatte mein Vater gut in Schuß, aber sonst ... Die Gartenpforte war ebenso rostig wie die Regentonne in der Hausecke, die Schornsteinhaube war nach einer Seite heruntergerutscht, und die Blumenkästen wußten gar nicht mehr, was Farbe ist.

Meine Mutter sagte, da müsse mein Vater eben ran, wenn er nach Hause komme, das schaffe er schon noch.

Dann überlegte sie einen Augenblick lang, schlug die Hände vor dem Gesicht zusammen und rief, daß uns das gerade noch gefehlt habe.

Eine halbe Stunde später wußte ich, was sie damit gemeint hatte, denn da kam ein Pferdewagen mit einer riesigen Ladung Heu die Straße heruntergedonnert, und obendrauf saß mein Vater.

Er fegte damals gerade die Elbchaussee und hatte sich dort mit einigen Hausmeistern angefreundet und die Erlaubnis erhalten, manchen herrschaftlichen Rasen mähen und Heu machen zu dürfen. Und ausgerechnet heute hatte es Alfred Goldenmarkt, dem einzigen Besitzer eines Pferdefuhrwerks in unserer Gegend, so mit der Zeit gepaßt, daß er meines Vaters Ernte einbringen konnte.

Alfred, der einen kleinen Tierhandel betrieb, machte die Fuhre gewissermaßen als Entgelt für die kleinen Züchter- und Händlertips, die mein Vater ihm gab. Ja, mein Vater wußte nicht nur sehr viel von Blumen und Obstbäumen, sondern auch eine ganze Menge von Tieren, und aufs Feilschen verstand er sich nur einmal.

Es war nichts daran zu ändern: Das Heu mußte herunter vom Wagen und wenigstens hinters Haus geschafft werden; Alfred brauchte sein Gefährt, um eine Ladung Frettchen zum Bahnhof zu bringen, und vor der Tür konnte das Fuder nicht liegenbleiben, erstens, weil es die ganze Straße blockierte, und zweitens sah es ja auch nicht gut aus.

»Die giften sich sowieso schon, daß sie mit Pauken und Trompeten und Ponykutsche hier in die Fischkistensiedlung kommen müssen«, sagte meine Mutter, und man brauche die Leute ja nicht unbedingt in ihrer Ansicht zu bestärken, daß hier unten Sodom und Gomorrha sei.

Unsere Schule lag nämlich auf der Grenze zwischen zwei Vorortteilen; der eine war beinahe herrschaftlich, und der andere war eben unsere Fischkistensiedlung, und die Bewohner beider Teile waren einander nicht grün.

In all den vielen Jahren, in denen wir Kinnergreun gefeiert hatten, war der Festzug nie bei uns unten gewesen, es hatte immer so geklappt, daß das Schulkönigspaar oben ansässig war.

Angesichts des gewaltigen Heuhaufens vor der Tür wurde mir allmählich klar, daß es mit dem Gerede, man solle die Feste feiern, wie sie fielen, auch wieder so eine Sache war: Nun feiere du mal, wenn du gar nicht darauf eingerichtet bist und vor deinem Haus liegt Heu, so hoch wie ein Berg, der Nanga Parbat.

Wenn die Königin, um die es ja schließlich ging, wenigstens mitgeholfen hätte, den Wintervorrat für Ziege und Kaninchen hinters Haus zu tragen! Aber nein, die kroch flennend mit ihrem Leinenkleid unter dem Arm durch die Hecke und rannte zu Tante Ella, damit die ihr die Robe richte, denn dazu hatte meine Mutter jetzt natürlich gar keine Zeit, und das sehe sie ja wohl selbst.

Es zeigte sich bald, daß mein Vater und ich das Fuder Heu niemals rechtzeitig wegschaffen konnten; ohne Hilfe ging das nicht.

So wurde ich geschickt, Max zu holen. Max wohnte ein paar Schritte weiter in einer richtigen Hütte. Er war Rohköstler und Temperenzler und Platzwart bei einem Nacktkulturverein. Ich habe nie herausbringen können, ob es stimmte, daß er die Sonne anbetete; fest stand nur, daß er eine heillose Angst vor Gewittern hatte. Jedesmal, wenn es sich über unserem Landstrich so richtig auswetterte, und das geschah meistens in der Nacht, tauchte er plötzlich vor unserem Fenster auf und jagte meiner ohnedies genug geängstigten Mutter einen gewaltigen Schreck ein. War er dann erst einmal bei uns im Haus, so hielt er zähneklappernd lange Reden über die Ungefährlichkeit solcher Naturereignisse und über die Vorzüge der Nacktkultur.

Max mußte ran an das Heu. »Hier hast du Natur in Massen«, sagte mein Vater. Nun war es aber mit der Arbeitsauffassung von Max ein eigen Ding. Meine Mutter behauptete, die schwerste Arbeit, die er verrichte, sei das Pflücken des Huflattichs zum zweiten Frühstück.

Doch mein Vater wußte ihn zu nehmen, und wenn Max auch nicht gerade unter den Lasten, die er sich aufbürdete, zusammenbrach, so trabte er doch munter hin und her und blieb nur stehen, wenn er in dem Heu die Mumie eines seltenen oder eßbaren Krautes gefunden hatte.

Max war es, der empfahl, Schadder hinzuzuziehen. Meine Mutter war von diesem Vorschlag gar nicht sehr erbaut, denn Schadder war ihr unheimlich. Sie sagte, er führe ein Doppelleben.

Gewiß, etwas merkwürdig war er schon. In der Nacht wirkte er als Klarinettist in der Original-Bayernkapelle des »Zillertal« auf der Reeperbahn, und das, obwohl er Hamburg noch nie von der Südseite her gesehen hatte. Bei Tage züchtete er Bisamratten. Mit Schadder konnte man nur über Bisamratten oder über das absolute Gehör, das zu besitzen er vorgab, sprechen. Meine Mutter brachte das auf die Formel: »Er spinnt.«

Aber solche Vorurteile konnten jetzt, da die Ehre des Hauses und der ganzen Siedlung auf dem Spiele stand, nicht gelten, und ich wurde geschickt, Schadder von seinen Ratten fort und zu unserem Heu zu holen.

Es wurde auch schon höchste Zeit, denn die ersten Leute waren bereits auf dem Wege zur Schule, wo sich der Festzug sammeln sollte, und wenn sie an unserem Heuhaufen vorbeikamen, machten sie sorgenvolle Gesichter oder dumme Witze.

Adje Hüller kam da gerade richtig. Das gehörte so zu ihm, er kam immer gerade richtig. Wenn man Hilfe brauchte, war Adje da. Man durfte ihn nur nicht bitten. Dann war bei ihm gar nichts zu machen. Adje war immer schrecklich wütend, wenn er jemandem half. Er fühlte sich dann überlistet.

Früher hatte er im Hafen gearbeitet, aber seitdem ihm eine zurückfahrende Winsch die Schulter zerschlagen hatte, war es damit aus, und er konnte noch froh sein, daß er den Posten beim Lesezirkel gefunden hatte. Die Frauen, denen er die Mappe mit der »Gartenlaube« und der »Hamburger Illustrierten« ins Haus trug, hatten bald heraus, wie man Adje in Gang brachte. Sie schimpften auf ihre Männer, die nicht einmal einen Nagel in die Wand schlagen könnten, oder sie sagten, ja, leider hätten sie gar keine Zeit mehr, sich mit Adje zu unterhalten, denn so eine Wäscheleine mache sich ja nicht von alleine an – und schon fragte Adje nach dem Hammer oder ließ sich die Leine geben. Dabei schimpfte er dann ordentlich und gebrauchte wiederholt das Wort »Schietkroom«.

Unverständliches leistete er sich, als die Krämerbude von Hulda Ewers abbrannte: Adje kam als erster zu Hilfe. Er sprang in die brennende Bretterhütte, und als er wenig später angesengt und hustend wieder auftauchte, trug er das schmierige Anschreibebuch Huldas unter dem Arm. Der Witz war nur, daß Adje wohl mit dem dicksten Posten drinnen stand. Adje brachte der

Krämerin das Buch und sagte: »Hier, ick bün verrückt!« und: »Schietkroom!«

Adje sagte auch jetzt bei jedem Bündel Heu, das er reinschaffte, »Schietkroom«, aber das nahmen wir gerne in Kauf.

Jetzt lief der Transport reibungslos, und wir konnten uns schon ausrechnen, daß wir noch rechtzeitig fertig würden. Da kam Alida nach Hause. Wir hatten sie ganz und gar vergessen, aber jetzt war sie da und weder zu übersehen noch zu überhören; sie schrie, als sei sie vom Affen gebissen. Sie war es auch.

Sie hatte sich nach dem vorausgesehenen Ausgang des Sackhüpfens ruhig auf den Heimweg gemacht und war dabei an Zirkus Bellini vorbeigekommen. Zirkus Bellini gastierte in jedem Jahr einmal oben am Ellernbrook und überraschte vor allem immer wieder durch die Wandlungsfähigkeit seines Besitzers, der einmal als Irokesenhäuptling Minge-tanke (Der weiße Büffel), ein anderes Mal als Feuerfresser aus der hinteren Türkei und im Jahr darauf als Schlangenmensch von Celebes unseren Beifall und unser Geld einheimste. Der Tierpark des Zirkus Bellini bestand aus zwei müden Schecken, einer Horde Hunde und einem alten Affen.

Diesen Affen nun hatte Alida, die so tierlieb wie mein Vater war, aufgesucht.

Mochte er nun keinen oder zuviel Gefallen an dem Roten gefunden haben, jedenfalls hatte er kräftig zugelangt und die Abdrücke seiner Zähne kurz unterhalb der Impfpocken auf Alidas rechtem Oberarm hinterlassen.

Da stand die Unglückselige nun mit zerrissenem Kleid und schrie ihren Schmerz in die Welt hinaus.

Die Störung war enorm. Der Heutransport wurde sofort abgebrochen, und es gab eine medizinische Beratung. Max empfahl gekauten Salbei, und Schadder wußte, Affenbisse seien noch gefährlicher als die von Bisamratten; Adje Hüller sagte, wenn ein Blutspender gebraucht werde, so könne man auf ihn rechnen, und mein Vater pumpte Luft in die Schläuche seines Fahrrades, denn er wollte mit Alida zum Arzt fahren.

Aber meine Mutter sagte, dann wäre es aus mit der Krönungsfeier und Tante Ella müsse mit Alida gehen. Sie schaffte es auch wirklich, daß sich die Heuträger wieder an die Arbeit und die Rettung der Lokalehre machten.

Sie ging sogar so weit, Max aus der Kolonne herauszunehmen und mit Pinsel, weißer Farbe und dem Auftrag zu versehen, er solle die Gartenpforte und die Blumenkästen unter den Fenstern anstreichen.

Von der Feuerwache her heulte die Sirene; es war drei Uhr – die Zeit, da sich oben an der Schule der Festzug in Bewegung setzen sollte. Alle arbeiteten noch schneller, und wenn nun nicht noch etwas passierte, mußte es klappen. Aber es passierte noch etwas.

Daran war Oskar schuld oder vielmehr die Ziege von Fräulein Senkenblei. Niemand hatte Fräulein Senkenblei und ihre Ziege gesehen, bis sie plötzlich vor unserer Gartenpforte standen. Die Ziege machte sich sofort über das Heu her, und Fräulein Senkenblei eröffnete meinem Vater, daß das gute Tierchen zu Oskar müsse.

Oskar war nämlich der staatlich gekörte Ziegenbock, der vom Kleingärtnerverein bei uns eingestellt war und hier zur Herbstzeit eine fruchtbare Tätigkeit ausübte. Zur Herbstzeit ja, aber jetzt war Juni.

Das sei ihr völlig gleichgültig, sagte Fräulein Senkenblei, es stehe nirgendwo geschrieben, daß eine Ziege nicht auch einmal im Juni Liebe fühlen dürfe, und es sei an sich schon Schande genug, daß wir aus dem Spiel der natürlichen Kräfte auch noch Geld zögen, und schließlich sei sie im Vorstand des Kleingärtnervereins, und wenn wir nicht unserer Pflicht nachkämen, so werde sie Sorge tragen, daß man Oskar woanders unterbringe.

Das wäre nun freilich ein harter Schlag gewesen, denn Oskar war für uns wirklich eine wichtige Finanzquelle, und so manches Mal hatten wir, wenn wieder einmal Ebbe in der Kasse gewesen war, hoffnungsvoll die Straße hinuntergesehen und nach einer Ziege Ausschau gehalten, die Oskar Vergnügen bereiten und uns vier Mark einbringen sollte. Aber, wie gesagt, das war eben immer im Herbst, und jetzt war Juni und außerdem Krönungstag.

Doch gegen Fräulein Senkenblei war nicht aufzukommen; wir hatten das schon einmal erfahren, damals, als sie uns das »Blättchen« aufgeschwatzt hatte. Das »Blättchen« war das evangelische Sonntagsblatt, für dessen Vertrieb in unserem Bezirk Fräulein Senkenblei verantwortlich und alles zu tun bereit war. Sie kam alle vierzehn Tage damit und kassierte stets einen Groschen und eine Tasse richtigen Kaffee dafür – so süß und verbindlich sie auch bei diesem Geschäft sein mochte, heute stand sie hier als die Sachwalterin einer Ziege und deren für die Jahreszeit so ungewöhnliches Anliegen und ließ sich auch mit dem Hinweis auf den Ernst und die Dringlichkeit der Stunde nicht abweisen.

Mitten hinein in die Debatte über Naturgesetze und die Satzungen des Kleingärtnervereins tönten die Klänge des Hohenfriedbergers. Der Festzug kam heran.

Meine Mutter zerrte Fräulein Senkenblei und ihre

Ziege hinter das Haus und rief nach der Königin, denn ihr Hofstaat nahe. Max pinselte wie rasend den letzten Blumenkasten an, und ich sah, daß er immer nur die Vorderseiten der Kästen geweißt hatte, Adje Hüller raffte das restliche Heu vom Boden und sagte mehrmals »Schietkroom«, Schadder klemmte einen Zweig des blühenden Rhododendrons so unter einen Stein, daß er die Regentonne verbarg, mein Vater zeigte, daß er sich auf seinen Beruf verstand, und harkte und fegte in Rekordzeit die Straße und den Weg sauber, ich kletterte auf das Dach und rückte die Schornsteinhaube gerade und sah mit halbem Blick, wie Alida vom Garten Tante Ellas her durch die Hecke brach und sich mit ihrem zerwuschelten Haar und einem weißen Verband um den Oberarm hinter den Schattenmorellen verkroch. Mein Vater rief den anderen Männern zu, sie sollten sich schleunigst in die Laube begeben, denn er verstehe gar nicht, wie man bloß so dreckig herumlaufen könne, und er sagte noch, er fordere es im Namen der Krone. Von der Hofseite her hörte ich die Stimme meiner Mutter, die Fräulein Senkenblei und ihre Ziege beschwor, sie möchten sich noch einen Augenblick gedulden.

Dann wogten Fahnen und Kränze und bunte Kleider auf der kleinen sandigen Straße, und eine gelbe Kutsche hielt vor unserer Haustür.

Die Leute im Festzug waren ruhig geworden und sahen neugierig über die Ligusterhecke in unseren Garten.

Mochten sie nur! Da war jetzt alles in Ordnung. Die Blumenkästen glänzten in frischem Weiß, der Rhododendronbusch verbarg mit rosig leuchtenden Blüten die rostige Regentonne, auf dem Wege lag kein Stein mehr, niemand konnte meinen Vater und die anderen Männer oder die Frauen mit der Ziege sehen, und keiner sah den empörend strubbeligen Kopf meiner kleinen Schwester Alida hinter dem Kirschenspalier. Es war alles in Ordnung – bis auf den dünnen Faden Heu vielleicht, der in dem Heckenrosenbogen über der Pforte hing und leise im Winde schaukelte.

Aber außer mir sah das niemand. Die Blicke der Leute ruhten auf der Königin Judith, die erlöst und erwartend zugleich im weißen Kleide vor der offenen Haustür stand.

Die Königin war wunderschön, und sie war ganz allein.

DER GLASBERG

Ein ärgerer Auftrag war nicht zu denken: Ich sollte im Hause Buttewegg einen Kurzschluß beseitigen. Aber was sage ich da, einen, es ging um den Kurzschluß im Hause Buttewegg, es ging um den berüchtigten Fehler, der bereits drei angesehene Elektromeister um ein Stück ihres Rufs gebracht hatte.

Zu sagen, die ganze Stadt habe von diesem Schaden gewußt und darüber gesprochen, wäre eine unzulässige, wenn auch verständliche Übertreibung, aber soviel kann ich behaupten: In den besseren Kreisen von Paren munkelte man über den periodisch auftretenden technischen Defekt bei Butteweggs in gerade jenem Ton, den man sonst nur für Berichte über menschliches Versagen in Reserve hielt, für Geschichten um Alimenteklagen zum Beispiel oder um die Frau des Apothekers, die ihres Mannes Kakteensammlung verkaufte, weil sie dringend zu Geld kommen mußte, seit ihr Gatte ein Schloß an die Lade mit dem Morphium gehängt hatte.

Schuld an der Publizität seiner Sache war Theodor Buttewegg selbst. Was auch immer einen Kunden in sein Kontor geführt oder einen Bekannten zu einem Plausch an der Straßenecke veranlaßt haben mochte – unausweichlich sah er sich alsbald über die Tatsache ins Bild gesetzt, daß die Familie Buttewegg seit Monden einer mit unberechenbarer Tücke auf- und abtretenden Zwangsverdunkelung ausgeliefert war.

»Gerade«, konnte Buttewegg dann sagen, »gerade habe

ich den Finger auf den Durchstecher im Wirtschaftsbuch der Haushälterin gelegt, da passiert es wieder, alles dunkel, und über dem Ärger der Kerzenansteckerei entfällt mir natürlich der verräterische Punkt, aber kaum bin ich bei diesem Flackerlicht der fraudulenten Ökonomin fast wieder auf die Schliche gekommen, was soll ich Ihnen sagen, kehrt der Strom in die Lampe zurück, und ich kann durch das Comptoir eilen, die Kerzen zu löschen!«

Noch ärgerlicher jedoch schien Herrn Buttewegg das plötzliche Versagen der Beleuchtung in einem anderen Falle gewesen zu sein, von dem er allerdings nur unter Stammtischbrüdern sprach und auch dort nicht ohne verschämte Absicherungen: »Sie wissen ja, meine Herren, in einem Hauswesen wie dem meinen verschwindet immer mal was, und so ist man auf der Hut. Komme ich neulich an der Mädchenkammer vorbei und höre ganz accidentaliter ein Geräusch hinter der Tür; ich denke, willst doch mal sehen, bücke mich also zum Schlüsselloch, nun ja, die Sophie zog sich gerade um ... und nun lassen Sie sich von einem Connaisseur sagen, so eine Rückenpartie ... aber mehr eben nicht, denn dann passierte es wieder; ich sage Ihnen, es ist einfach bitter!«

Was Wunder also, daß Herr Buttewegg sehr bald einen Elektriker zu Rate gezogen oder, wie ihn seine mit der Zeit ranzig gewordene Bildung sagen ließ, »einen hiesigen Spezialisten konsultiert« hatte. Und eben aus den Kreisen der hiesigen Spezialisten bezog ich mein Wissen um den Fluch des Hauses Buttewegg – zählte ich doch, wenn auch mit Einschränkungen, mit weitaus größerem Recht zu ihnen als zu den wohlhabenden Ständen, deren Privileg es war, jene Geschichten des Herrn Buttewegg zu kennen und weiterzuerzählen, die alle mit dem melancholischen Ausruf endeten: »Und dann passierte es wieder!«

Mit Einschränkungen, sage ich, gehörte ich zu den ortsansässigen Fachleuten für Kurzschlüsse, und das ist leicht erklärt: Zum einen war ich noch Lehrling, und zum anderen war mein Meister der allerkleinste und nicht recht zählende Krauter im Ort.

Aber lassen wir Zahlen sprechen: Wenn mein Meister die Rubrik »Angestellte« in seiner Steuererklärung ausfüllen mußte, so schrieb er eine schlichte 1 hinein. Diese 1 war ich.

Das hinderte ihn freilich nicht, einem Bauern, dessen Dreschmaschine versagte, ebenso trostreich zu versichern, er werde seinen Spezialisten für Dreschmaschinen schicken, wie er einem anderen, dessen Pumpenmotor streikte, verkündete, der Spezialist für Pumpenmotoren sei schon so gut wie auf dem Wege.

Als Theodor Buttewegg seines Kurzschlusses wegen endlich auch meinen Meister anrief, wurde ich zum Spezialisten für Kurzschlüsse ernannt.

Kein Auftrag wäre mir unangenehmer gewesen als dieser, denn Butteweggs Leitungsschaden war für die städtische Elektrogilde gleichsam das, was im Märchen die unbezwingbaren Glasberge oder die jungfrauenverzehrenden Feuerdrachen für reisende Königssöhne und wandernde Müllerburschen sind.

Zwar war Buttewegg noch nicht so weit gegangen, dem etwaigen Bezwinger des Drahtteufels die Hand seiner Tochter anzutragen – das wäre auch eher eine Drohung gewesen –, aber an Versprechungen hatte er es nicht fehlen lassen.

Man erzählte sich, daß er die Meister und Monteure,

die sich anheischig gemacht hatten, den Bann zu brechen, zuerst immer in seine Schatzkammer geführt und einen Blick auf seine Reichtümer hatte werfen lassen. »Hiervon, meine Lieben«, pflegte er dann zu sagen, »können Sie, gesetzt, Sie beheben den casus criticus, wählen, was immer Sie goutieren!«

Ach, die Meister und Monteure goutierten alles, was in dieser Schatzkammer in langen blinkenden Reihen paradierte – war es auch nicht eitel Gold, das da glänzte, so waren es doch an die hundert Flaschen so ziemlich aller edlen Getränke, die sich auf der Basis von Spiritus herstellen lassen. Denn Herr Buttewegg war der erste Schnapsbrenner im Lande, und draußen war Krieg – der Sprit war zu gleichen Teilen Lazaretten und Offizierskasinos vorbehalten.

Aber wie es im Märchen zu gehen pflegt: Am Fuße des Glasbergs oder vor der Höhle des Drachen lagen die gescheiterten Prinzen und Wanderburschen zuhauf, König Theodor behielt seinen Schnaps und seinen Kurzschluß dazu.

Zwar büßten Meister und Gesellen nicht gerade Leib und Leben ein, auf jeden Fall aber ein gutes Stück Reputation, denn Herr Buttewegg versäumte keineswegs, jedermann seines Standes mitzuteilen, daß nach dem Meister Hederich und dem Meister Blinker nun auch der Meister Schikowski mit all seinen Technici angerückt sei und genau wie die anderen totaliter versagt habe. »Kaum waren sie aus dem Haus«, sagte er, »passierte es wieder!«

Schließlich hatte er in seiner Verzweiflung meinen Meister, den Paria der Elektroinnung, angerufen, und da war ich nun, die wandlungsfähige 1, auf meinem Wege, mit einem Auftrag in der Tasche, wie ich ihn mir unangenehmer kaum denken konnte.

Meine Chance war so groß wie die des jüngsten, ärmsten und dümmsten Müllerburschen, was im Märchen freilich eine ganze Menge ist, im Märchen ja ...

Während ich durch die noch dunkle Mühlenstraße fuhr, deren holpriges Pflaster sich über Nacht mit einer dicken Schneeschicht bedeckt hatte und an deren Ende das alte Haus des Herrn Buttewegg gelegen war, dachte ich an die üblen Geschichten, mit denen mich die Lehrlinge der anderen Meister traktierten, wenn wir einmal in der Woche in die hauptstädtische Berufsschule reisten.

»Mensch«, sagten sie, »hast du ein Glück, daß der Buttewegg nie auf die Idee kommen wird, deinen Meister zu rufen, da könntest du was erleben. Kaum bist du da, strahlt alles im hellsten Lichterglanze, kaum bist du weg, ist es zappenduster. Mein Alter hat gesagt, die ganzen Strippen müßten raus, die könnte Galvani noch selbst gezogen haben; aber was meinst du, was der Schnapspanscher angibt – bei Appendizitis, sagt er, exstirpiert man auch nur den Blinddarm –, ich hab ein Wörterbuch mitgehabt, das brauchst du bei dem Kerl.

Und dann läuft er immer mit einer Uhr herum und schreibt auf, wie oft du in der Minute den Schraubenzieher drehst. Dabei hätte er sich für das Geld, das er bisher hat blechen müssen, die Bruchbude dreimal neu installieren lassen können.

Schade um den Schnaps, denn den hätte man nötig, wenn man da gewesen ist. Die anderen im Hause spinnen nämlich auch. Seine Alte ist seit Jahren nicht mehr aus ihrem Schlafzimmer rausgekommen, und das Bett ist, glaube ich, zur gleichen Zeit frisch bezogen worden, als sie die Lichtleitung legten.

Wenn du da in die Stube mußt, kriecht sie so lange unter die Decke, bis du wieder raus bist.

Und die Tochter, Mann, die liegt auch bis in die Puppen im Bett, aber die wirft die Decken weg, wenn du reinkommst, und dem Franz hat sie schon mal wo hingefaßt. Der einzige Lichtblick ist das Dienstmädchen, Sophie heißt sie, bloß zu landen ist bei der auch nicht ... Na, tröste dich man, ich glaube, da müßte Theodor Buttewegg schon seinen ganzen Fusel alleine ausgetrunken haben, bevor der deinen Meister einlädt, seinen Kurzschluß zu suchen ...«

Als ich mein Fahrrad an die Hauswand des Herrn Buttewegg lehnte, erwartete ich denn auch, den Besitzer des Anwesens im Delirium anzutreffen.

Aus einigen der kleinen Fenster fiel sanftes gelbes Licht in den noch fast unberührten Schnee auf der Straße – es trat so ruhig und sicher durch die Scheiben, als wollte es für alle Ewigkeit weiterleuchten.

Die alte Haushälterin, der ich sagte, ich sei der Elektriker, wiederholte die Berufsbezeichnung in einem Ton, der mir sogleich klarmachte, daß das in diesem Hause ein Schimpfwort war.

Ich hatte Herrn Buttewegg schon öfter gesehen, darum erschrak ich nicht, als er die Stiege heruntergetrippelt kam.

Er sah aus, als wollte er auch mit seiner äußeren Erscheinung deutlich machen, daß zwischen einem Fabrikanten feinsten Branntweins und einem vulgären Bierbrauer ein Unterschied weit wie der Himmel liege. Bierbrauer sind – zumindest ist das eine weitverbreitete Ansicht – in Statur und Gemüt den Pferden, die ihr Produkt vom Hof weg in die Kneipen schleppen, ähnlich, sie sind grobknochige, breitschultrige, dickwänstige Kerle, die gar nicht wissen, wohin mit all ihrer Gesundheit.

Nicht so Herr Buttewegg. Er war ein Hänfling, und ein häßlicher obendrein. Statt meinen Gruß zu erwidern, musterte er mich scharf und sagte mit einer Stimme, die irgendwer mit einer Schrotfeile bearbeitet zu haben schien: »Ihr Chef sprach von einem Spezialisten ...«

»Und er weiß, was er sagt«, antwortete ich.

»Deliziöse Antwort«, raspelte er und schickte sich an, mir die Geschichte seiner Leiden zu erzählen. Als er das erste Mal »und dann passierte es« gesagt hatte, unterbrach ich ihn, was mir einen Blick mit einer tüchtigen Ladung Strychnin darin einbrachte.

»Herr Buttewegg«, sagte ich und versuchte wie ein ergrauter Spezialist für Kurzschlüsse dreinzuschauen, »ersparen Sie mir diese Quisquilien; was Sie da mit dem wohl eher ins Medizinische greifenden Ausdruck ›periodische Malaise‹ zu bezeichnen suchen, ist nichts weiter als ein ordinärer schleichender Kurzschluß ...«

Ich glaube, hätte ich ihm auf die Schulter geschlagen und »Das werden wir bald haben, Sie häßlicher kleiner Giftmischer!« gesagt, er hätte nicht geschockter aussehen können.

Er trat einen Schritt zurück und eine Stufe der Treppe hinauf, um mir gerade in die Augen starren zu können, dann fragte er fast sanft: »Sie haben Bildung genossen?«

»Ist das jetzt relevant?« fragte ich zurück und zog dabei die Augenbrauen so hoch, daß mir geradezu anzusehen war, welch eine piekfeine Bildung ich genossen hatte.

Aus meiner Brust aber flog ein Segensspruch jenem

Fleischerlehrling nach, von dem ich vor langer Zeit ein Fremdwörterbuch gegen einen alten Akku eingehandelt hatte. Das Buch war immer scharfer Konkurrent von Edgar Wallace, und wenn es mich überkam und ich daheim in der Küche mit meinen Lesefrüchten aufwartete, bedurfte es erst eines Machtwortes meiner Mutter, daß ich dem »karierten Gefasel« ein Ende setzte.

O purer Jammer, daß sie jetzt nicht des Herrn Buttewegg Gesicht sehen konnte; sie hätte mir wohl gar verziehen, daß ich fast die ganze Nacht noch über dem gebildeten Buch gehockt und ein tüchtiges Loch in die monatliche Stromration gebrannt hatte.

Nun jedoch galt es, dem angeschlagenen Hausherrn zu beweisen, daß ich nicht nur ein Spezialist für Fremdwörter, sondern auch ein solcher für Kurzschlüsse war. Dabei folgte ich weniger meinen eigenen Eingebungen als denen meines Meisters.

»Junge«, hatte er gesagt, »die anderen haben sich fast dämlich an diesem Kurzschluß verdient, und ich möchte es auch gerne. Aber wie die Dinge liegen, kann ich ihm keine siebenköpfige Monteurmeute auf den Hals schikken, um dann nachher die Stunden mit sieben zu multiplizieren. Ich kann nicht einmal selbst hingehen, du weißt, die Gicht ... Ich denke mir aber, wir werden das Verfahren der Herren Kollegen umkehren. Also, paß auf ...«

Herr Buttewegg hörte mir aufmerksam zu, als ich ihm erzählte, ich gedächte, ein neuartiges invertiertes Suchverfahren anzuwenden; die Sache sei zwar nicht die billigste, jedoch die einzige, von der noch ein Erfolg zu erwarten sei. Dabei holte ich aus meiner Tasche ein großes Heft mit Millimeterpapier, mehrere Farbstifte und ein Kurvenlineal. Dazu legte ich ein dickleibiges Druckwerk, auf dessen Schutzumschlag »Elektrotechnisches Handbuch« zu lesen stand.

Theodor Buttewegg vergaß seine ganze Bildung und sagte schlicht: »Die Sache scheint ja Schick zu haben.«

»Hat sie«, bestätigte ich und erklärte ihm, ich bedürfe nunmehr lediglich einer großen Menge Zeit, und von ihm würde nichts weiter als eine ebenso große Portion Geduld erwartet.

Hiernach sagte er, ich solle mich in seinem Hause wie in dem meinen fühlen, und wenn es bis Ostern dauere, Hauptsache, dieser Alp verschwinde aus seiner Heimstatt ...

Ich fragte ihn, ob es irgendwo einen Raum gebe, in dem ich ungestört meinen Beobachtungen nachgehen könne, und er sagte, wenn auch nach leisem Zögern, da komme wohl nur sein Studierzimmer in Frage; seine aufreibende Tätigkeit hindere ihn seit langem schon, es zu benutzen.

Das wollte ich gern glauben. Ich bat ihn, der Haushälterin mitzuteilen, wo ich zu den Mahlzeiten zu finden sei, dann brachte ich meine Sachen in den verstaubten Raum, der jedoch wohltuend warm war.

Ganz sicher würde ich mich hier nicht zu Tode rakkern, aber unangenehm blieb der Auftrag nach wie vor.

Da ich einen Schaltplan von der Hausanlage zeichnen wollte, mußte ich mich wohl oder übel auf einen Rundgang machen. Ich nahm mein Notizbuch und ging zum Boden hinauf. Da war nicht viel zu zeichnen, und ich war bald wieder im ersten Stock des Hauses.

Ich klopfte an die nächste beste Tür auf dem Korridor, hörte aber statt einer Antwort nur ein merkwürdiges Rascheln. Mir ahnte, daß hier die menschenscheue Spritbrennergattin hauste, und ich machte mich auf einiges gefaßt, als ich die Klinke herabdrückte.

Als ich einen Blick in das Zimmer geworfen hatte, schloß ich die Tür erst einmal rasch wieder. Was sich mir da durch den kleinen Spalt entgegengeworfen hatte, war kein wildes Tier gewesen, es war nur, um es philosophisch auszudrücken, der reine Gestank, Gestank an sich.

Doch auch die Augen hatten zu tun gehabt; ich meinte, inmitten des düsteren Raumes einen Hügel erblickt zu haben und darinnen ein spitzes weißes Gesicht mit irr kreisenden Augen.

Diese einfallslosen Märchenerzähler, dachte ich, während ich atemholend an der Tür lehnte, reden von feuerspeienden Drachen, als ob das schon etwas wäre, aber dann flüsterte ich mir Mut zu, denn ich sagte mir, daß der ganze Schaltplan nichts taugte, wenn ich auch nur ein Zimmer ausließe.

Ich hielt mir die Nase zu, trat ein, sah noch, wie das bleiche Spitzmausgesicht mit den Kreiselaugen blitzschnell unter der teerfarbenen Bettdecke verschwand, merkte mir den Verlauf der Leitungen und war wieder draußen. Ach, wie köstlich die Luft im staubigen Korridor eines morschen Fachwerkhauses schmecken kann!

Dann stand ich vor einer Tür, die einen auffallend neuen rosafarbenen Lackanstrich hatte. Hier wohnt die Tochter der bleichen Zieselmaus, dachte ich und versuchte, so spröde dreinzusehen, wie es nur gehen wollte. Wie jedermann in der Stadt kannte ich das Angesicht der jungen Dame Buttewegg und auch ihren Ruf.

Nach dreimaligem Klopfen und keiner Antwort öffnete ich vorsichtig die rosa Pforte des jungfräulichen Gemachs.

Dornröschen schlief. Welch ein Glück, denn, Jesus, welch ein Gesicht!

Dornröschen erwachte. »Huch«, sagte sie mit einem leisen Raspeln in der Kehle, das die Vaterschaft des Herrn Buttewegg bewies, und fragte, während sie die rosa Bettdecke lüftete und den Blick auf ein rosa Nachthemd freigab, was ich Schlimmer denn so früh von ihr wolle.

»Nichts«, sagte ich, und es war die lautere Wahrheit.

Sie drehte sich mit einer Bewegung auf die Seite, die sie wohl für das Lockräkeln einer Pantherin hielt, die tatsächlich aber den Eindruck machte, als würde ein rosa umtülltes Brett hochkant gestellt.

Ich notierte in meinem Kopf den Verlauf der Leitungen unter der rosafarbenen Tapete und ließ Dornröschen allein.

Rosa ist eine häßliche Farbe, dachte ich und machte, daß ich in mein Studierzimmer kam.

Während ich den Schaltplan des Schreckensgeschosses auf mein Millimeterpapier übertrug, klopfte es, und ein Mädchen kam herein.

Entweder hatte mir der Anblick von Zieselmaus und Tochter völlig die Augen verdorben oder aber die Jungens, die vor mir nach dem Butteweggschen Kurzschluß fahndeten, hatten heillos übertrieben: Ein Lichtblick war sie jedenfalls nicht für mich, eher schon die Sachen, die sie auf einem Tablett hereintrug.

So haben also auch unangenehme Aufträge ihre angenehmen Seiten, fand ich, nachdem ich noch einmal auf das Tablett gesehen hatte.

Das Mädchen warf einen irgendwie belustigten Blick auf das technische Zeichenwerk, das ich über Herrn Butteweggs Schreibtisch hingebreitet hatte.

Sie fragte: »Wollen Sie jetzt immer hier in diesem Zimmer essen?«

»Na, ›immer‹«, sagte ich, »ich werde ja mal wieder gehen.«

Sie nickte. »Natürlich, aber der Spaß wird bleiben.«

»Der Spaß? ... Hören Sie mal, wie reden Sie denn über eine Sache, die Ihren Chef beinahe um den Verstand bringt?«

»Ist das vielleicht kein Spaß?« sagte sie. »Und von welchem Verstand reden Sie eigentlich?«

»Er hat damit immerhin ein schönes Stück Geld zusammengekratzt«, meinte ich.

»Mit dem Verstand?« Sie sah mich an, als wären mir plötzlich Fledermausflügel gewachsen.

Da sie mich so genau betrachtete, warum sollte ich es nicht auch?

Sie war etwa ein Jahr älter als ich, aber das spielte keine Rolle, weil ich sie ohnehin nicht hübsch fand. Sie trug einen losen Pullover mit kurzen Ärmeln; in der linken Armbeuge hatte sie eine große Narbe. Ihren Händen sah man an, daß sie schon mehr als einen Sack Kartoffeln damit geschält hatte. Ihre Strümpfe schlugen Wellen unter den Knien.

»Sie müssen die mal hochziehen«, sagte ich.

Sie schüttelte den Kopf. »Das nützt nichts, Fräulein Buttewegg hat eben längere Beine als ich.«

»Rosa Strümpfe gibt es wohl nicht?« sagte ich. »Aber wieso lassen Sie sich von der was schenken?«

»Aha, Sie kennen sie also.«

»Es mußte sein. Aber wirklich, von der würde ich mir nichts schenken lassen.«

»Sie haben wohl drei Punktkarten«, sagte sie.

Ich schob meine Forschungsutensilien beiseite und zog das Tablett heran.

Sie ging zur Tür und sagte: »Guten Appetit bei Herrn Butteweggs Frühstück!«

»Drei Lebensmittelkarten habe ich jedenfalls nicht«, sagte ich wütend.

Sie lachte, und dann versuchte sie, ihre Strümpfe hochzuziehen.

»Das nützt nichts«, sagte ich, und sie ging hinaus.

Als ich mich gründlich gelabt hatte, griff ich nach dem »Elektrotechnischen Handbuch«. Ich zog einen Band Edgar Wallace heraus und legte den Schutzumschlag wieder sorgfältig um die anderen beiden Buchdeckel. Wenn ich schon nicht hinter das Geheimnis des Kurzschlusses kam, so wollte ich wenigstens wissen, was es mit dem Tresorknacker von Soho auf sich hatte.

Im Moment konnte ich sowieso nichts anderes tun, denn ebensowenig wie man heile Strümpfe stopfen kann, kann man einen Kurzschluß beseitigen, solange er nicht da ist.

Dann kam mir ein merkwürdiger Verdacht: Dieses Mädchen fabrizierte den Fehler doch nicht etwa? Innig genug schien ihre Liebe zu Herrn Buttewegg ja zu sein, und Grütze hatte sie auch im Kopf, und dann hatte sie so komisch nach meinem Schaltplan geschielt – aber andererseits hatten Frauen im allgemeinen mit elektrischen Anlagen nicht mehr im Sinn als mit Pfeiferauchen.

»Es ist unmöglich, von Edgar Wallace nicht gefesselt zu sein«, hatte der Verleger auf die Rückseite des Schmökers geschrieben, und er hatte damit nicht zuviel gesagt – ich konnte das Buch gerade noch beiseite schieben, als Sophie mit dem Mittag kam.

Sie warf einen flüchtigen Blick auf das bunte Bändchen und sagte: »Einen schönen Beruf haben Sie.«

»Das ist Fachliteratur«, sagte ich.

Sie überlegte etwas, und dann meinte sie: »Mich wundert, daß Ihr Meister Ihnen keine Arbeit mitgegeben hat, die Werkstatt ist doch bestimmt voll davon ...«

»Halleluja«, sagte ich, »die Idee behalten Sie aber besser für sich!«

»Ich denke doch nicht für Chefs«, sagte sie.

»Sie heißen nicht alle Buttewegg«, wandte ich ein.

Aber sie sagte nur kurz: »Solange sie nicht so weit oben sind wie der.«

Mir fiel etwas ein: »Übrigens, wenn ich Sie wäre, würde ich mein Schlüsselloch verhängen.«

Sie wurde ein bißchen rot. »Die Geschichte kennen Sie auch?«

»Ja.« – So gut wie sie konnte ich schon lange erröten.

Als sie die Teller zusammenstellte, fragte ich: »Warum bleiben Sie denn bei dem Kerl?«

Sie nahm das Tablett auf und sagte: »Ich könnte natürlich auch in die Munitionsfabrik gehen ...«

Die Tür ging auf, Sophie schob mit der Tablettecke den Wallace auf meine Knie und wandte sich zum Gehen.

Fräulein Buttewegg trug einen seidenen Morgenmantel von der Farbe dünnen Himbeergelees und ein Lächeln aus dem gleichen Stoff.

»Ei, ei, Sophie«, sagte sie und drohte wahrhaftig mit dem Finger, »lassen Sie sich nur nicht von diesem blaugekittelten Gesellen verführen!«

»Er war gerade dabei«, sagte Sophie und ging.

Ich griff hastig nach dem Schaltplan und machte mein Spezialistengesicht.

Fräulein Buttewegg hockte sich auf den Stuhl, auf dem eben noch das Mädchen gesessen hatte, und obwohl ich nicht aufsah, spürte ich, daß sie mein Gesicht abweidete.

»Schöne Augenbrauen haben Sie«, sagte sie, und ich brummte: »Nicht wahr?«

»Müssen Sie denn immer arbeiten?« fragte sie nicht ohne Vorwurf.

»Wenn Sie wieder Licht haben wollen, ja.«

»Ich mag es aber, wenn es dunkel ist.«

So wie sie aussah, war das zu verstehen.

Sie rückte auf ihrem Stuhl näher, griff mir unter das Kinn und sagte: »Ich studiere Gesichter.«

Ich lehnte mich zurück und fragte: »Kann man davon leben?«

»Schelm«, sagte sie, dann legte sie den Kopf in den Nacken und flüsterte vor sich hin: »Gesichter sind wie Landschaften. Haben Sie schon einmal bemerkt, wie lange die Dichter bei der Beschreibung von Gesichtern verharren können? Ich möchte einmal ein Buch zusammenstellen ...«

»Das wird Arbeit machen«, sagte ich, aber sie ließ sich nicht stören.

»... ein Buch aus lauter Gesichtern, so wie die verschiedensten Dichter sie beschrieben haben ... ›Das Gesicht der Dichter‹, würde ich das Buch nennen ...« Sie starrte an die Decke und blätterte in dem Buch der Gesichter.

Ich dachte, mit deinem könnte man es kurz machen, man brauchte nur zu schreiben: »Hätte man ihre Züge auf einer Kartoffel gefunden, so wäre man verblüfft über die Menschenähnlichkeit der Knolle gewesen.«

Fräulein Buttewegg klappte ihr Gesichterbuch zu und fragte: »Lesen Sie auch manchmal?«

Sie fing meinen Blick auf und studierte den Umschlag des »Elektrotechnischen Handbuchs«. »Nicht doch«, sagte sie, »haben Sie denn nichts anderes im Kopf als diese garstige Arbeit? Meiden Sie denn das Schöne ganz und gar?«

Sie räkelte sich so auf ihrem Stuhl, daß ich wohl merkte, welche Art Schönheit sie im Sinn hatte.

Dann stand sie auf, ging an den Bücherschrank ihres Herrn Papa und kehrte mit einem prächtigen Goldschnittband zurück. Sie schlug ihn auf, Staub wirbelte durch die Luft, und sie sagte ergriffen: »Schiller – Die Jungfrau von Orleans – wollen wir es einmal lesen?«

Jetzt wünschte ich, nie in dieses Haus gekommen zu sein. Die schmutzigste Erdkabelarbeit hätte ich Fräulein Buttewegg als Jungfrau von Orleans vorgezogen. Die aber war schon nicht mehr zu halten.

Sie setzte ihren Stuhl neben den meinen, und dann flüsterte sie: »Hier, den zehnten Auftritt! Sie sind Lionel, und ich bin Johanna.«

»Wer bin ich?« sagte ich und wollte beiseite rücken. Aber sie hielt mich fest. »Sie sind Lionel, Sie Süßer, der Engländer, der Johanna mit dem Schwert bedrängt!«

»Ah, ja«, sagte ich und wünschte mir, ich hätte ein Schwert zur Hand.

Sie konnte wohl Gedanken lesen, wenn auch nur auf ihre Art, denn sie sah sich auf dem Schreibtisch um, drängte mir mein Bogenlineal in die Finger und sagte: »Ihr Schwert – so, und nun müssen Sie lesen: ›Ich bin Lionel, der letzte von den Fürsten unseres Heers, und unbezwungen noch ist dieser Arm.‹« Sie hob meinen Arm mit dem Schwert hoch. Ich murmelte nur etwas.

Sie legte den Finger auf die Regieanweisung und las:

»›Er dringt auf sie ein; nach einem kurzen Gefechte schlägt sie ihm das Schwert aus der Hand.‹« Sie schlug tatsächlich mit ihrer knochigen Pfote zu, daß mein Lineal zu Boden fiel.

»›Treuloses Glück‹, müssen Sie nun sagen«, kreischte sie.

Ich sagte ergeben: »Treuloses Glück.«

Sie pochte wieder auf eine Stelle in dem Buch und sagte erwartungsvoll: »›Er ringt mit ihr‹, steht da, allez, nun müssen Sie mit mir ringen!«

Ehe sie einen Griff anbringen konnte, brachte ich den Schreibtisch zwischen uns. »Sie hatten eigentlich nur von Lesen gesprochen«, sagte ich, »und außerdem muß ich mich jetzt wirklich um diesen Kurzschluß kümmern. Schade, ist sonst wirklich ein schönes Buch ...«

Ich nahm meine Werkzeugtasche und machte, daß ich hinauskam.

Die ganze Zeit über hatte ich gewußt, daß dies ein unangenehmer Auftrag war, und wenn ich es auch eine Weile vergessen hatte, jetzt würde ich wohl wieder daran denken.

Das beste war, ich warf den Kram hin. Lionel! – und dann dieses rosa Gewitter, das war mehr, als mein Meister von mir verlangen konnte. Mochte er sehen, wie er an den Schnaps von Herrn Buttewegg herankam. Er würde natürlich ganz schön toben, wenn ich schon nach ein paar Stunden zurückkehrte, und die anderen Lehrlinge würden sich kranklachen, aber das war immer noch leichter zu tragen als Dornröschen von Orleans mit ihren Dichtergesichtern und diesem gräßlichen Rosa.

Das Märchen vom Glasberg ist aus, dachte ich und machte mich auf die Suche nach Herrn Buttewegg.

Schlimm, daß ich den Mund so voll genommen hatte, der würde jetzt wieder obenauf sein und mir die neuartige invertierte Methode und mein Spezialistentum hübsch einreiben. Aber hatte ich wissen können, daß dies tatsächlich eine Art Irrenhaus war?

Schon Frau Zieselmaus Buttewegg wäre ein Grund zur Aufgabe gewesen, und dann diese Jungfrau in Geleefarben ... ›Er ringt mit ihr‹!

Ich fühlte mich nun wieder wie der armseligste aller armen Müllerburschen, als ich die krumme Treppe hinabstieg, auf der unverändert das Licht brannte.

Sophie kam mir mit dem Wäschekorb entgegen. »Nanu«, sagte sie, als sie mein Gesicht sah.

»Kennen Sie mich?« sagte ich. »Ich bin Lionel.«

Sie nickte, als hätte sie nichts anderes erwartet, und sagte: »Das trifft sich gut, dann helfen Sie mir doch mal die Wäsche auf den Boden tragen.«

Auf dem Boden setzte sie sich auf eine Kiste und fragte: »Und sie hat Sie einfach gehen lassen?«

»Ich komme aus einer Schlacht«, sagte ich, »und jetzt gehe ich in die nächste: Ich werde Ihrem Schlüssellochgucker sagen, daß er seinen Kurzschluß von jemand anders suchen lassen soll, von Schiller meinetwegen.«

Sie lachte nur ein bißchen und fragte dann ernst: »Mit Ihrem Meister werden Sie Ärger kriegen, ja?«

»Bestimmt. Aber daß ich den Fehler finde, hat er sowieso nicht erwartet. Schön wäre es trotzdem gewesen ...«

»Meinen Sie, daß Sie ihn gefunden hätten, wenn Sie hiergeblieben wären?«

»Jeder könnte ihn finden, wenn er lange genug hierbliebe. Nur muß er Nerven haben. Ein Kurzschluß kommt nicht von allein, und was nicht von allein kommt, kann man finden.«

Sie zupfte an den Strumpfringeln und sagte: »Ich glaube fast, morgen könnten Sie ihn finden.«

Ich sah sie respektvoll an; sie hatte also doch die Finger in der Sache. Da sie das aber wohl kaum zugeben würde, sagte ich: »Ich will Ihnen mal reinen Wein einschenken. Es stimmt, man kann den Fehler finden, aber wie ich das allein machen soll, wo die anderen Meister schon das ganze Haus von unten nach oben umgekehrt haben, das weiß weder mein Alter noch ich.«

»Die anderen waren eben immer an den falschen Tagen hier«, sagte sie.

Natürlich, dachte ich, du wirst dich gehütet haben, hier herumzuzaubern, solange das Haus voller Elektriker war. In Erwartung ihres Geständnisses sagte ich: »Erzählen Sie mal, ich halte dicht.«

Sie schien nicht ganz zu verstehen, aber dann erzählte sie: »Schade, wir werden hier um einen Spaß ärmer, der Buttewegg wird seinen Ärger los, die Leute haben nichts mehr zu klatschen, Ihr Chef streicht seinen Schnaps ein, das sind alles Sachen, auf die ich gar nicht wild bin, aber passen Sie mal auf ...«

Zehn Minuten später war ich bei Herrn Buttewegg. »Wir müssen ein Experiment machen, es gibt da gewisse Indizien ...«

Herr Buttewegg war Feuer und Flamme, und er zögerte auch nicht, als ich ihn bat, seine Hofarbeiter anzuweisen, einen schweren Brennereiwagen so stark wie möglich zu beladen und dann ein paarmal damit durch den Torweg zu fahren.

Der Rest war einfach. Schon als der Wagen das zweite

Mal durch die gepflasterte Einfahrt donnerte, flog die Sicherung heraus, und nach drei weiteren Durchfahrten hielt sie wieder. Ich ließ den Wagen so lange fahren, bis sie wieder durchgebrannt war. Dann machte ich mich in aller Ruhe auf die Suche; das war jetzt nur noch eine Geduldsfrage, denn jetzt war der Fehler ja da. Nach zwei Stunden hatte ich ihn gefunden.

Herr Buttewegg selbst hielt mir die Taschenlampe, als ich das Leitungsstück auswechselte, in dem sich die blankgescheuerten Drähte immer nur dann berührten, wenn das alte Haus stark erschüttert wurde. Und das war nur einmal in der Woche der Fall, freitags, wenn Theodor Butteweggs Produkte zur Bahn gefahren wurden.

»Und Sie meinen, es passiert nun wirklich nicht wieder?« fragte er aufgeregt.

»Nein«, sagte ich, »ich weiß, es wird Ihnen und den Leuten fehlen, aber damit ist nun Schluß. Sie hätten gleich meinen Meister rufen sollen.«

»Indeed«, sagte er, »dies mußte gesagt werden.« Dann scheuchte er die Haushälterin und Sophie, die neugierig zugesehen hatten, mit dem Bemerken fort, für Weiber sei dies nichts, ihr Naturell verschließe ihnen technische Einsichten.

Als ich fertig war, wollte er wissen, wie denn auf Erden er mir diese Erlösung vergüten könne.

Ich sagte es ihm; zuerst war er verblüfft, dann grinste er fast unverschämt.

»Für wen halten Sie Theodor Buttewegg?« sagte er, das sei für ihn doch ein Klacks, und wenn ich jetzt ohne ihn auskomme, so wolle er gleich mal telefonieren.

Er ging, und ich hörte ihn aus dem Fenster dem Kutscher zurufen, er solle noch einige Male durch den Torweg hin- und herfahren, er wolle eine definitive Bestätigung.

Ich setzte mich auf die Treppe und hörte den Wagen über die Steine rumpeln. Das Licht brannte jetzt, ruhig und wie für alle Ewigkeit.

Nach einer Weile hörte ich, wie an der Haustür geklingelt und ein Päckchen für Herrn Buttewegg abgegeben wurde. Wenig später überreichte er es mir, schmalzig grinsend und pausenlos redend: »Wunderbar, diese invertierte Methode, wirklich exorbitant; ich denke, Ihr Meister wird die nächste Zeit einen Haufen Kunden ...«

Dann verzog er sich wieder in sein Büro und ans Telefon, vermutlich um aller Welt von meinem Ruhm und seinem Glück zu künden.

Während ich in seinem Studierzimmer das Millimeterpapier und Edgar Wallaces Werke verstaute, wobei ich jeden Lärm vermied, um die rosa Johanna nicht herbeizulocken, kam Sophie.

»Wollen Sie noch etwas essen?« fragte sie.

Aber ich dankte und sagte, nirgendwo hätte ich davon gelesen, daß Königssöhne oder Müllerburschen ans Essen gedacht hätten, nachdem sie auf dem Glasberg waren und dem Drachen den Hals umgedreht hatten.

Es war das erste Mal, daß ich sie außer Fassung sah.

»Heh«, sagte sie, »ich bin die Sophie, ich bin nicht Fräulein Buttewegg, oder sind Sie jetzt doch dieser Lionel?«

Sie zerrte aufgeregt an ihren Strumpfringeln.

»Das nützt nichts«, sagte ich und gab ihr die Strümpfe, die zu besorgen für Herrn Buttewegg ein Klacks gewesen war.

Sie nahm sie, sah nach der Größe und sagte Dankeschön.

MITTEN IM KALTEN WINTER

Mit meinem Meister konnten sie es ja machen. Wenn der etwas von Geld hörte, dann war er dabei. Das heißt, eigentlich müßte man sagen, wenn er etwas von Geld hörte, dann war ich dabei. Denn er war der Meister, und ich war der Geselle. Ich tat die Arbeit.

Es ist auch nicht ganz richtig, von Geld zu reden. Für Geld tat er es eigentlich schon lange nicht mehr; schließlich war Krieg, und mit abgegriffenen Lappen kriegte er niemanden satt, nicht wahr?

Jedenfalls mußten sie das Richtige zu ihm gesagt haben, denn ich saß nun auf diesem vereisten Mast und konnte zusehen, daß ich nicht daran anfror. Im Sommer machte die Arbeit an der Freileitung vielleicht Spaß, aber jetzt fragte ich mich, warum ich nicht Bäcker gelernt hatte.

Wenn man wenigstens mit den Füßen hätte trampeln können, aber die saßen in den Steigeisen, und die wieder hatte ich schön fest in das gefrorene Holz gehakt.

Darauf paßte ich gut auf, seitdem ich einmal einen alten Mast hinabgerutscht war: aus dem Holz, das danach in meinen Händen stak, hätte man einen feinen Kaninchenstall bauen können.

Aber das war im Sommer gewesen und schien mir nun vergleichsweise angenehm. Man muß so was mal probiert haben: so bei acht Grad unter Null und Ostwind an einem glitschigen Holzmast hängen und gesprungene Isolatoren auswechseln. Großartig!

Der Schlaumeier, der die Leitung gebaut hatte, mußte beim Physikunterricht gefehlt haben – »Wärme dehnt die Körper aus, Kälte zieht sie zusammen!« –, sonst hätte er doch die Strippen nicht so stramm aufgehängt, daß man befürchten mußte, sie würden einem bei der nächsten Berührung um die Ohren fliegen.

Die Leitung lief quer über den großen Gutshof, und ich saß auf dem mittleren Mast. Viel Leben war nicht auf dem Hof. Einmal rumpelte ein leerer Wagen über den gefrorenen Dreck und verschwand hinter der Scheune mit dem zerrissenen Strohdach, dann und wann tauchte ein krummbeiniger Hund auf, schnüffelte an meiner Werkzeugtasche herum und verkrümelte sich wieder. Der glaubte doch nicht etwa, daß ich Frühstück mitgebracht hätte?

Frühstück, hm … Ich sah zum verschneiten Dach des Gutshauses hinüber; aus dem Schornstein kam vielversprechender Rauch. Ich hätte der Mamsell einen Wink geben sollen, aber eigentlich könnte sie auch alleine draufkommen. Ob ich einfach mal runterstiege?

Aus der jetzt offenen Tür dahinten kam eine weiße Wolke, und irgendein Mädchen im Küchenkittel winkte zu mir herüber. Sie rief etwas, es hieß sicherlich »Frühstück!«, aber der Deibel sollte mich holen, wenn ich das bemerkte. Die sollten mal sehen, was arbeiten heißt. Da hört und sieht man nichts, da ist man ganz weg und denkt nicht einmal an solche Nebensachen wie Essen und Trinken. Sollte sie doch rankommen und sich mal ein Bild von rauher Männerarbeit machen. Das war immer eine feine Sache, wenn die Mädchen auf der Straße stehenblieben und neugierig-ängstlich zu einem raufsahen; da war man doch wieder froh, daß man kein Bäcker geworden war. Aber das Mädchen verschwand wieder, Gottsverdorri! Wenn sie nun nicht wiederkam? Die dachte doch nicht etwa, daß ich kein Frühstück wollte? Aber jetzt konnte ich nicht mehr hinunter; sie hätten sich nur lustig über mich gemacht.

Ach so, sie hatte sich nur was übergezogen und kam jetzt über den Hof gelaufen. Sie hatte Holzpantinen an und rutschte ein paarmal aus.

Dann stand sie neben der Werkzeugtasche. Viel war nicht an ihr, soweit ich sehen konnte.

Sie drehte sich bald den Hals aus und piepste: »Ob Sie was essen wollen!«

»Das ist kein Satz«, sagte ich und bummerte wegen der Wirkung ein bißchen gegen die eiserne Traverse.

»Wie bitte?« piepste sie, und es klang ausgesprochen dümmerlich.

»Bitte reden Sie in vollständigen Sätzen mit mir«, sagte ich, »ich bin Elektriker, und das heißt, ich bin gebildet, und tun Sie man nicht so, als ob's kalt wäre!«

Jetzt lief sie weg; sie hatte dünne Beine. Ich klopfte noch mal kräftig gegen die Traverse und schnallte mich dann los. Herrje, war ich steif geworden! Wenn ich jetzt runterrutschte, würde ich ein dutzendmal durchbrechen.

Die Steigeisen ließ ich neben dem Mast liegen, den Gürtel behielt ich um, das machte sich immer gut.

Ich zog ein gelangweiltes Gesicht, als ich in die Küche kam, aber die Mamsell sah nur, daß es blaugefroren war, und sie fragte mich, ob ich armer Junge auch um Gottes willen warme Unterhosen anhätte, sonst könnte ich mir »bei diese erbärmliche Küll« noch das Reißen holen. Die Mädchen lachten – auch die Piepsige –, und ich machte, daß ich an den Frühstückstisch kam.

»Wollen Sie denn nicht den Schmachtriemen abnehmen?« fragte die Mamsell. »Das drückt doch auf den Magen und ist gewiß schädlich für die Verdauung.« Ich nahm den Sicherheitsgurt ab, und es war ganz egal, daß Spiegeleier und Schinken, Landleberwurst und Griebenschmalz auf dem Tisch standen. Ich hätte auch Sand gegessen, bloß um etwas zu tun. Die Mädchen kicherten. Die eine sagte: »Damit hält er seine Unterhosen fest.« Sie kreischten. Mit denen war ich fertig.

Ich wünschte mich hinaus auf den Mast und stand nur deshalb nicht auf, weil sie dann wirklich denken würden, sie hätten mich geschafft. Während ich an dem Schinken herumsäbelte, suchte ich nach einem guten Abgang. Die Mädchen – es waren vier – standen an dem großen Küchenherd und sahen mir zu. Ob in diesem Hause nichts zu tun war? Die Dickste von ihnen – sie waren, mit Ausnahme der Piepsigen, alle ganz gut bei Schick – sagte, an meiner Figur könne man mal sehen, was der Hunger so alles anrichte, und die neben ihr fragte sich laut, was ich wohl ausgeschlachtet wiegen würde. »Minus!« sagte die dritte und klappte ihren großen Mund wieder zu. Nach jedem Wort, das sie rausgebracht hatten, wollten sie sich totlachen. Es war wohl sonst recht öde hier, und ich kam ihnen gerade zupaß.

Ich konnte beim besten Willen nicht mehr essen, und darum verabschiedete ich mich von der Mamsell. Ich sagte ihr, das Frühstück sei fein gewesen, bis auf das Gänseklein. Sie verstand den Witz nicht, und es blieb mir nichts anderes übrig, als unter dem Gegacker der Mädchen loszuziehen. Ich ging in den Keller und schaltete die elektrische Wasserpumpe aus. Dann steckte ich noch mal den Kopf durch die Küchentür und sagte zu der Mamsell, ich sähe mich genötigt – ich sagte tatsächlich: »Ich sehe mich genötigt ...« –, für heute den Kraftstrom abzuschalten, ich arbeite ohnedies unter Lebensgefahr – hier machte ich eine Pause –, und ihr werde das doch hoffentlich nichts ausmachen, sie habe ja vier kräftige Mädchen im Hause, die könnten das Wasser aus dem Wirtschaftsgebäude holen, die Pumpe sei ja wohl noch nicht eingefroren, und wenn, so lasse sie sich ja auftauen ... Großartig war das nun nicht gerade, aber es war Notwehr.

Dann kletterte ich wieder auf den Mast. Es war gar nicht mehr so kalt. Während ich den dritten gesprungenen Isolator auswechselte, kamen sie über den Hof. Sie trugen große Wassereimer und sangen so laut, daß jeder hören konnte, es mache ihnen nicht das geringste. Natürlich konnten sie sich naheliegende Vergleiche, wie Klammeraffe und verhungerter Maikäfer, nicht verkneifen, aber das spielte sich tief unter mir auf der Erde ab.

Beim dritten Gang hörte sich schon alles viel krampfiger an, und ich war sehr zufrieden. Ich hatte ja gar nicht damit gerechnet, daß sie so oft rennen würden, aber vielleicht wollten sie ein Schwein brühen, oder die Gnädige wünschte zu baden. Die drei Dicken hätten von mir aus ruhig noch weiter schleppen können, aber die Piepsige tat mir irgendwie leid. Die vollen Eimer rissen ihr beinahe die dünnen Arme ab, und sie schwabberte sich das Wasser andauernd auf die Holzpantoffeln und auf die wollenen Strümpfe. Sie hatte auch gar keine Luft mehr, mit den anderen mitzugackern.

Als sie zum vierten Male am Mast vorbeikam und die müden Arme mit den jetzt leeren Eimern hängen ließ – die anderen waren ihr schon voraus –, sagte ich: »Kehrn Sie man um, Mädchen, und schalten Sie die Pumpe im

Keller wieder ein, das ist ein ganz anderer Stromkreis, aber merken könn' Sie sich das ruhig, war 'ne Scherzeinlage, und nie vergessen: Elektriker sind eine Macht!«

Sie war nicht weiter dankbar; sie lispelte, es sei eine Gemeinheit, sie würden jetzt was bei der Gnädigen erleben und kämen wieder mal später ins Bett. Schöne große Kulleraugen hatte sie.

Die anderen warfen gefrorene Dreckklumpen nach mir.

Mit dem Mast war ich nun fertig, und ich schleppte meine Sachen an die Scheunenwand, an der die Leitung endete. Das Kabel sollte auch gleich ausgewechselt werden. Die Sache mußte Herrn von der Elsnitz, das war der Besitzer des Gutes, eine schöne Seite Speck gekostet haben, denn das Material war bewirtschaftet, und mein Meister konnte da gar nichts machen, es sei denn ...

Ich brauchte eine Leiter; ich hätte natürlich eine in der Scheune gefunden, aber ich mußte mich ja nicht überschlagen.

Die Mamsell sah mich strafend an, man hatte ihr die Geschichte wohl schon erzählt. Sie sagte, der Leiternkram schlage nicht in ihr Fach, ich solle den »Entspekter« fragen. Die hatten hier tatsächlich noch einen Inspektor.

Die Küchenmädchen schälten Kartoffeln, und wenn sie eine matschige fanden, warfen sie damit nach mir. Sie gaben sich alle Mühe und fanden eine ganze Menge.

Die Dünne mit den Kulleraugen sagte, hinter dem Geflügelhaus hänge eine große Leiter.

»Du lieber Gott«, sagte ich zu der Mamsell, »die glaubt doch nicht etwa, daß ich mich in Ihrem Dorf hier auskenne. Wo ist denn das?«

»Geh mit, Anna«, sagte die Mamsell, »zeig dem Herrn Elektrischen die Leiter!«

Allmächtiger, sie hieß Anna! Ich kannte nur eine Anna, und das war meine Tante. Sie war Schneiderin und so dick, wie die drei Mädchen mit fünfzig sein würden. Bei ihr kam das vom vielen Sitzen. Sie saß ihr Lebtag an der Maschine, die sie sich an das Fenster gerückt hatte, und kontrollierte, während sie nähte, die Straße. Wenn sie mich dort unten sah, klopfte sie scharf an die Scheiben und straffte energisch ihren Oberkörper. Ich wußte, daß sie dazu »Brust raus!« schrie. Sie konnte nie vergessen, daß ihr Mann großherzoglich-mecklenburgischer Schwimmlehrer im 2. Füsilierregiment gewesen war.

Dünn und piepsig sein und dann Anna heißen, das ging eigentlich gar nicht.

Sie lief vor mir her und hielt den Kragen ihres Kittels fest zu.

»Sie können den Mund nicht halten, was?« sagte ich.

»Wieso?«

»Na, die andern haben doch auch gewußt, wo die Leiter ist. Müssen Sie sich mal merken: Wer was weiß, muß laufen.«

»Und Sie sind schlau, nicht?«

»Ich hab bloß einen guten Meister«, sagte ich, »bei dem hab ich's gelernt. Als ich noch ein dämlicher Stift war, brauchte ich nur Gips anzurühren. Jetzt läßt er sich überhaupt nicht mehr bei der Arbeit sehen.«

»Gestern war er hier«, sagte sie.

»Ja, zum Eierholen.«

Wir hätten lieber ruhig sein sollen, denn jedesmal, wenn man den Mund aufmachte, tat es weh an den Zähnen, als habe man unvorsichtig tief in eine Eiswaffel gebissen.

Der Wind fuhr wirbelnd über den Hof und ließ ein paar Schneeflocken tanzen.

»Das Frühstück war gut«, sagte ich, »kriegt ihr auch so eins?«

»Wir gehören doch zum Gut«, sagte sie.

»Die Mamsell ist in Ordnung, was?« fragte ich.

Sie nickte.

»Gehn Sie man wieder zurück«, sagte ich, »ich finde die Leiter schon.«

Sie lief aber weiter. Erst hinter dem großen Kuhstall blieb sie stehen.

»Frau Soebenbrodt würd's nicht leiden. Sie sagt: ›Alles wie 's Kartoffelschälen! Immer gründlich, sonst schmeckt es keinem.‹«

»Sie könnten im Kuhstall warten«, sagte ich, »da ist es schön warm.«

»Frau Soebenbrodt sagt: ›Mit Lügen kriegt man keine Gans nicht fett.‹«

»Und was sagt Frau Soebenbrodt noch?«

Sie strich eine Haarsträhne aus der Stirn und ging weiter. »Die ist schwer«, sagte sie und zeigte auf die große Leiter. Sie wollte tatsächlich mit anfassen.

»Nee«, sagte ich, »hängen Sie sich da nicht mit ran, die hat's so schon in sich.«

Sie wischte wieder nach der Haarsträhne. Ich setzte die Leiter noch mal ab; hier war es windgeschützt. »Und wie ist die Gnädigste?«

»Och«, sagte sie.

»Und er?«

»Er ist krank. Er hat Gicht, erbliche. Seit Krieg ist. Frau Soebenbrodt sagt, im Krieg taugt die schlechteste Krankheit was.«

»Kommt er denn damit durch?«

»Muß wohl«, sagte sie, dann drehte sie sich um und lief

zum Gutshaus hinüber. Einmal blieb sie noch stehen und rief, sie wolle mir Bescheid sagen, wenn Mittag sei.

Die Leiter hatte wirklich ein gutes Gewicht. Ich hätte sie gern mal abgesetzt. Wenn der Wind sie zu fassen kriegte, drehte er sie, wie er wollte. Ich hörte schon, wie sie mir beim Mittagessen raten würden, zum Leitertragen Sand in die Taschen zu tun. Mastgänse!

Die Kleine nicht. Die war zu dünn. Augen hatte sie wie der Hund im Märchen vom Feuerzeug, so groß.

Die Schellen an der Steigeleitung waren vollständig verrostet. Mit dem Schraubenzieher war überhaupt nichts mehr zu machen. Ich mußte die meisten Schraubenköpfe abmeißeln. »Schläge sind für alles gut«, sagte mein Meister immer. Der hatte auch immer einen Sack voll Sprüche parat. Er sollte sich mit Mamsell Soebenbrodt zusammentun.

Aber er redete eigentlich immer nur von Schlägen. Zugelangt hatte er auch in der Lehrzeit nicht. Nur einmal war er handgreiflich geworden. Seine Frau hatte mich mit einem großen Wassereimer in den Wald am Sonnenberg geschickt; ich sollte Pfifferlinge sammeln. Ich hatte gefunden, daß das nicht Elektrikerarbeit sei, und war im Wald nur so rumgestrolcht. Die Pilze bedeckten gerade den Boden des Eimers, und mein Meister, der sich schon auf ein feines Mittag gespitzt hatte, stülpte mir den Eimer mit den elf Pilzen über den Kopf.

Doch sonst war mit ihm auszukommen. Von Arbeit hielt er nicht viel, wenn er sie selbst tun mußte, dafür aber um so mehr von Köm und gutem Essen. Aber er sorgte immer dafür, daß auch ich meinen Teil bekam.

Wie war das eigentlich mit den Mädchen hier? Waren die in der Lehre oder was? Sie lernten wohl Wirtschaften. Wieso man das lernen mußte, war mir nicht ganz klar.

Wasserschleppen und Kartoffelnschälen brauchte man doch nicht erst zu lernen. Aber vielleicht Kochen. Die Anna war wohl noch nicht soweit, sonst müßte sie doch ein bißchen mehr Speck auf den Rippen haben. Sie hatte ganz schön gefroren.

Die alten Schellen mußten alle raus. Die Löcher in der Scheunenwand konnten sie selbst wieder zuschmieren. Ich hängte die Schnur mit dem Bleilot auf und begann, neue Schellen zu setzen. Der Mörtel in den Fugen war gerade noch fest genug, sie auch ohne Dübel zu halten. So würde ich bald aus diesem beißenden Wind rauskommen.

Dann konnte ich endlich die neue Kombizange ausprobieren. Ich freute mich schon darauf, denn die Zange hatte mich eine Menge Arbeit gekostet, und nun würde ich bald sehen, ob sich das gelohnt hatte.

Wenn ich mich bei meinem Meister über das schlechte Werkzeug beklagte, sagte der immer: »Aus dem Stahl für so 'ne Zange könnse 'n schönes Gewehrschloß machen. Mußte denen mal sagen, daß de lieber 'ne Zange möchtest. Nee, sag's man lieber nicht!«

Als ich die letzte Kabelzuteilung abgeholt hatte, hatte ich den Großhändler nach einer Kombizange gefragt. Der hatte gegrient. »Wieviel sollen es denn sein, junger Mann, ein Dutzend, zwei Dutzend? Immer sagen Sie es nur, ich weiß gar nicht, wohin mit all den Zangen.«

Ich hatte es nicht so schnell aufgegeben: Ob denn wirklich nichts zu machen sei, ich arbeite viel auf dem Lande, und da könnte ich vielleicht auch mit anderem als mit Geld bezahlen. Es sei ja nicht für ihn, hatte der Grossist gesagt, aber er kenne einen Materialmenschen bei Siemens, und die hätten ja noch, nur habe der Mann eine Schwäche für geräucherte Mettwurst.

Als ein Bauer in die Werkstatt gekommen war, der beim Meister einen Motorschaden anmelden wollte, hatte ich ihn abgefangen und den ganzen Sonntag an dem verdreckten Motor rumgemurkst. Aber jetzt hatte ich eine bildschöne Kombizange. Sie war aus gutem Stahl und hatte einen dicken Isoliermantel aus Gummi um die Griffe. Damit konnte man arbeiten.

Als Anna mich zum Essen rief, steckte ich die Zange in die Brusttasche.

In der Küche war Hochbetrieb. Die Mädchen schleppten Geschirr hin und her, und wenn sie einen Augenblick Pause hatten, löffelten sie hastig ihre Suppe.

»Madam hat Gäste«, sagte Frau Soebenbrodt, »die sind wie die Maikäfer. Nicht satt zu kriegen.«

»Wo essen die denn?« fragte ich.

»In der Halle. Zusammen mit Madam. Der Herr speisen auf seinem Zimmer. Er ist krank, erbliche Gicht.«

»Ich weiß«, sagte ich, »seit Krieg ist.«

Zwei von den dicken Mädchen und die Kleine saßen jetzt in der Küche und aßen. Dabei ließen sie aber den Relaiskasten nicht aus den Augen. Sowie die Klappe mit dem Wort »Halle« fiel, mußten sie flitzen.

»Er ist ein netter Mensch, sagt sie«, bemerkte die eine Dicke. Dabei deutete sie mit dem Löffel zuerst auf mich und dann auf Anna.

Die Kleine griff nach ihrer Haarsträhne. »Sie soll man aufpassen, daß er ihr nicht die Sicherung rausdreht«, sagte die andere. Sie belachten den Witz gehörig. Anna hatte eine Farbe wie die Mohrrüben in der Suppe, und als wieder das Wort »Halle« hinter dem Klappenfenster erschien, stürzte sie mit einem Tablett davon.

»Hätten Sie was dagegen«, fragte ich Mamsell Soebenbrodt, »wenn ich den beiden 'n bißchen von der Isolierung abschabte?« Ich hatte gute Lust, ihnen mit der neuen Zange über den Kopf zu donnern.

»Ach, lassen Sie man«, sagte Frau Soebenbrodt, »die Jugend ist schnell fertig mit Wörtern, sagt der Dichtersmann.«

»Aber sie brauchen nicht auf der Kleinen rumzuhacken.«

Anna kam gerade mit einem Berg schmutzigen Geschirrs zurück, und die eine Dicke schrie, sie solle man genau hinsehen, ich sei ein verkleideter Prinz, der sich darauf spitze, Aschenputtel zu freien, sie solle der Gnädigen man schon Bescheid geben, daß es sich jetzt mit dem Geschirrspülen habe. Und die andere kreischte, das werde eine schön sparsame Sache mit uns beiden, mit unseren Figuren könnten wir uns fein mit einem Kopfkissen behelfen.

In all den Lärm platzte mein Meister hinein. »Maul halten«, sagte er zu den Mädchen, und sie taten's auch.

»Warum ißte in de Küche?« fragte mein Meister, denn er konnte das nicht leiden. Einmal hatten sie ihn auf einem Rittergut zu Tisch gebeten und gesagt, der junge Mann könne in der Küche essen. Da war er in Fahrt gekommen. Dann werde er auch in der Küche essen, hatte er gesagt. Ich hatte mit an die herrschaftliche Tafel gedurft und mich geärgert. Rittergutsbesitzer Meier-Schenkemann war magenleidend, und es gab Hefeklöße mit Apfelmus. Weiter nichts. Aber mit Serviette und Tischgebet.

Ich sagte, ich esse lieber hier, hier sei es so richtig gemütlich. Ich wies auf die dicken Mädchen.

»Für solche Gemütlichkeit biste noch zu jung«, sagte

er. »Was willste denn mit de Kombizange hier?« Ich hatte die Zange immer noch in der Hand.

»Das ist ein Nußknacker«, sagte eine der Dicken. »Den wird er schon noch brauchen.« Sie sah zu Anna hinüber, die still am Ofen stand.

»Die Mädchen ham wohl nich genug Auslauf«, sagte mein Meister zu Frau Soebenbrodt. »Was sind denn das für Autos auf 'm Hof?«

»Fliegers«, sagte die Mamsell, »sie speisen mit Madam, und ich dacht, da soll der junge Mann doch lieber hier essen …«

»So«, sagte mein Meister, »könn' die auch 'n Hammer halten? Der kann das«, er wies auf mich. Die Mamsell brachte ihm irgendein Paket, und er steckte es in die Aktentasche. Dann ging er, um den kranken Baron zu besuchen. An der Tür drehte er sich um und fragte, wie weit ich sei. Ich sagte es ihm, und er nickte, vielleicht komme er nachher mal nachsehen. Ich wußte, daß er nicht kommen würde.

Ich steckte meine kostbare Zange wieder in die Tasche und ging auch.

Auf dem Flur traf ich Anna, die inzwischen wieder in der Halle gewesen war. Fliegen mußte ganz schön Appetit machen.

Sie wollte an mir vorbei, aber ich hielt sie am Ärmel fest. »Sie haben nicht vielleicht in der Scheune da zu tun, was?« fragte ich und sah nach der Küchentür. Sie machte nur große Augen und kämpfte mit ihrem Haar. Es hatte eine Farbe wie Heidesand.

Was konnte man noch sagen? Ich kriegte die Zange zu fassen und sagte: »Fein, nicht?«

Sie nickte, aber ich merkte, daß sie bestimmt nicht

wußte, was so ein Ding wert war. »Ohne Werkzeug ist man aufgeschmissen«, sagte ich, und ich dachte, ich müsse ihr sagen, sie solle doch zusehen, ob sie nicht zur Scheune kommen könne, und ich sagte: »Kriegen Sie gar nicht mehr heutzutage.«

»Ja«, sagte sie. An ihrem Hals klopfte eine Ader ganz schnell. Merkwürdigerweise wünschte ich einen Augenblick lang, ich könnte meine Hand drauflegen.

Sie sah ängstlich den Gang hinunter und meinte: »Ich muß jetzt rein.«

Ob ich ihr das mal sagte, daß sie so große Augen wie der Märchenhund hatte? »Ja«, sagte ich, »ich werd mich auch mal wieder an das Kabel machen.«

Dann standen wir noch eine ganze Weile da; sie spielte an ihrem Haar, und ich klapperte mit der Zange, bis wir hörten, daß die Küchentür aufgemacht wurde.

Die Arbeit ging mir jetzt ganz gut von der Hand. In der Scheune war es auch nicht gerade warm, aber vor dem Wind war ich sicher, und ich hatte hier viel Holz, auf dem es sich gut arbeiten ließ.

Ich wunderte mich nur, daß die Scheune nicht schon längst abgebrannt war, denn die alte Anlage war ein einziger Witz. Eine Sicherheitsinspektion hatte sich wohl nie hierher verirrt; die waren bestimmt immer nur bis in die Halle gekommen.

Bald konnte ich hier einpacken. Es fing schon an zu schummern, und ich hatte mir schon zweimal ordentlich auf den Daumen gelangt. Es war nicht so schlimm, weil ich Handschuhe anhatte; das durfte ich, seitdem ich Monteur war. In der Lehrzeit hatte mich der Alte einmal mit Hammer und Meißel und Handschuhen erwischt, und er hatte mich gefragt, ob ich der Wand vielleicht den

Blinddarm rausnehmen wolle, und eine Woche lang hatte er mich nur »Herr Doktor« genannt. Aber jetzt war ich Monteur, Elektromonteur, und das hörte sich viel besser an als »Herr Doktor«.

Das angenehmste am Winter war, daß man früh mit der Außenarbeit Schluß machen konnte, nachher gab es nur noch irgendwelche Pusseleien mit Plätteisen und Heizsonnen in der warmen Werkstatt.

Heute war ich nicht so scharf auf das Nachhausefahren. Ich hatte im Magen ein Gefühl wie früher in der Schule, wenn es die Osterzeugnisse geben sollte. Keine Ahnung, wieso.

Ich turnte auf der alten MacCormick-Dreschmaschine rum und schraubte die Leitung los. Dann hörte ich jemanden rufen. Ich war ziemlich schnell unten.

Ich brachte wieder nichts anderes heraus als die Frage, ob es ihr nicht zu kalt sei. Dabei hörte ich, wie in meinem Kopf einer sagte, ich müsse ihr nun ganz was Feines sagen. Na, wie denn?

Der Druck im Magen war jetzt noch stärker – der Lehrer hatte meinen Namen aufgerufen, und gleich würde er meine Zensuren sagen.

»Frau Soebenbrodt läßt fragen, ob Sie vielleicht mal nach der Herdlampe sehen könnten, die flackert so.«

Bums! Ich hatte schon gedacht, sie wollte mich besuchen. Der Lehrer hatte mir eine Vier gegeben.

»Ist gut«, sagte ich, »ich pack den Trödel hier gleich ein, wollte sowieso aufhören.« Dabei knallte ich das Werkzeug zusammen, daß es ein Jammer war.

Sie bückte sich und legte einen Apfel auf die Tasche. »Mögen Sie?« sagte sie und rückte das Tuch, das sie diesmal umgebunden hatte, zurecht.

Oh! Jetzt würde ich ihr sagen, daß ich ...

»Geklaut?« fragte ich und biß in den Apfel. Sie sagte nichts.

Dann zeigte sie auf die Zange und sagte: »Lassen Sie die hier nicht liegen, dann ist sie weg.«

»Ach wo«, sagte ich, »die brauch ich ja noch.«

Als ich das Scheunentor schloß, streifte ich sie mit dem Ellenbogen. Ich hatte es nicht mit Absicht getan, aber ich nahm mir vor, es noch mal zu tun. Das war schön gewesen.

Wir gingen zusammen über den fast dunklen Hof. Keiner sagte etwas.

Ich atmete auf, als ich sah, daß nur die Mamsell in der Küche war.

»Nee«, sagte die, »dies Lampengeflunker macht einen ja ganz brägenklüterig. Gucken Sie doch mal rein, da ist wohl was verstopft?«

»Kein Problem«, sagte ich und holte mir die eiserne Fußroste, die vor der Tür lag. Ich legte sie auf den heißen Herd und stellte mich dann darauf.

»Geh dem Herrn Elektrizitäter mal zur Hand, Anna«, sagte die Mamsell.

»Ja«, sagte ich, »geben Sie mir mal den Schraubenzieher, nee, das ist ein Schraubenschlüssel, ja, den da. Brennen Sie sich nicht!«

Die Mamsell fragte, ob ich nicht die Sicherung rausnehmen wolle, sie habe mal einen Schlag gekriegt, und das sei ja wohl zu gruselig gewesen. Ich wollte ihr was von jahrelangem Training und Abgehärtetsein erzählen, aber Anna war schon hinausgelaufen, und wenig später ging das Licht aus.

Als sie wiederkam, drückte ihr die Mamsell eine Kerze

in die Hand und sagte, sie solle mir leuchten, aber nichts auf den Herd tropfen, das stinke so abscheußlich.

Jetzt standen wir nebeneinander auf der Roste, und ich kam mit den Schrauben nicht zurecht, weil ich immer auf das Kerzenlicht in Annas großen Augen sehen mußte. Ich nahm ihre Hand mit der Kerze und sagte:

»Halt mal so, dann geht's besser.«

Ich konnte nicht sehen, ob uns die Mamsell aus der Dunkelheit zusah, und darum ließ ich Annas Hand nach einer Weile wieder los. An ihrem dünnen Gelenk hatte es geradeso wie an ihrem Hals geklopft.

Irgendwas war an meiner Atmung nicht in Ordnung, und ich sagte laut: »Ganz hübsch verschimmelt da drinnen, Frau Soebenbrodt, Sie kochen zuviel Suppe.« Und zu Anna, in deren Hand die Kerze ganz leise zitterte, sagte ich: »Das nennt man Korrosion. Die Kontakte werden wie ein fauler Apfel aufgefressen.« Dann wieder zu Frau Soebenbrodt: »Ich werd wohl eine neue Lampe mitbringen müssen, die hier ist bald fertig. Ich werd mit dem Meister reden. Für heut und morgen krieg ich's noch mal hin.« Die Mamsell sagte, ich sei ein guter Mensch.

Anna nahm ganz vorsichtig die Kerze in die andere Hand und streifte langsam das Kopftuch ab. Es war warm auf dem Herd.

Ich kratzte an den angefressenen Drähten herum, und es ließ sich gar nicht vermeiden, daß ich immer wieder mit der Wange an Annas sandfarbenes Haar streifte. Mir war, als knistere es leise.

Ich konnte mich beim besten Willen nicht länger mit der Sache aufhalten, und wenn ich meinen Fingern auch zu befehlen suchte, sie sollten langsamer arbeiten, sie wußten sehr gut, wie man einen so lächerlichen Schaden behob, und ehe ich mich versah, waren sie mit der Arbeit fertig.

Ich sprang vom Küchenherd, nahm Anna das Licht aus der Hand und gab es der Mamsell und sagte zu Anna: »Komm!« Sie war ganz leicht.

»Bitte«, sagte ich zu ihr, »schrauben Sie die Sicherung wieder rein, und danke schön für die Hilfe.«

Die Mamsell hatte schon ein Päckchen mit Eiern vorbereitet, und ich verabschiedete mich mit Dank von ihr. Ich sagte, ich möchte den Mädchen auf Wiedersehen sagen, und sah mich suchend um, aber Frau Soebenbrodt meinte, die seien jetzt alle in der Waschküche und sie hätten einen langen Abend vor sich und sie werde es schon ausrichten und ich käme ja wohl morgen noch mal.

Dann fuhr ich den langen verschneiten Weg zur Stadt zurück. Es war wohl noch kälter geworden, aber ich merkte es nicht. Ich spürte immer noch das leise Kitzeln von Annas Haar an meiner Wange, und auf dem dunklen Weg vor mir schienen die Kerzen in ihren Augen zu leuchten. Nun paßte es mir gar nicht mehr so recht, daß die Wintertage so kurz waren, und ich war entschlossen, lieber ein paar Kurzschlüsse in die Leitungen auf dem Gut zu zaubern, als so schnell von dort fortzugehen. Was konnte ich mit dem Mädchen nur anfangen? Früher waren die Leute wohl tanzen gegangen, aber das gab es jetzt im Krieg nicht, und ich konnte auch gar nicht tanzen. Vielleicht kam sie einmal mit mir ins Kino? Oder war das immer so auf dem Gut da, daß die Leute bis in die Nacht hinein arbeiteten?

Die Autos der Fliegeroffiziere hatten immer noch auf dem Gutshof gestanden, als ich fortgefahren war. Von denen kam doch nicht etwa einer auf die Idee, Anna hübsch zu finden? Ich trat wild in die Pedale und landete schweißgebadet vor der Werkstatt.

Der Meister kramte in einer Schublade. »Willste dir 'ne Lungenentzündung holen«, sagte er, als er mein nasses Gesicht sah, »das laß mal unterwegs, wir ham noch Arbeit.« Dann sagte er, ich solle mir noch die Heizsonne von Möbel-Wohl vornehmen, die Alte habe schon den ganzen Tag durchs Telefon gequakt.

»Ich hab meine Zange vergessen, die neue«, sagte ich und freute mich über den Einfall.

»Na, denn kannste sie abschreiben. Die klaun da wie die Raben. Oder fahr noch mal hin. Aber erst machste die Funzel von der Möbel-Witwe fertig. Ich hab 'n Sessel bei ihr bestellt.«

Das war schnell gemacht, und den Weg hatte ich auch bald wieder hinter mir.

»Mein Herre Gott, nee«, schrie die Mamsell, als sie mich sah, »jagt Sie der Leibhaftige?«

Nein, sagte ich ihr, ich sei nur auf der Suche nach meiner Kombizange, die brauche ich ganz dringend, und wenn ich sie nicht wiederfinde, könne ich den Beruf aufstecken.

Die Mamsell jammerte, es tue ihr bei unserem Herrn Jesus in der Seele leid, aber sie könne mir nicht suchen helfen, die Herren Offiziers sollten doch ein opülentes Mahl haben, und sie wisse so nicht, wie sie das machen solle, früher, ja früher sei das mit der Opülenz einfach gewesen, aber heute tauge allens nicht mehr, und außerdem habe sie es mit dem Podagra, und da falle ihr das Bücken schwer, so daß schon deshalb nicht an Suchenhelfen zu denken sei, und die Mädchen, die seien jetzt alle beim Waschen, und das könne zehn werden, und sie müsse sowieso schon allein auftragen bei der Gnädigen und ihren Gästen. Nichts zu machen.

Ich gab die Suche nach der Zange, die jetzt in einer Werkstattschublade lag, bald auf und verabschiedete mich an diesem Tag ein zweites Mal von Frau Soebenbrodt. Die Gute war ganz verzweifelt über mein Mißgeschick, und sie fragte, ob sie mir vielleicht mit einer Kneifzange, die irgendwo auf dem Boden liegen müsse, eine Freude machen könne. Es hätte nicht viel gefehlt, und wir beide hätten geheult.

In dieser Nacht schlief ich schlecht, und ich wachte einmal davon auf, daß meine Mutter kräftig an die Wand klopfte. Sie sagte am anderen Morgen, ihr sei angst und bange geworden, so laut habe ich herumpalavert, und ob es jetzt wieder besser sei.

Das sollte sich bald herausstellen. Ich machte den Weg wieder in guter Zeit und sah auch danach aus, als ich in die Küche von Mamsell Soebenbrodt kam.

»Gott behüte dich«, rief sie, »was geht hier um? Sie werden doch nicht zerspringen? Und allens wegen so 'ne dumme Kneifzange. Die kleine Deern sah wahrhaftig auch ganz bleichgesüchtig aus heute früh. Und hat sie doch nicht gefunden.«

»Augenblick«, sagte ich, »von wem reden Sie?«

»Von uns' lütt Anna«, sagte die Mamsell, »ist doch man nur ein Hänfling und sucht sich die ganze Nacht die lieben Augen aus dem Kopfe.« Es wurde sehr kalt.

»Meinen Sie«, sagte ich vorsichtig, »daß Anna die Zange gesucht hat?«

Die Mamsell sah nicht, daß ich Angst vor der Antwort hatte. Sie erzählte: »Es war schon halber elfe, als sie vons Waschen kamen, und ich sag noch, sie solln sich man schnell ins Bett drücken, sonst spürte Madam vielleicht noch ein Bedürfnis nach irgendwas, und die Fliegeroffiziere strichen auch durch das Haus, und ich wüßt ganz gut, was sie suchten, und als die Deerns rausgehn, sag ich noch, sie solln man die Augen aufmachen, der junge Mann hätt seine Zange verloren, und die andern machen Witze, und die Anna fängt an zu suchen und sagt, die olle Zange wäre Ihnen furchtbar wichtig und sie würde sie schon finden. Es war wohl um einsen rum, als ich sie raufkommen hörte, und heut morgen sah sie wie Buttermilch und Spucke aus.«

Die große Küche war ganz leer. Das Licht der Herdlampe drang matt durch den Dampf, der aus einem eisernen Kessel stieg. Da war nichts mehr von der Wärme von gestern und nichts von dem Licht der Kerze, die Anna mir gehalten hatte. »Ich bin dumm«, sagte ich zu der Mamsell, die mich nur ratlos ansah. Durch das Fenster, dessen Ränder noch frostweiß waren, sah ich die schrundige Fläche des zugefrorenen Gutsteiches, und einen Augenblick lang dachte ich, ich müßte die Zange aus der Tasche nehmen und sie durch das Fenster hinaus auf den Teich werfen, aber ich schämte mich vor der Mamsell, und ich wußte auch, daß es keinem genutzt hätte.

»Wo ist Anna jetzt?« fragte ich.

»Sie ist wieder auf dem Vorwerk«, sagte Frau Soebenbrodt, »sie war ja nur wegen der Wäsche gestern hier, sie arbeitet sonst auf dem Vorwerk.«

»Und wo ist das Vorwerk?«

GOLD

Als mein Vater das Gold gefunden hatte, freuten wir uns alle sehr. Er fand so selten Gold. Genauer gesagt, hatte er noch nie welches gefunden. Aber er war immer wieder hinausgefahren, denn er war von jener zähen Gläubigkeit, aus der man Kirchenheilige macht. Nur daß die seine auf Irdisches gerichtet war.

Immer wenn ich von einem großen Manne lese, er habe um seiner Sache willen nicht Ruhe gekannt bei Tag oder Nacht, muß ich denken: Na und? Falls es einen groß macht, daß er schon vom Schweiße dampft, wenn gerade die Sonne aufgeht, und daß er sich auch im Mondlicht immer noch einmal in die Hände spuckt, dann war mein Vater groß.

Je länger ich mich in der Heroengeschichte umtue, um so deutlicher wird mir, daß mein Vater da hineingehört. Stoße ich etwa auf die Wendung »Ihm ist es nicht an der Wiege gesungen worden ...« oder »Der Erfolg fiel ihm nicht in den Schoß«, so kann ich nur fragen: Wenn von da die Größe kommt, wie steht es dann um meinen Vater? Hat ihm einer etwas von dem Goldklumpen in die Wiege gesungen, ist ihm das Gold vielleicht in den Schoß gerollt?

Ich hoffe, der Ton, in dem ich die Frage stellte, hat sie erledigt.

Jenen aber, denen es an Feinhörigkeit mangelt, sage ich es ganz deutlich ins Ohr: Der goldene Batzen, den mein Vater schließlich fand, war puren Fleißes Preis.

Er war der Lohn für vielmal hundert Tage voll aufreibender Wachsamkeit, er war der sauer verdiente Fund nach zermürbend langem Wünschelrutengang, er war alles andere als ein Geschenk des Himmels, er war nicht Gabe, sondern Ergebnis.

Und darum freuten wir uns alle so, als mein Vater das Gold gefunden hatte.

Nichts ist niederdrückender als der Gedanke an Sisyphus; nichts ist erhebender als die Geschichte des Kolumbus, oder sagen wir vorsichtiger, als jener kleine Abschnitt der Geschichte des Kolumbus, da die vom Salzwind verklebten Augen des Seepfadsuchers Indien erschauten. Wen schert es heute noch – beinahe hätte ich gesagt: wer weiß heute noch –, daß des Kolumbus Indien gar nicht Indien war; wer, außer einigen Dramatikern, die es immer wieder nach Aufdeckung gelüstet, wollte darauf heute noch herumreiten?

Kolumbus hat Indien gefunden und mein Vater Gold.

Wie ich das bisher Geschriebene überprüfe, erblicke ich den möglichen Ansatzpunkt zu einer Legende: Die Meinung könnte sich bilden, mein Vater habe vom Antritt seiner Reise bis zu ihrem glückhaften Ende (glückhaft in dem Sinne: Jeder ist seines Glückes Schmied) von nichts anderem als von der Hoffnung gelebt.

Es gibt zu viele Mären dieser Art, als daß ich den faden Ehrgeiz haben könnte, ihnen eine weitere hinzuzufügen.

Hoffnung, sage ich daher, Hoffnung kann treiben, spornen, ja peitschen, aber satt macht sie nicht. Satt machten meinen Vater und uns seine gelegentlichen Funde an Blei, Zink, Kupfer und Messing und sein fester Wochenlohn …

Niemand, dem es über dem letzten Satz die Augenbrauen hochzieht, braucht sich dessen zu schämen, bestätigt diese Skepsis andeutende Muskelbewegung doch nur, daß er kein sklavisch dem Buchstaben ausgelieferter Worteschlucker, sondern ein idealer und das heißt ein hellwacher Leser von Urteil ist.

Er ist der Mann, mit dem man rechnen muß, wenn man eine Geschichte erzählt, ja eigentlich ist er es allein, dem man sie erzählt. Und wenn man das Gefühl hat, ihm werde eine, die man vortragen wollte, nicht ein einziges Mal die Augenbraue hochtreiben, dann soll man es aufgeben und sich, wenn nicht gleich nach einem anderen Beruf, so doch wenigstens nach einer anderen Geschichte umsehen. Hüten freilich muß sich der Schreiber davor, daß die von ihm so kunstvoll erzielte Skepsis seines Lesers in Unmut umschlage, eine Gefahr, die nicht zuletzt immer dann zwischen den Zeilen lauert, wenn einer vom Erzählen ins Meditieren und Reflektieren verfällt und etwa, um ein Beispiel zu nennen, anstatt unverzüglich zu berichten, wie sein Vater Gold gefunden hat und was dann geschehen ist, belehrend ins Stocken gerät.

Darum sei, was nun einmal gesagt werden muß, in aller Kürze gesagt: Ich neige zu der immer mehr um sich greifenden Auffassung, daß zur Unterhaltung Aufgeschriebenes oder auf Bühnen Vorgeführtes stutzen machen, glauben machen soll, man habe nicht recht gehört oder gesehen. Literatur – und ich bin mir der Unbescheidenheit meiner Wortwahl in diesem Zusammenhang durchaus bewußt –, Literatur muß sich auf den ersten Blick wie ein Druckfehler ausnehmen.

Und nahm sich nicht zumindest das Wort »Wochenlohn« in jenem in drei Pünktchen auslaufenden Satz, hinter dem sich der Zeigefinger der Theorie erhob, wie ein Druckfehler aus? Hatte man denn in der Geschichte eines Goldsuchers die Erwähnung so ordentlich-langweiliger Dinge wie Wochenlöhne erwarten können? Schickt sich das vielleicht?

Wenn von einem Goldsucher die Rede ist, so will man einen Prospektor in der zitternden Ungewißheit, ob er jemals sein Dorado finden werde, aber will man auch einen, der mit beiden Beinen beruhigend fest auf einer Gehaltsliste steht? Will man einen Kolumbus mit Lohntüte? Ich zweifle sehr.

Schon nicht mehr zweifle ich, ob es ein Leser ohne den heftigsten Augenbrauenruck hinnimmt, wenn geschrieben steht, der Goldsucher habe sein durch festen Sold gesichertes Auskommen zusätzlich durch den Erlös aus gelegentlichen Blei-, Zink-, Kupfer- und Messingfunden aufbessern können. Schließlich hat jeder von uns in der Schule schon gelernt, daß Messing ein Kunstprodukt, eine Legierung ist und nicht in der Natur vorkommt. Und wenn wir es uns auch gefallen lassen, daß uns einer erzählt, ein Schürfer sei auf Thyminaplusquamphosphat gestoßen – wir lassen es uns gefallen, obwohl wir wissen, daß es gar kein Thyminaplusquamphosphat gibt; wir lassen es uns gefallen, weil wir ja für künstlerische Freiheit sind –, bei Messing hören der Spaß und die Freiheit auf. Goldsucher können auf Blei und Kupfer und alles mögliche stoßen, nicht aber auf Messing. Ehe der aufgebrachte Leser ganz das Heft in die Hand nimmt, möchte ich es wieder an mich bringen. Schließlich habe ich ja die Geschichte angefangen und nicht er. In dieser Geschichte bestimme ich. Und ich sage: Er hatte recht, als er die Augenbrauen hochzog, aber nun fängt er an, nicht mehr recht zu haben. Woher weiß er denn, wo mein Vater neben Blei, Zink, Kupfer – und dem Gold natürlich –

Messing gefunden hat? Habe ich etwa gesagt, mein Vater sei in mexikanischen Wüsten oder sibirischen Bergen herumgeirrt? Kein Wort davon. In diese Landstriche ist der Leser abgewandert, kaum daß von Goldsuchen die Rede gewesen ist. Die Phantasie ist mit ihm durchgegangen.

Es handelt sich aber in dieser Geschichte nicht um phantastische Dinge; es handelt sich nur darum, daß mein Vater Gold gefunden hat und daß wir uns alle sehr darüber gefreut haben, weil das doch etwas anderes war als immer nur Blei, Zink und Kupfer und Messing.

Ohne nach Vollständigkeit streben zu wollen, möchte ich doch wenigstens erwähnen, daß mein Vater bei seiner Suche auch nichtmetallische Werte zutage förderte, Holz der verschiedensten Arten zum Beispiel und auch leere Flaschen.

Ich hoffe, daß inzwischen jedermann gewarnt genug ist und nicht versucht, hinsichtlich der Flaschen Zweifel anzumelden. Sollte ein Unbelehrbarer es dennoch tun, so würde ich ihm die These entgegenschleudern: Wo Messing ist, da sind auch leere Flaschen. Ebensogut könnte ich sagen: Wo Messing ist, da sind auch tote Kanarienvögel, verbrannte Krawatten, fabrikneue Stilleben, jahrgangweise gebündelte Kirchenanzeiger, gläserne Augen mit zerkratzten Pupillen, Emailschilder, auf denen »Vor dem Hunde wird gewarnt!!!« steht oder »Hier werden Ohrlöcher gestochen!«, und knebellose Wasserhähne. Da diese aber meistens aus Messing sind und die These demnach lauten würde: Wo Messing ist, da ist auch Messing, wollen wir die Wasserhähne wieder streichen. Nur das Gold wollen wir noch hinzufügen, das Gold, das mein Vater dort, wo Messing und all das andere war, gefunden hat, worüber wir uns übrigens alle sehr gefreut haben.

Der Leser, mit dem ich rechnete, als ich diese Geschichte anfing, der intelligente Leser also, wird inzwischen längst wissen, wo mein Vater das Gold gefunden hat, und er wird beleidigt sein, wenn ich das Überflüssige ausspreche. Aber er möge bedenken, daß stets auch ein paar andere mitlesen, solche, denen man immer sagen muß, was man sagen will. Denen sage ich (die anderen können bis zum nächsten Absatz pausieren): Mein Vater ... aber nein, es geht wirklich nicht; ich setze den Fuß wieder nieder, den Fuß, der schon angehoben war zum Schritt hinüber ins platte Land, ins Land der Plattheiten; ich habe mich entschieden, es mit den Kennern zu halten und den Zorn jener nicht zu fürchten, die fortan mit einem weiteren Rätsel werden leben müssen. Doch den letzteren zum Troste sei gesagt, daß der größte Spaß auf dieser Welt von ihren Rätseln herkommt. Wo und was wären wir denn, wenn wir nichts zu raten hätten? Und so will ich denn den längst überfälligen Sinnspruch formulieren: Leben heißt Nüsseknacken. Oder präziser noch: Der Mensch – ein Nußknacker!

Obzwar vertraut mit der meisten Leser Verlangen nach fortschreitender Handlung, nach erzählerischem Sauseschritt durch die Niederungen des Daseins und über seine Höhen hin und obwohl bekannt mit ihrer Abneigung gegenüber Autoren, die sie am Arm packen und mit ihnen gleichsam immer denselben öden Gedankengang auf und nieder rennen, gestatte ich mir doch noch einen wenige Zeilen währenden Aufenthalt: Es ist nicht nur die Rücksicht gegenüber den anderen, die uns schweigen heißt vom Unnötigen, es ist auch Rücksicht auf uns selbst. Wir langweilen uns nicht gerne.

Doch fort nun wieder in den trägen Zug der Erinnerungen.

Mein Vater hatte also zu unser aller Freude Gold gefunden, und obwohl er und wir schließlich jeden Tag damit hatten rechnen müssen, traf es uns doch beinahe unvorbereitet.

Das Gold erwies sich als ein Fund von neuer Qualität. Mit allem anderen war mein Vater kurzhändig fertig geworden; aber diesmal gab es Schwierigkeiten. Dabei hatte er doch wahrhaftig schon Probleme gelöst, von denen ich nicht weiß, ob andere sie so ohne weiteres bemeistert hätten. Nehmen wir nur die Sache mit den beiden Schellenbäumen.

Mein Vater fand einen Schellenbaum. Einen, nicht zwei, obwohl die ankündigende Bemerkung das hatte vermuten lassen müssen. Wenn auch das Erfahrungsmaterial, mit dem ich hier operiere, vergleichsweise spärlich ist, würde ich überhaupt annehmen, daß man nur äußerst selten zwei Schellenbäume findet. Mein Vater fand einen.

Zum Problem reicht einer auch völlig: Was macht man mit einem Schellenbaum?

Mein Vater löste die Frage auf Anhieb. Er rammte das typisch militärische – weil ebenso prächtige wie einfältige – Instrument in ein Erbsenbeet und hatte eine gleich ungewöhnliche wie wirksame Vogelscheuche. Ihre Wirkung beruhte auf dem Ungewöhnlichen. Wenn nämlich die protzig kolorierten Roßschweife des martialischen Instrumentes im Winde wehten, versammelte sich alsbald eine erwartungsfrohe Vogelschar unter ihnen.

Vorwitzige könnten einwenden, dies sei ja nun nicht gerade die Bestimmung einer Scheuche, aber man wird ihnen entgegnen können, daß die Vögel vor lauter nach oben gerichteter Hoffnung gar nicht auf die Idee kamen, sich mit dem Erbsensamen unter ihren Füßen zu befassen, und außerdem ist die Geschichte ja noch nicht zu Ende.

Wenn nämlich so ziemlich alles, was in der näheren Nachbarschaft Flügel hatte, unter den Pferdesymbolen jiepernd beisammen war, griff mein Vater nach Schleuder und Kieselstein und schoß ... nein, natürlich nicht auf die hundert Spatzen, sondern gegen einen der Metallstreifen des in den Schellenbaum eingebauten Xylophons – mit Vorliebe schoß er auf einen, von dem er behauptete, er töne in cis-Moll.

Und ihr mögt mir glauben: die gleichen Vögel, die eben noch darauf gepfiffen hatten, daß den Schweifen zu vollständigen Pferden einiges fehlte – in der Art der auf moderne Bühnenbilder geeichten Theaterbesucher, die ja auch einen in Kreide gemalten Perpendikel für eine ganze Standuhr zu nehmen bereit sind –, die gleichen Vögel erstarrten, sobald der sogenannte cis-Moll-Ton erklang, überlegten offenbar und suchten Roßschwänze und sogenannten cis-Moll-Ton miteinander in Einklang zu bringen, erkannten, daß dies unmöglich sei, und schwirrten davon.

Damals wurde ein künstlerischer Leitsatz geboren, der mich durch mein ganzes Werk begleitet hat: Pferdeschwänze und sogenannte cis-Moll-Töne – bildhaft gesprochen – gehen nicht überein.

Ein anderes Mal fand mein Vater ein zerrissenes Fischernetz. Gewiß, er hätte es flicken und verkaufen können. Aber das hätte sehr viel Zeit gekostet, und die brauchte er ja, um das Gold zu suchen. Mein Vater legte das Fischernetz beiseite in eine der Kisten, in denen schon anderes nicht sogleich Verwendbares ruhte, und holte es erst wieder hervor, als sich der Satz Kirchenglocken angefunden hatte.

Auf den ersten Blick schienen die Kirchenglocken bei uns so deplaciert zu sein wie das Fischernetz, und für sich genommen, waren sie das auch. Es waren zwölf porzellane Nachbildungen einer jüngst erst in Betrieb genommenen Großglocke; auf ihren Rändern stand in erhabenen Buchstaben »Höret meine Stimme und erwachet!« geschrieben.

Mein Vater prüfte den Klang aller zwölf Glocken und las zwölfmal den Text »Höret meine Stimme und erwachet!«, was meine Mutter ruhiger hingenommen hätte, wenn es nicht beim Abendbrot gewesen wäre. Mein Vater holte das Fischernetz aus der Kiste, knüpfte die zwölf tönernen Schellen darein, stellte zwei Leitern an unseren großen Apfelbaum, der, weil er unmittelbar an der Straße stand, als die Keimzelle des heute so beliebten Selbstbedienungsgedankens angesehen werden kann, und zurrte das Klingelnetz über die Boskopkrone. Als es Abend ward, stellte er einen Golfschläger, den er gelegentlich gefunden hatte, in die Veranda neben seinen Lehnstuhl, der eigentlich ein ausgedienter Friseursessel und meinem Vater irgendwo untergekommen war.

Zur Beschreibung der weiteren Vorkommnisse in dieser Nacht möchte ich mich des Zitats bedienen, eines literarischen Mittels also, das, wie ich kürzlich einem ausgewogenen Vortrag entnehmen konnte, an Legitimität um so mehr gewinnt, als sich diese Welt immer deutlicher als schon ausgesagt herausstellt.

(»Wie wahr!« habe ich an jener Stelle dem Redner zugerufen, und »wie wahr!« wiederhole ich hier, denn wenn etwas am Stande der Dinge auf dieser Erde ins Auge fällt, so ist es ihre Unverrückbarkeit. Das bißchen Mondfahrt und karibische Fidelitas oder ähnliche Bagatellfälle der Historie darf man getrost übersehen, wo es um ästhetische Prinzipien geht.)

In diesem besonderen Falle wurde das, was ich zu berichten habe, bereits von Ludwig van Beethoven und einem zeitgenössischen Musikkritiker anläßlich der Sinfonie Nr. 6, F-Dur, op. 68, der »Pastorale«, ausgesagt.

Naturgemäß wird es ohne erläuternde Einschübe meinerseits nicht abgehen, da angenommen werden muß, daß sowohl Beethoven als auch der Kritiker bei Komposition beziehungsweise Interpretation der »Pastorale« Vorgänge im Auge gehabt haben können, die von denen unter unserem schellenbestückten Boskopbaum in Einzelheiten abgewichen sein mögen. Ich beginne:

Mein Vater hatte sich die Lehne seines Friseursessels in den rechten Winkel und die Nackenstütze in die rechte Höhe gestellt und blickte in den nächtlichen Garten. Alles war ruhig. »Keinerlei Störungen und Konflikte trüben die Freude am Erleben der Natur« (Kritiker, im folgenden kurz Kr. genannt). Da aber mein Vater auf anderes aus war als auf Erleben der Natur, blieb er vorerst emotionell unbewegt. Doch als er vorsichtige Schritte auf der Straße hörte, konnte man vom »Erwachen heiterer Empfindungen bei der Ankunft auf dem Lande« (Beethoven, auch weiterhin aus Gründen der Pietät Beethoven genannt) sprechen. Mein Vater vernahm, mit den Worten Kr.s, eine »sanft in gebrochenen Akkorden niederfließende C-Dur-Melodie« und »im Baß eine markante Gegenstimme«, woraus er schloß, daß es ein Pärchen sei, was sich da unserem Anwesen näherte – ein

Pärchen, das ich, der praktischen Kürze und auch der dem Zitat verwandten Anspielung wegen, Adam und Eva nennen möchte.

Adam und Eva blieben in Höhe unseres Apfelbaumes stehen und kosten einander, freilich in allen Züchten – »in der Durchführung kommt es nicht zu dramatischen Zuspitzungen, sondern mehr zum schwärmerischen Ausbreiten freudiger Gemütsbewegungen«, sagt Kr. Wer von den beiden dann auf die Idee gekommen ist, nach unseren Äpfeln zu greifen, läßt sich nicht mehr feststellen. Sicher ist aber, daß mein Vater den zwölfstimmigen Ruf »Höret meine Stimme und erwachet!« vernahm und in »drei, pausenlos miteinander verbundenen Sätzen« (Kr.) unter Mitnahme des Golfstocks an den Zaun eilte und sich des räuberischen Paares annahm. Beethoven hat den Vorgang etwas schönfärberisch als »lustiges Zusammensein der Landleute« beschrieben, während Kr., schon etwas deutlicher, von einem »leise huschenden Staccatothema mit kecken Vorschlägen«, von einem »kraftvollen, männlichen Bauerntanz« spricht und davon, daß eine »Meisterhand mit den einfachsten Mitteln überaus anschaulich das Toben, Blitzen, Donnern eines heftigen vorüberziehenden Sommergewitters« gestaltet habe.

Kenner natürlicher Verhältnisse werden bemerken, daß sich das Zitat hier gegenüber den tatsächlichen Vorgängen etwas spröde und sperrig verhält; die bisher beobachtete Stimmigkeit geht an dieser Stelle verloren, wenn man bedenkt, daß zur Reifezeit von Boskopäpfeln an Sommergewitter nicht mehr zu denken ist. Doch schon in der nächsten und letzten Phase kommt es erneut zu schöner Kongruenz zwischen Zitat und Geschehen: Während sich die gestraften Diebe davonmachten, setzte sich mein

Vater wieder in seinen Friseurstuhl und hatte »frohe und dankbare Gefühle nach dem Sturm« (Beethoven). Dann schlief er ein.

Soweit die Sache mit den beiden Schellenbäumen, über die nur berichtet wurde, um zu beweisen, daß mein Vater sich im allgemeinen zu helfen wußte, wenn er bei seiner Suche nach dem Eigentlichen, dem Gold natürlich, auf Dinge stieß, von denen andere gemeint hätten, sie würden sich nicht ohne weiteres in ein gewöhnliches Dasein fügen lassen.

Nun höre ich schon den Einwand, mein Vater hätte der Obstmauserei auch mit weniger bizarren Methoden, mit konventionellen Mitteln steuern können; ein Hund etwa hätte denselben Dienst getan. Wer so spricht, zeigt nur an, wie wenig er doch von meinem Vater weiß und daß er ihm auf sein Wesentliches noch nicht gekommen ist, darauf nämlich, daß er ein Künstler war, und zwar einer von jener absonderlichen Art, der es um das Wie mehr zu tun ist als um das Was.

Damit keine Mißverständnisse aufkommen: Er war natürlich nicht so albern, sich, bevor er eine Fahrt antrat, den Rucksack voll Steine zu packen, damit er auch ja etwas hätte, was er sich in den Weg legen könnte, ja, ich glaube, er hätte das Gold, das er nach so vielen Mühen schließlich gefunden hat, allenfalls auch genommen, wenn man es ihm ins Haus gebracht hätte, aber – und das ist es, worauf ich hinauswollte, als ich von seinem Künstlertum sprach – Spaß hätte es ihm nicht gemacht.

Nehmen Sie nur, wenn Ihnen die Schilderung der Mühsal, welche dem Goldfund vorausgesetzt war, oder wenn Ihnen die Geschichte der beiden Schellenbäume nicht genügt, die Sache mit der gestohlenen Ziege, die besser als alle anderen Geschehnisse die Frage beantworten hilft, warum meines Vaters Weg mit eiserner Logik an die Lagerstätte des kostbaren Metalles führen mußte.

Die Ziege genoß in unserem Haushalt insofern eine Sonderstellung, als mein Vater sie nicht gefunden, sondern rechtens erworben hatte. Ohne einer gewissen, fast anrüchigen Theorie das Wort leihen zu wollen, muß ich doch bekunden, daß es mir heute, da die Zeit einen weiten Abstand zwischen mich und die Ziege gelegt hat, leichter fällt, ohne Zorn von dieser Kreatur zu sprechen. Damals haßte ich sie, denn ich mochte keine Ziegenbutter, war aber dessenungeachtet gehalten, sie nicht nur zu essen, sondern auch herzustellen.

Ich will niemanden mit einer detaillierten Schilderung der Technologie des Herstellungsprozesses langweilen – obwohl ich nicht einzusehen vermag, warum der Ziegenbutter nicht recht sein sollte, was Edelstahl oder Eiergraupen billig zu sein scheint –, ich will nur die notwendigen Voraussetzungen zum Verständnis der Situation schaffen. Die Ziegenbutter kostete kaum mehr als meine Zeit und Kraft; sie stellte sich also, da ich noch ein unmündiger Knabe war, äußerst billig. Freilich setzte ihre Gewinnung Geduld und intime Kenntnis gewisser Naturgesetze voraus. Eines dieser Gesetze lautet: Fett schwimmt oben.

Einmal im Besitz des Geheimnisses, war es mir ein leichtes, den Rahm von der in irdenen, mit einem in Blau gehaltenen Zwiebelmuster bemalten Satten aufbewahrten Milch abzuschöpfen. Ich versammelte ihn in einem einer kleinen, schmalen, hölzernen Tonne ähnlichen Behältnis, dessen lichte Höhe ungefähr fünfundvierzig Zentimeter betrug und durch dessen dicht schließenden

Deckel eine Art Besenstiel mit schöner Maserung geführt war, an dessen unterem Ende sich eine durchlöcherte Holzscheibe von der Größe eines handelsüblichen Frühstückstellers befand. Bewegte ich nun mit Hilfe des Stiels die Scheibe durch den Rahm und tat ich es lange genug und tat ich es in einem bestimmten Rhythmus, der sich herstellte, wenn ich ein Lied mit dem die Schönheit des Werkens sinnfällig machenden Text »Oh, was klötert das / in mein' Butterfaß!« absang, so bildete sich nach schrecklich langer Zeit und auf unerklärliche Weise, immer synchron mit schmerzenden Blasen an meinen Händen, im Fasse Ziegenbutter. Ein weiteres Mal war dann bestätigt worden, daß Materie nie verschwindet, sondern nur in gewandelten Formen wiederkehrt.

Hierzu noch eine Anmerkung für solche, die in die Gesetzmäßigkeiten der Natur weniger tief eingedrungen sind als ich und denen rasch aus dem Sumpf der Unwissenheit herausgeholfen werden muß: Auch Energie ist nichts weiter als eine der Spielformen der Materie. Über den bewegten Butterfaßschwengel führte ich meine Energie der Sahne zu, die daraufhin zu Butter ward, von der ich mich dann nährte, um zu neuen Kräften zu kommen, die ich wiederum benötigte, um weitere Butter herstellen zu können. Aber es dünkt mich fast, ich sei hier zu einem Abschweif im Begriffe und entferne mich allzuweit vom güldenen Kern meines Berichtes, also von der Tatsache, daß mein Vater zu unser aller Erleichterung und Freude eines sonnigen Tages Gold gefunden hat. Bevor aber dies geschah, ward uns die Ziege gestohlen.

Wir hätten es leichter zu tragen gewußt, wäre eine Ahnung in uns gewesen, wie nahe schon mein Vater seinem Ziele war. Wir hatten aber diese Ahnung nicht, und so waren wir bestürzt. Selbst ich, obwohl ich das Vieh haßte. So widersprüchlich kann das Leben sein.

Eine Woche vor dem Diebstahl hatte mein Vater sich die Hand verstaucht. Das war zwar weit weniger schlimm als ein Augenschaden, der die Goldsuche sehr erschwert hätte, aber immerhin setzte es meinen Vater außerstande, die Ziege zu melken. Da sich diese nun mit meiner Mutter überhaupt nicht vertrug, erklärte sich ein Arbeitskollege meines Vaters, ein gewisser Cornelius Bein, bereit, zweimal täglich der Ziege Zitzen zu ziehen.

Cornelius Bein handelte selbstlos. Außer einem kräftigen Frühstück vor dem Morgenmelken und einem herzhaften Imbiß nach dem abendlichen Euterzerren nahm er keinerlei Entlohnung an. Die Minuten auf dem Melkschemel, so sagte er, seien schmerzhaft rare Augenblicke der Zwiesprache mit dem großen Pan, brächten ihn in ein süß-quälendes Du-auf-du-Verhältnis mit dem Allwebenden, und wonach weiter solle ihn da noch verlangen?

Nun, eines Tages verlangte ihn nach unserer Ziege, und er klaute sie. Wäre ich auf eine Kriminalgeschichte aus, so hätte ich mit diesem Bescheid die Pointe verschossen; da ich aber vom Künstlertum meines Vaters sagen will, räumte ich mit meiner Enthüllung nur ein irritierendes Fragezeichen aus dem epischen Flusse, der uns weiter tragen soll als in das Röhricht eines stümperhaften Eigentumsdeliktes.

Kurzum, die Ziege fand sich eines Abends nicht mehr an jener Stelle, an der sie am Morgen angepflockt worden war, und als ich statt mit der Ziege an der Kette mit einer Kette ohne Ziege nach Hause kam, verlangte meine Mutter sofort nach einem Kriminalkommissar, aber mein Vater wollte davon nichts hören. Sie würden höchstens einen Wachtmeister schicken, sagte er, und die fänden bei Leuten wie uns nur Sachen, nach denen zu suchen man sie gar nicht gebeten habe. Darauf komponierte meine Mutter eine Annonce: »Die Person, welche eine Ziege, weiß, auf rechter Seite braune Fleckenmusterung in Form des Malaiischen Archipels, entwendet hat, ist erkannt und wird gebeten ...« Mein Vater verwarf auch diesen Vorschlag, aber die Erwähnung der fernöstlichen Inselgruppe auf der rechten Flanke unserer Ziege erleuchtete ihn. Er sagte, wir alle hätten in der nächsten Stunde strengstes Stillschweigen über unseren Verlust zu wahren, er selbst müsse rasch noch einmal fort, werde aber bis zum Eintreffen von Cornelius, der heute nachmittag zum Zahnarzt gegangen sei und deshalb eine Stunde später als gewöhnlich komme, wieder da sein. Wir sollten uns verhalten, als sei rein gar nichts geschehen.

Mein Vater war nach kurzer Zeit zurück und hatte im Stall zu tun. Einmal war mir, als hörte ich schmerzlich-protestierendes Aufmeckern einer Ziege, aber wie konnte denn das sein?

Wenn ich an Cornelius Bein dachte, wurde mir ganz wehe. Den würde der Raub viel stärker treffen als mich, denn schließlich war das Tier für ihn die Kontaktperson zu Pan, dem Allwebenden, gewesen, und wie herzlich doch hatte er sich immer freuen können, wenn er uns anhand der Flecken auf den Ziegenrippen die Lage der Molukken sowie Flora und Fauna der Großen und Kleinen Sundainseln erläutern konnte. Gerade gestern noch hatte er meinem Vater gesagt, die Ziege müsse sich gestoßen haben, denn als er mit der Hand in die Südwestecke von Sumatra geraten sei, habe sie schmerzlich aufgemeckert.

Cornelius Bein winkte verächtlich ab, als ich ihn fragte,

ob ihm der Zahnarzt weh getan habe, und ging nach hinten zum Stall. Ich überlegte noch, ob ich ihn nicht doch schonend vorbereiten sollte, da trat er bereits in die Tür. Und dort blieb er stehen, bewegungslos zunächst und dann ein wenig zitternd.

Jetzt sieht er es, dachte ich, und wie ich so seine im Erschrecken hochgezogenen Schultern sah, reute mich meine Folgsamkeit gegenüber meines Vaters Gebot.

Ich hörte meinen Vater sagen: »Wieviel Zähne haben sie dir denn gezogen? Hast ja eine Farbe wie Ziegenmilch!« Und Cornelius hörte ich irgend etwas murmeln.

Dann ging er mit hölzernen Schritten in den Stall.

Ich sah, was auch er gesehen hatte: unsere Ziege. Sie fraß gelassen Rübenschnitzel und kehrte uns die rechte Seite zu, die mit dem Malaiischen Archipel.

Just als ich meinen Vater um eine Erklärung dieses frappierenden Sachverhaltes angehen wollte, bremste er mich mit einem seiner berühmten Blicke, die mehr als alles andere an ihm Hinweis auf Größe waren.

Cornelius Bein brauchte sehr lange, bis er auf seinem Schemel richtig saß, und er griff ein paarmal an dem Melkeimer, den mein Vater ihm hinhielt, vorbei. Er stöhnte tief, ehe er den ersten Euterzug tat, und der Milchstrahl fuhr ins Stroh.

»Ist was?« fragte mein Vater, aber Cornelius knirschte nur mit den Zähnen und molk. Dann hielt er jäh inne, beugte sich zum Euter der Ziege hinunter, richtete sich wieder auf und betrachtete das Tier mit den Blicken eines, der sieht, was er bis dahin zu sehen für unmöglich gehalten hat.

Mein Vater sagte: »Sieh doch mal nach, was die Prellung macht.«

Cornelius Bein nickte eifrig, als habe man ihm geraten, sich rasch in den Arm zu zwicken. Er zielte mit ausgestrecktem Zeigefinger genau auf die Südwestecke von Sumatra und stieß vorsichtig zu. Die Ziege schrie ach und weh. Und Cornelius Bein war geständig. Detailliert schilderte er Planung und Ausführung der Tat, Motiv und Fluchtweg und vor allem den Verbringungsort der Beute.

»Alles war so schön ausbaldowert«, sagte er, »aber gegen Wunder kann ich auch nicht an!«

Mein Vater streckte die Arme aus – und ich muß heute sagen, hier übertrieb er etwas – und befahl Cornelius Bein: »Nun wandle hin, wo du das unrecht Gut angekettet hast, und treibe es wieder hieher in seinen heimischen Pferch!«

Cornelius Bein setzte angesichts der Ziege vor ihm zu einer fragenden Geste an, erinnerte sich aber rechtzeitig, daß man nicht fragt, wo Wunder geschehen, und wankte, halb gebrochen und halb erhöht, davon.

Bevor er mit unserer richtigen Ziege wiederkehrte, hatte mein Vater die falsche, die geliehene, mit Hilfe warmen Wassers vom Malaiischen Archipel befreit und sie zu unseren hilfsbereiten, wenn auch verständnislosen Nachbarn zurückgeschafft. Und ich kann bezeugen: Er hat sich alle Mühe gegeben, dem Tier zu erklären, warum er ihm im Interesse der Aufrechterhaltung von Sitte und Tugend einen talergroßen Flecken auf der rechten Flanke wundzuscheuern nicht umhingekonnt hatte.

Obzwar ich annehmen darf, daß niemand den aufklärerischen Zug, der dieser Episode innewohnt, übersehen haben wird – findige Kritiker werden ihn mit der Überschrift »So werden Wunder gemacht!« gebührend herausheben –, will ich allem Obskurantismus einen weiteren Schlag versetzen, indem ich noch mitteile, daß die Geschehnisse in unserem Ziegenstall der Heilsarmee den Stoff für ihre heute noch werbewirksame »Ballade vom Mirakel des Cornelius oder Wie ein Dieb bekehret ward« geliefert haben – einen listig-verdunkelnden Singsang, in dem der führenden Rolle meines Vaters und seines Künstlertums nicht einmal Erwähnung getan ist.

Beglückt erkenne ich, daß mir mit dieser Randbemerkung der Faden wieder in die Hand geriet, der mir wohl doch um ein weniges zu entgleiten drohte, und zwar von jenem Augenblicke an, da das Stichwort Kunst gefallen war. Und das ist kein Zufall. Denn wie Kunst nichts anderes ist als disziplinierte Ausschweifung, so verführt auch das Nachdenken über sie, ja ihre bloße Erwähnung, zu gedanklichen Ausritten weitab von den Bahnen des Her- und auch des Zukömmlichen, und Zügel und Trense sind hier nötiger als Peitsche und Sporn.

Ausübende der Kunst wie ihre kritischen Begleiter sind daher immer dann am besten dran, wenn sie, schlicht gesagt, bei der Sache bleiben. Die Sache meines Vaters war es, Gold zu suchen, und die meine ist es, davon zu berichten. Ziegen- und Apfeldiebe, Apfel- und Schellenbäume können erwähnt werden, aber sie dürfen uns nicht den Blick verstellen. Sie müssen bleiben, was sie sind, Nebendinge.

So will ich denn nunmehr ohne nochmaliges Zögern mit raschen, aber zutreffenden Worten schildern, was sich an jenem Tag begab, an dem mein Vater das Gold gefunden hatte. Mich deucht, ich hätte bereits erwähnt, daß wir uns damals alle sehr gefreut haben, aber mir ist, als hätte ich noch nicht gesagt, wer denn das war: wir alle.

Zuoberst handelte es sich um meine Mutter, meine Geschwister und mich. Aber auch unter den Nachbarn waren viele, die von Herzen Anteil nahmen an unserem Glück. So vor allem Frau Mylamm, in deren eigenem Leben nie etwas von Erhöhung gewesen war, so daß ihr keiner hätte verargen dürfen, wäre sie ob meines Vaters Fund fortan neidgrünen Gesichtes herumgelaufen. Oh, war die vom Schicksal gebeutelt worden!

Niemand, dem es Beruf ist, sich und andere zu unterhalten, indem er der Menschen Lebensläufte aufspürt, die Ergebnisse seiner Explorationen in Worte faßt und zu Papier bringt, niemand dieser Art kann sich der Versuchung entziehen, welche ausgeht von einem Satze wie: »Oh, war die vom Schicksal gebeutelt worden!«

Das steht da wie eine dunkelhaarige Schöne mit verschränkten Armen; es ist gleichsam ein Satz auf hohen schlanken Beinen, mit kunstvoll verdrehten Hüften und mit einer Brust, die alles von einem Magneten hat, außer daß sie aus Eisen ist. Daran kommt man nicht vorbei.

Die Entschuldigung ist da, und wenn nicht das, so doch wenigstens die Begründung, und die wird meinem Gewissen ein Maulkorb sein, wenn ich nun wider alle Vorsätze rasch noch von Frau Mylamm erzähle, bevor ich den Fundbericht voran- und ins Ziel treibe. Aber vielleicht ist es ökonomischer, wenn ich Frau Mylamm selbst das Wort lasse. Sie hat die tragischen Begebnisse ihres Lebens so oft vorgetragen, daß ihr die Beschreibungen der einzelnen Vorfälle wie rundgeschliffene Kieselsteine vom Munde gehen; sie weiß am besten, worauf es ankommt und worauf nicht, und wer auf anekdotische Verknappung aus ist, könnte bei ihr in die Schule gehen.

Frau Mylamm war – soviel muß ich doch noch vorausschicken – zu jener Zeit, da ich sie das Folgende sagen hörte – es wird wenige Tage vor dem Goldfund meines Vaters gewesen sein, präziser kann ich es nicht angeben, denn naturgemäß hat der kolumbinische Triumph meines Vaters alles Vorangegangene ein wenig verdunkelt und der Relevanz entfernt –, Frau Mylamm war damals ein verhärmtes Wesen um die Fünfzig herum. Im allgemeinen war sie wortkarg, aber zwei Wörter konnten sie geradezu hektisch beredt machen. Es waren dies die Wörter Entschlossenheit und Unentschlossenheit. Welches von beiden auch fallen mochte und in welchem Zusammenhange immer, Frau Mylamm griff es auf und schnipste es verächtlich fort, indem sie sagte:

»Davon halt ich nichts gar nichts. Entschlossenheit ist quatsch und unentschlossenheit ist quatsch und ich weiß was ich sag. Unentschlossenheit kann einen um was bringen was man gerne haben möchte und entschlossenheit kann einem was einbringen was man gar nicht haben möchte. Unentschlossenheit kann einen umbringen und entschlossenheit kann einen auch umbringen. Nehmen sie mich ich hatte es immer mit der entschlossenheit und dann kam einer der hatte es mit der unentschlossenheit und darum konnte nichts werden mit uns beiden. Denn eines tages kam diese lokomotive. Dadurch ist dann alles kaputtgegangen weil wir in dem bus gesessen haben und er so unentschlossen war. Als nämlich die lokomotive ankam war alles vorbei und was dabei durch die entschlossenheit herauskam taugte erst recht nichts. Und dabei hab ich den menschen so geliebt und wenn er nicht so unentschlossen gewesen wäre könnten wir noch heute glücklich sein womit ich aber nicht sagen will daß man durch entschlossenheit glücklich werden muß. Ich werd mich hüten so was zu behaupten das wär wohl das letzte. Denn der mensch den ich meine war das entschlossenste an unentschlossenheit was mir über den weg gekommen ist und wenn uns nicht damals als wir in dem omnibus saßen die lokomotive über den weg gekommen wäre dann hätte ich mir vielleicht nie die gedanken über entschlossenheit und unentschlossenheit gemacht die ich mir heute mach und die mich dazu geführt haben zu sagen daß entschlossenheit ebensowenig taugt wie unentschlossenheit. Der mensch den ich so geliebt habe und der mich auch geliebt hat dafür habe ich beweise war so unentschlossen daß er sich nicht entschließen konnte mir zu sagen daß er mich liebt was er mir nicht erst hätte sagen müssen damit ich bescheid wüßte was er mir aber doch hätte sagen müssen damit ich ihm hätte sagen können daß ich ihn auch liebe. Die lokomotive hat ihm dann heimgezahlt für seine unentschlossenheit und mir hat sie heimgezahlt indem sie mich an die entschlossenheit ausgeliefert hat. Er der mensch den ich so geliebt habe hatte mir ja auch schon andere beispiele für seine unentschlossenheit vorgeführt wodurch es unter anderem nie dazu gekommen ist daß wir miteinander getanzt haben denn ehe er sich entschließen konnte hatten sich immer schon andere entschlossen aber durch die lokomotive die ankam während wir in dem bus saßen ist dann mit allem schluß gewesen. Denn der bus stand auf den schienen und rührte sich nicht aber die lokomotive rührte sich mächtig und zwar gerade auf uns zu. Die andern in dem omnibus waren nicht so unentschlossen wie der mensch den ich so geliebt habe und sie sprangen alle entschlossen aus dem bus ehe die lokomotive zu dicht ran war aber dieser mensch mit seiner unentschlossenheit stand an der tür während die lokomotive heranraste und konnte sich nicht entschließen rauszuspringen weil ich noch hinter ihm war aber er konnte sich auch nicht entschließen mir den vortritt zu lassen. Natürlich war es längst zu spät als er sich entschlossen hatte mit seiner unentschlossenheit schluß zu machen und mir den vortritt zu lassen denn ich hatte ihn mir einfach und sehr kurz entschlossen das kann ich ihnen sagen genommen als die lokomotive schon so nahe an den omnibus ran war wie sie jetzt an mich. Und der mensch den ich so geliebt habe ist in dem omnibus geblieben wodurch denn die geschichte zwischen uns die wegen seiner blöden unentschlossenheit nie richtig angefangen hatte ein für allemal zu ende war was mich zu meinem urteil über die unentschlossenheit gebracht hat. Wenn sie aber denken dieser mensch den ich so geliebt habe hätte sich entschließen können aus seiner unentschlossenheit einen schluß zu ziehen dann haben sie immer noch nicht begriffen wie unentschlossen dieser mensch war. Auch als wir alle wieder zu ihm in den omnibus gestiegen sind hat er sich nicht entschließen können ein wort über seine liebe zu sagen obwohl doch ein wort schon genügt hätte entschlossen wie ich in meinen gefühlen war. Der bus ist dann weitergefahren was er konnte weil die lokomotive ganz kurz vor ihm angehalten hatte und ich hab mich vierzehn tage später nach raschem entschluß verheiratet und zwar wie sie sich denken können mit dem lokomotivführer weil der so entschlossen gewesen war und nun brauche ich ihnen sicher nicht mehr zu sagen warum ich auch von der entschlossenheit nichts halte. Sie kennen ja wohl meinen mann.«

Ich habe das von Frau Mylamm Gehörte so rasch und

fließend aufzuschreiben vermocht, und es ist mir so glatt von der Hand gegangen, daß nunmehr der Zweifel in mir rast, ob es denn heutzutage noch angängig sei, anders zu schreiben, als Frau Mylamm zu sprechen pflegt. Der Hauch der Moderne hat mich angerührt, und die Unschuld, in der ich meine Sätze zu prägen, meine Worte zu wählen und meine Zeichen zu setzen pflegte, ist verletzt, wenn nicht dahin. Kann denn ein Schreiber noch als ein heutiger zu gelten Anspruch erheben, wenn er nicht schreibt, wie man gestern, ganz weit gestern, schrieb? Ist man von dieser Welt, wenn man sich ihrer Regeln bedient? Muß man nicht für hoffnungslos zurückgeblieben gelten, wenn man nicht im engen Vokabelzirkel der Urväter im linnenen Kittel bleibt und in ihrer Wortarmut die wahre Tugend erblickt? Und begräbt sich nicht, bevor er geboren ward, wer auf eine Sache schwört und sie lobpreiset, anstatt zu sagen: Dies ist nichts und das auch nichts, Entschlossenheit wie Unentschlossenheit etwa oder was weiter da an altväterlichen Begriffen sein mag? Ich, der ich mich hinsetzte und voller Naivität niederschrieb: »Als mein Vater das Gold gefunden hatte, freuten wir uns alle sehr«, ich, der ich eben noch Schellenbäume dieser oder jener Art für erwähnenswert gehalten habe, ich, der ich auf Aufklärung zielte, als ich von einem Ziegendiebstahle und seinem Drumherum erzählte, ich, der ich rühren wollte, indem ich von meines Vaters Mühen sprach, ich, der ich drauf und dran gewesen bin, etwas so Archaisches wie einen Roman zu schreiben, ich bin verstört. Und ich will mich niedersetzen und versuchen, das Gold zu vergessen und auch unser aller Freude, und ich will mich mühen, eine andere, eine höchst neuartige Geschichte zu ersinnen, eine ohne allzu viele

Wörter, ohne Moral, ohne Kommata und klein geschrieben. Und nur zum Abschied will ich, wie einen silbrigblauen Fetzen der Erinnerung, den einen Satz noch einmal schwingen lassen: »Als mein Vater das Gold gefunden hatte, freuten wir uns alle sehr.«

LEBENSLAUF, ZWEITER ABSATZ

Ich lag unter dem Bett, und da lag ich nun. Ich glaube, es war staubig unter dem Bett. In meinem Mundwinkel mengte sich Staub mit Fett. Ich hatte gerade Speck gegessen, gebratenen Speck. Ich hatte auch Tee getrunken, aber der Geschmack des Specks hielt sich länger, und nun kam der Geschmack des Staubs hinzu. Nun lag ich unter dem Bett.

Ich hatte das Koppel nicht geschlossen; das Schloß drückte in der rechten Leiste. Der linke Teil meiner Kragenbinde war lose; er polsterte das Stück der Diele, auf dem mein Backenknochen ruhte. Ich lag still, aber ich ruhte nicht. Ich ruhte, wie der Hase, der eben den Jäger gesehen hat. Ich hatte eben die Jäger gehört, und nun lag ich unter dem Bett.

Ein Jahrhundert vorher hatte ich noch am Tisch gesessen. Gesättigt, getränkt, erwärmt, geborgen, schläfrig schon. Wir hatten vom Schlafen gesprochen. Ich hätte nur noch aufstehen müssen, nur noch einmal aufstehen und mich nach vorne fallen lassen. Dann hätten sie mich auf dem Bett gefunden. Nun würden sie mich unter dem Bett finden. Sie hatten mich gefunden.

Ich lag unter einem Bett etwas südlich der Straße zwischen Kutno und Konin, in Höhe von Koło etwa. Etwas und etwa; ich hatte keinen Kompaß und keine Karte. Es war am zwanzigsten Januar, sage ich seither; ich hatte keinen Kalender, und ich hatte keine Uhr. Die letzte Uhr hatte ich am dreizehnten Januar gesehen, und die letzte

Uhrzeit sagte mir einer, als wir den sechzehnten Januar hatten, schätzungsweise.

Es ist schwer, so etwas zu schätzen, wenn keine Regel mehr gilt, außer daß es Tag wird und wieder Nacht. Wenn nicht mehr gilt, daß man morgens aufsteht und sich abends schlafen legt, daß man morgens zu essen kriegt und mittags auch und abends noch einmal, daß man auf Posten zieht von zwei bis vier oder von vierzehn Uhr bis sechzehn Uhr, daß Appell ist um sieben und Lale Andersen singt um Mitternacht – wenn das nicht mehr gilt, ist schwer zu schätzen, wie spät es ist. Und wenn es sein kann, daß es Sonntagvormittag war, als man den Küchensoldaten erschoß, anstatt in der Kirche zu sitzen und vom Gott zu singen, der Eisen wachsen ließ, und wenn man nur noch weiß, es war ein heller Wintermorgen, an dem man doch gegen allen Vorsatz vom Schnee gefressen hat, und wenn man glaubt, es könnten auch Monate gewesen sein ohne Ofenwärme, dann ist es nicht mehr wichtig, wann man unter einem polnischen Bauernbett liegt, weil es eben geklopft hat.

Wichtig ist nur, daß es geklopft hat. Es war wichtig genug, dich vom Schemel zu wirbeln in die Deckung. Es hat an die Muschel geklopft – zurück in ihre letzte Windung, zurück in den engsten Spalt der tiefsten Höhle, zurück in die Krumen der Furche, in den Staub, ah, in den deckenden Staub!

Es war gegen die Regeln, alles. Gegen die Regeln aus dem Handbuch und gegen die aus den Heldenepen. Man setzt sich nicht in Feindesland an Feindestisch und frißt und denkt nur ans Fressen. Man denkt nicht an Schlaf, wenn man nicht vorher an Sicherung gedacht hat. Man läßt den Bauern und seine Frau an der Mündung riechen, wenn man allein ist, und man sperrt sie in die Kammer; besser, man dreht ihnen vorher noch einen Strick durch die Zähne; dann kann man essen, Gesicht zur Tür, Mündung zur Tür, eine Hand am Gewehr und nur die andere im Speck.

So lebt man aus den Büchern, und anders lebt man nicht lange. Man springt nicht unters Bett, wenn es klopft. Sicht geht vor Deckung. Wo ist da Sicht unter diesem Bett? Da sind nur noch Empfindungen; da geht kein Krieg.

Wenn es geklopft hat, da, in solcher Lage, setzt man den Helm auf, zieht das Sturmgewehr an die Schulter und ruft wie ein Kleistscher Reiter: Herein, wenn's kein Schneiderlein ist! Und wenn es kein Schneiderlein ist, wenn es einer unter Waffen ist, läßt man es fliegen, den Stahl und das Blei, und wenn es mehrere sind unter Waffen, läßt man entsprechend mehr fliegen vom Blei und vom Stahl, und man ruft dazu wie ein Schillscher Husar: Mich kriegt ihr nicht, ihr Hunde! Und man zählt die Schüsse und denkt dabei: Der letzte ist für michachdumeinschwarzbraunesmägdelein.

Aber man springt nicht unter ein Bett. Aber ich bin unter das Bett gesprungen.

Auch hätte ich sie schon weit früher auffangen sollen, die Feinde, nicht erst hier neben dem Bett etwas südlich von Koło, und zurückwerfen hätte ich sie schon früher sollen, von Kłodawa fort und über den Ural zurück vorerst. Ich hatte die Bücher schon länger nicht mehr befolgt gehabt, als ich mich da unter das Bette warf.

Anstatt die Feinde zu werfen, hatte ich mich davongemacht, nur weil die Feinde auf mich schossen. Anstatt das große Ganze zu sehen, hatte ich alles persönlich genommen. Ich hatte an mein Fell gedacht, ich hatte meinem Magen gelauscht, hatte meine Füße angesehen, nur weil sie erfroren waren. Und als ich den Küchensoldaten erschoß, hatte ich es getan, weil sonst er mich erschossen hätte. Ich, mein, meine, mich. Ich hatte mich zu sehr meiner angenommen und darüber vergessen, daß die Feinde hinter den Ural gehörten und ich nicht unter ein polnisches Bauernbett.

Doch da lag ich, die Arme nach vorn gestreckt, die Hände flach auf den Dielen, die Beine leicht gegrätscht, Innenkanten der Stiefel auf den Dielen. Ich hatte die Augen offen; ich weiß noch von einer herabhängenden Matratzenfeder im geviertelten Licht der Petroleumlampe; von der Feder weiß ich noch und von Schmalz und Staub im Mundwinkel und vom Koppelschloß in der Leiste. Ich weiß auch noch, wie gut ich hörte. Mein besseres Ohr, das linke, lag auf dem Polster der Kragenbinde, aber ich hörte auch mit dem anderen nun sehr gut.

Die Frau schrie, immerfort, immerfort sehr polnisch; ich hatte sie vorher für stumm gehalten. Der Mann schrie gegen die Tür, dann schrie er polnisch, und er schrie mir etwas zu unters Bett, das schrie er deutsch. Ich sollte hervorkommen, schrie er mir zu, und er schien in Eile, und zur Tür schrie er, denke ich mir, ich käme schon hervor, sie sollten noch etwas verweilen mit dem Schießen, er sähe genau, ich käme soeben hervor unter seinem Bett, und er schrie auch dies in Eile.

Ich kann nicht behaupten, frohen Ton aus ihm gehört zu haben, dabei hatte er Grund: Ich war im Begriff zu gehen. Kein Mann sieht gern einen Mann unter seinem Bett. Kein Mann sieht gern einen Mann mit Flinte auf seiner Schwelle. Aber er hatte mich eingelassen, unfroh, doch überzeugt.

Ich muß überzeugend ausgesehen haben mit der Nacht über den Schultern, mit Dreck im Kinderbart und mit einem deutschen Sturmgewehr. Ein Sturmgewehr ist für den Sturm gedacht. Es ist leicht, leicht handhabbar, zuverlässig, und ein zuverlässiger Mann schießt recht schnell damit. Ein unzuverlässiger Mann, einer, dem die Regeln abhanden gekommen sind, weil er nicht rechtzeitig zu essen bekommen hat und schon lange nicht, ein solcher Mann schießt noch schneller mit dem deutschen Sturmgewehr, und wer ihn auf seiner Schwelle trifft, Glock Mitternacht bei Krieg, der weiß die Regel: Einen solchen lasse man geschwind herein!

Der Mann, der mich so geschwind zu sich eingelassen hatte, schrie nun zur Tür, vermutlich, er werde mich geschwinde wieder herauslassen, und mir schrie er den Grund unters Bett: Draußen stünden viele und hätten viele Gewehre dabei, und nicht ihn wollten sie und seinen Speck, sondern mich wollten sie, mich da jetzt noch unter seinem Bett.

Er sprach, meine ich, von Schießen; die andern, meinte er, hätten von Schießen gesprochen.

Das wollte ich glauben. Wir alle sprachen damals recht häufig von Schießen. Wir alle ließen es damals beim Sprechen selten bewenden. Und auch die Regel galt nicht mehr, daß man zu sagen habe: Halt oder ich schieße! ehe man schösse. Man schoß; das verkürzte den Vorgang; das machte den andern schon halten. Nur zielen mußte man gut. Der Küchensoldat, den ich erschossen habe, hat nicht gut gezielt gehabt. Er ist aus seinem Bunker gekommen, hat mich gesehen, hat hinter sich gegriffen, hat sein Feuerzeug auf mich gerichtet, linke Hand vor der Trommel am Lauf, rechte Hand am Kolbenhals, und hat auf mich gefeuert. Auf mich, der ich im Rauch von seinem anderen Feuer gestanden und in mich hineingerochen hatte, was über den sonnenglatten Schnee zu mir herübergekräuselt kam: Bohnen, ach, Zwiebeln, Speck und Lauch, mitten im tiefen Winterhunger, mitten im nächtelangen, tagelangen, kilometerlangen, fluchtweglangen Hunger. Mitten im schneewürzenden Hunger war ich auf einen Sturm aus Lauch- und Bohnenrauch getroffen, war schon in einem Traum von einem Bohnenberg, der trug einen Zwiebelturm, dem glänzten von Speck die Seiten. Da kam der böse Koch herfür, da kam der Koch aus seiner Tür, da kam aus der Tür ein Soldat in weißem Kittel und schoß mir durch den Traum.

Da schoß ich ihm durch den weißen Kittel. Da war ich achtzehn Jahre alt.

Dann rannte eins durch den Winterwald, das wußte: Viele Köche bewachen der Soldaten Brei, viele Köche rächen eines Koches Tod, viele Köche lassen vom Löffel und nehmen das Gewehr, wenn es vor ihrem Herd geschossen hat.

So rannte eins durch den Wald und sah das Rehlein nicht im Tann und sah das Einhorn nicht und hörte nicht den Schuhu flüstern und lauschte nicht dem Singen der Elfen.

Ich bin gerannt. Wie lange, weiß ich nicht. Wohin, weiß ich nicht. Wie, weiß ich nicht. Wie rennt einer am siebten von sieben Tagen Rennen? Wie rennt einer am siebten Hungertag? Wie rennt einer, dem die Zehen vom Frost schwarz sind unterm schwarzen Dreck? Wenn er Gründe hat, rennt er. Ein toter Koch im Rücken ist viele Gründe. Ein toter Koch beschleunigt sehr. Ich rannte.

Machte ich halt? Ja, ich machte halt auf angemessene

Weise; in den Büchern heißt es: Die Knie brachen ihm. Die Knie brachen mir, und ich machte halt in einem Graben, da war etwas unter dem Schnee neben mir: ein aufgerissener Sack Zement, ein Klotz unvermengt erstarrten Zements, wie kamen wir hierher? Ich machte halt in einem Hühnerstall auf Rädern; in seinen Ecken türmte sich ein Gebirg aus Stroh, zwei Handvoll verschissenen Strohs; in deren Tiefe verkroch ich mich, mochten sich die Köche an die Hühner halten, ich war geborgen. Ich machte auch halt auf einem Draht, der war der oberste von einem Zaun aus Drähten, hat aber keine Stacheln gehabt. Ich hätte auch auf den Stacheln haltgemacht; es wäre nicht anders gegangen. Ich bin in den Wald gerannt bis tief in die Nacht. Die Knie sind mir gebrochen im tiefen Schnee. Ich machte halt, wo es mich hielt. Es hielt mich nirgend lange. Ich hielt mich nicht mehr lange.

Ich kam an eine Hütte, ein Haus, ein Schloß, eine Burg? An eine Burg, in diese Burg, an einen Tisch, über einen Teller. Unter ein Bett.

Da lag ich nun unten und hatte eben noch oben gesessen. Auf einem Schemelthron. Hatte die Gabel gehalten als Zepter. Hatte gerülpst wie ein König. Hatte mein Heer vergessen gehabt, das mich längst vergessen hatte. Hatte das Heer des Feindes vergessen gehabt, das mich nicht vergessen hatte. Hatte Auskunft gegeben gegen alle Königs- und Soldatenregel:

Deutscher? – Ja.

Allein? – Ja.

Schon lange? – Ich glaube, ja.

Warum? – Die andern sind gekommen, und wir sind gelaufen; erst viele, dann weniger, dann wieder mehr, dann immer weniger, dann nur noch ich allein.

Wo sind die andern hin? – In den Schnee sind sie hin, sie sind hin im Schnee; ein Schuß unter den Nabel, ein Schuß durch die Milz, ein Schuß ins Ohr, viele Schüsse.

Und auf den Feind, wie er da auf euch geschossen hat, habt ihr da nicht auch auf ihn geschossen? – Doch, haben wir, war die Regel so. Zuerst haben wir sehr viel geschossen, dann nicht mehr soviel. Einmal, sehr spät schon, haben wir uns noch einmal freigeschossen, nicht alle, aber einige.

Frei? – Ja, freigeschossen haben wir uns, als sie am Wald vom Wagen gesprungen sind; da sind wir durch, und danach war ich allein.

Und hast dich noch oft freigeschossen?

Es ging, sagte ich und stellte den Teller schräg auf den Schaft von meinem Sturmgewehr; es war noch Fett in dem Teller, und Brot war noch da, und ich sagte dem Bauern nichts von dem Küchensoldaten.

Da kam wer, es dem Bauern zu sagen.

Es pochte an die Tür. Es pochte wie ein Pferdehuf. Es klopfte wie von einem Rammbock. Dreihundert Köche machten poch mit dreihundert Nudelhölzern. Dreihundert Mongolenrosse donnerten gegen die Bohlen. Dreihundert Pferdekräfte gingen los gegen des Bauern und meine Pforte. Die I. Belorussische Front tat einen kollektiven Faustschlag an unsere Tür.

Da griff ich, von später weiß ich das, den leeren Teller und mein gefülltes Sturmgewehr und warf den Teller und das Gewehr und mich unter des Bauern Bett.

Das verstieß gegen viele Regeln: gegen die Regeln über den Umgang mit Tellern, über den Umgang mit dem deutschen Sturmgewehr, über den Umgang mit dem Feind, und gegen die Regeln über den Umgang mit mir.

Was Wunder, daß ich reglos lag, Speck und Staub im Mund, ein eisernes Schloß in der Leiste, den Backenknochen auf der Kragenbinde, satt und überhörig unter bäuerlichem Bett etwas südlich der Straße von Konin nach Kutno in einer Winternacht bei Krieg.

Was Wunder, daß ich aufstand, als der Bauer aufstehn schrie. Dann ging ich zur Tür. Dann hob ich die Hände.

EINE ÜBERTRETUNG

Verwegene Annahme: Einer will wissen, wo ich mich sterben sehe. Wo, unter welchen Umständen, von wessen Hand, bei welcher Gelegenheit.
Bald?
Weiß nicht, wann. Glaub nicht an fremde Hand in dieser Sache. Aber Gelegenheiten und Umstände, da habe ich Vermutungen.
Bei einem Vorgang werde ich sterben, zehn Schritte vom Schalterfenster, zehn Menschen weit in der Gänsereihe zum Stempelmann. Brüder, ich weiß, er tut seine Sache, wie er kann; er will mich nicht morden. Doch auf dem Wege zu ihm wird es geschehn.
Der nächste! werd ich ihn sagen hören, zehn Schritte weit von mir, und wissen muß ich, achtmal noch werde nicht ich der nächste sein. Es hat seine Ordnung, und die bringt mich um.
Haben Sie Vorbilder? wurde ich gefragt, und stockend nur wußte ich Auskunft. Seit einer Amtsstube in Moskau könnte das anders sein; dort hab ich mein Idol gefunden.
War ein Dichter, wie ich einer bin, ausgeschrieneer zwar und weltbefahrener, doch ob haltbarer, werden wir noch sehen. Kam, wie ich, ein Geld zu holen, aber wie er kam, das leuchtet mir. Sprang durch die Tür, zertrat hölzerne Barren, die Gogol noch und Tschechow und selbst den starken Majakowski gehalten hatten, machte mit Armschwung, daß ein Meer aus Schemeln und Pulten sich

teilte, und rief, als wärs ein götterbrechendes Gedicht: Wer ist hier der Höchste?

Zauberischer Auftritt: Sogleich war er der Nächste nicht nur, war der Erste nun, der Einzige, bedient vom Genossen Leiter, dem Glück um die Augen lag und Stolz die Zunge pelzte.

Ach, Vorbilder, Vorbilder, ach!

Wenn wir wissen, was wir nicht erreichen können, wissen wir schon viel.

Mich wird's in einer Schlange niedermachen. An der Garderobe nach mäßigem Othello, auf des Bäckers Schwelle, zahlungswillig vor Konsums Nadelöhr, dem Kassenschlitz hinter der Selbstbedienung, an jener Bahnschranke beim märkischen Gransee oder während eines Grenzübertritts.

Oder während eines Grenzübertritts. Ich habe meinen Paß gezeigt beim Verlassen der Stadt. Ich habe meinen Paß gezeigt vor Eintritt in die Warnmeile. Ich habe meinen Paß gezeigt an der Öffnung der Durchgangsschleuse. Ich habe angehalten auf Schilderzeichen und bin weitergefahren auf Handzeichen, dann habe ich meinen Paß gezeigt. Ich habe meinen Paß durch ein Fenster gereicht, war nun verabredet mit ihm und traf ihn endlich wieder. Ich habe den Paß der Frau vom Zoll gewiesen. Ich möchte keinen Beruf, der Argwohn zu meinen Pflichten macht. Muß es geben, weiß ich doch.

Sechzig Kilometer hätte ich fahren können, wäre ich nicht gestanden zu der Zeit und hätte mich frei gemacht zur Besichtigung; das bringt mich sechzig Kilometer näher an die Grube.

Weiterfahrt nur auf Handzeichen, mußesgebenweißichdoch, ich mag die Bewegung auf Handzeichen nicht.

Eines Tages wird mich der Wink nicht mehr erreichen. Da werden sie mich finden, meinen Kopf im Zweispeichenrad gebettet auf prallschluckendes Material, die Augen blicklos aufs Bremspedal gerichtet. Mein Prall gegen die Welt für immer geschluckt.

Noch halt ich den Kopf überm Lenkrad, doch stets, wenn ich in der Schleuse auf mein Zeichen warte, mein Vaterland schon halb im Rücken, jedoch gerade hier gar sehr umgeben von ihm, frage ich, was ich zu suchen habe am Loch vom Zaun gegen Wolf und Mitschnackeronkel, und beidrehen möchte ich beinahe.

Weiß, warten ist mir tödlich, und habe mich doch wieder eingelassen. Briefe, die mich freundlich laden, nehmen mich immer auf die Schaufel. Kommen Sie, lesen Sie, reden Sie, erklären Sie, diskutieren Sie, signieren Sie, lassen S' sich anschaun, Herr!

Ich lasse mich und höre, das ist Ruhmsucht. Zur Ruhmsucht habe ich mich bekannt, indem ich zu schreiben begann.

Einer weiß, Fernweh treibe mich. Wenn ich zwei Tage ohne Pflichten habe zwischen Rhein und Neckar, jage ich meiner Baumhöhle zu am Alexanderplatz; zwei mindernde Grenzübertritte mehr, doch heimwärts einer.

In einem vergreisten Roman, der jüngst erschienen ist, las ich, wes Geschriebenes am Rhein erscheine, der stimme nicht. Wie unstimmig mag erst einer sein, der am Rheine auch noch das Maul aufmacht, höchstpersönlich am Orte dort befindlich.

So ist mir, wenn sie von Handzeichen zu Handzeichen meinen zeitweisen Abgang behandeln, grau ist mir, und ich altere sehr.

So war mir, als ich letzthin wartend an der Werra stand,

rückwärts die Wartburg im Nebel, vor mir ein Ort namens Kassel viel neblichter noch. Ist Tannhäuser auch um diese Ecke? fragte ich mich, denn eben war ich über ein Flüßchen gekommen, das Hörsel hieß, und ich wiegte mich auf einem Gedanken, der ging: Ich fahr in einen Sängerkrieg.

Da kamen dreie, mich auf andere Gedanken zu bringen, einer in Grenzgrün, einer in Zollblau, einer in Gesundheitsweiß.

Sonst geht es zwiefarbig zu, wenn ich die Grenze überschreite, an Grün und Blau vorbei vollzieht sich gewöhnlich der Übergang; warum also heute die Trikolore? Was ist an mir, daß sich die Sanität bemüht? Und warum kommen mir, dem doch schon Kontrollierten, Grenzer und Zöllner noch einmal und haben dabei je zweimal zwei Sterne mehr auf dem Buckel?

Dreifache Hoheit umkreiste mich und mein Auto, bemühte sich um Blicke auf mich en face und im Profil, maß, wie mir schien, den Platz aus neben mir und dem Steuer, maß auch die Weite des Fonds und die Größe des Kofferraums, schien sich um den Luftdruck meiner Reifen zu sorgen und äugte, kaum blieb es mir verborgen, hinunter nach dem Federstand.

Was, zum Teufel, ist los, Genossen? Hat man euch den ganz heißen Tip gegeben: Ein Haschmensch will durch!? Sah die Kollegin vorhin ein Flackern der Cholera in meiner Iris? Fahndet wer nach meinem Wägelchen? Wollt ihr die Karre kaufen?

Endlich Beratung und grünblauweiße Übereinstimmung, angezeigt durch dreifaches Kopfnicken; der Grenzer soll den Sprecher machen, er kommt.

Sie fahren nach drüben?

Diese Fragen mag ich: Einer schießt kopflings die Treppe hinab, sechzehn Stufen, unten splittern Dielen und Knochen, und dann die Erkundigung: Sind Sie gefallen?

Einer ließ einen Fuß in fremdem Frost, eine Hand im eigenen Mörserverschluß, eine Liebe in einem zerpreßten Keller, da soll er noch sagen, ob gegen den Krieg er denn sei.

Nach Schaltermeilen vorm letzten Grenzpfahl: Sie fahren nach drüben?

Ja, mach ich, wart nur noch auf mein Handzeichen.

Würden Sie jemanden mitnehmen, die paar hundert Meter zur anderen Schranke?

Wen?

Alte Dame, siedelt über, Neffe wollte kommen, kam aber drei Stunden nicht, wartet dahinten.

Her mit der alten Dame!

Da kam aber erst der alten Dame Zubehör, und mit ihm wurde offenbar, warum das Interesse an meinen Laderäumen. Zu meinem Koffer drei fremde Koffer und eine Kiste, die nach Äpfeln roch. Und drei Schachteln mit Schnurlänge, genug für je eine Segelyacht. Und vier Schirme in einem Bündel. Und im getischlerten Gestell verpackte Bilder oder Spiegel. Und sechs Plastebeutel, verschieden schwer, prall gestopft aber alle. Und Töpfe in Töpfen und die in einer Schüssel. Und, bei meinem Leben, ein Waschgestell, eins aus Urferne und Unterarmut, grün und sperrig, nichts geht mehr.

Jetzt die alte Dame, rief der Viersternegrenzer, und ein Wagen, weiß mit rotem Kreuz, kehrte seinen Ausstieg gegen meinen Einstieg. Meine Zöllnerin, die ich hier mütterlich sah, den Argwohn ins Behutsame gewandelt, reichte dem Feldscher ein Frauchen heraus, nicht größer als ein mittleres Kind, und der Feldscher reichte es mir in den Wagen.

Was ich heut viel Auto fahr, sagte sie, und: Wo warst denn wieder, Siegfried?

So alt hatte ich keine gesehen und wußte nicht: Sagt es einer, wenn er nicht Siegfried ist?

Was da, mein Beruf ist einer gegen Irrtümer an, befaßt mit Weltbildern, wer ihn ausübt, und mit brunnentiefen Wahrheiten; da soll ich Siegfried bleiben?

Meine Aufklärung verfing sich in ihrer Frage: Hast die Äpfel mit?

Alles ist da, sagte ich, und durch die offenen Türen sagten der Grenzhauptmann und der Zollrat und die Zollassistentin und der Heilgehilfe: Alles ist da, Frau Schmidt.

Dann fahren wir jetzt, sagte ich, und sachte schloß ich die Türen, und zu Frau Schmidt sagte ich dann: Wir wollen den Siegfried nicht länger warten lassen.

Ihre Antwort war schnell, und den Blick dazu, den mochte ich nicht.

Der läßt mich doch auch, sprach das Mütterlein Schmidt, und den Blick hatte ich vor kurzem in einer Ackerstadt gesehen. In der Kneipe, beim Bier, von einem Manne, der Bericht mir gab, wie er Maulwürfe fängt. Es war ein geklügeltes System, ich weiß nur das Ende, das ging mit Schwung und einem silbernen Löffel.

Silbern, pfiff der Fänger mir zu, er verwende Silbernes und nichts aus Plast. Sein Nachbar hingegen, auch der geplagt von der gleichen Plage, benutze zur Jagd einen Löffel aus Plast. Erfolglos natürlich, und dann kam der Blick.

Hat ein Gras getreten und glaubt, er habe einen Wald gefällt. Hackt sich den Fuß ab, wenn er was zum Werfen braucht.

Flink bist du, dachte ich von mir in meinem Auto, weißt drei Sätze von einem und gießt dein Siegel auf das Urteil. Das ist eine Greisin, vor der bist du grün, reib nicht an ihr deine Ungeduld ab, bring sie zum anderen Schlagbaum, dahinter weiß ich dir welche, die für deinen Zorn im richtigen Alter sind.

Langsam, langsamer noch fuhr ich an, schlich vorbei am Spalier der winkenden Organe, und als ich die Fahrt in die zweite Stufe heben wollte, da sagte die alte Mutter Schmidt zu mir: Werst woll nich so sausen, Siegfried!

Der erste Gang meines Automobils ist nur gemacht, die Masse aus der Beharrung zu bringen; er eint zum Kompromiß Stillstand und Bewegung, eine reformistische Übersetzung ist der nur. Wenig Bodengewinn bei Lärm und Überhitzung. Zuviel Verbrauch, zuviel Verschleiß und dürftige Resultate.

Muß weiteres beigebracht werden zum Charakter dieser Wirkungsart des Schaltgetriebes? Brauch ich Schwur und Notar, die Überzeugung zu verbreiten: Mir gefällt er nicht, der Schneckengang. Dennoch zog ich die Hand vom Schalter, tat es doch nicht schnell genug, denn Frau Schmidt gab ihrer Mahnung zwingendere Form: Daß du mir nur nich sausen mechtest, Siegfried!

Heulend zogen wir, Motor und ich, unsere Straße; im faulen Wind neben uns liefen zwei Ahornblätter voraus, in unseren Nacken brüllte ein Sattelschlepper, vielleicht war der eilig, doch ich las, mit Zeit versehen, das Schild, das mählich am Wegrand aufwuchs. Achtung, Steinschlag! sagte es, und für Anderssprachige zeigte es steilen Berghang und Felsbrocken in freiem Fall, und für meine Gedanken zum Bilde gehörte ich vor Gericht.

So gewannen wir vierzig Meter, während deren zweiter

Hälfte Frau Schmidt ein Liedchen begann, das auch laxeren Leuten als nicht recht züchtig gegolten hätte; ein Tambour trat auf, mit dickem Knüppel, und eine Bedienstete, die sich so gerne von ihm rühren ließ.

Frau Schmidt sang deutlicher, als sie sprach; die R-Laute gab sie mit dem verschliffenen Rollen der alten Couplets, und an den verwegenen Stellen warf sie mir Blicke. Meine Frage gehörte dahin, irgend etwas gehörte an die Stelle ihres Vortrags, da konnte es auch die Frage sein: Wie alt sind Sie denn, Frau Schmidt? Zweiundneunzig, sagte sie und sang dann weiter von den Künsten des Tambours.

Ich hab einen Lehrer gesehen bei einem Elternabend, auf der Bühne stand er ganz allein, an die fünfzig war er, griff einer Klampfe an den Bauch und krähte dazu: Hurra, ich bin ein Schulkind!

Einen kenn ich, nicht eben ein Dichter, der hält die Trauerreden auf alle verstorbenen Dichter.

Das große Wort Frieden paßt gerade in die größten Mäuler nicht. Ein Gesetz von der Harmonie zwischen Inhalt und Form hat man gefunden; es muß auch eines geben zu Werk und Interpret, es muß auch eins geben über angemessenes Verhalten.

Ich fand Frau Schmidts Verhalten unangemessen, sie zweiundneunzig Jahre grau, wir im ersten Gang in einem Auto voll Äpfel und Waschgestell, steinschlagbedroht wir an der Grenze zwischen Abendland und Morgenland.

Warum siedeln Sie denn über, Frau Schmidt, warum ziehen Sie um? Sie besang noch erst ein besonders dickes Ding von dem Tambour, dann stieß sie mir ins Ohr: Mechst mir immer noch nich wolln, Siegfried?

Bin ich doch ein treffsicherer Frager; hab den Stein angehoben zwischen morscher Scheune und nasser Wiese; da ist es schon gleich: Ich hau den zweiten Gang hinein.

Sie merkte Aufstand, schien einen Weg zu suchen, ihn niederzuschlagen, fand ihn: Hast das Bild von Marga ihrn Großen mit, Siegfried?

Die Bilder sind im Kofferraum, sagte ich, hinten, gut verpackt. Zuerst sagte sie: Weiß nich! dann sagte sie: Glaub nich! dann sagte sie: Kannst Tante auch sagen, wenn du vergessen hast! Es ist alles im Wagen! rief ich, zu laut, ein Gestell ist auch da, mit Bildern, glaub ich.

Aber weißt nich! sagte Tante Schmidt.

Liebe Frau Schmidt, ich weiß es wirklich nicht. Ich weiß nicht, was Sie bei sich führen. Schirme und Äpfel weiß ich. Aber Bilder weiß ich nicht.

Ich will das Bild, Siegfried! schrie die alte Dame.

Zwei Meter vorm letzten Grenzpfahl rechts ran und schon der Warnruf eines Jungen mit Eisenhut: Halten da ist nicht gestattet.

Not kennt kein Halteverbot! rief ich zurück und setzte noch hinzu: Ich handle unter Zwang, Genossen.

Nach einem Blick auf die kleine Frau Schmidt entschloß sich der schwer Behütete, und auch sein Kamerad, doch lieber nach dem Feind zu spähn.

Daß sie nicht glauben, ich hätte nicht gesehen, wie sie wiederholt von gesellschaftlicher Wachsamkeit abließen zugunsten persönlicher Neugier. Und was sie dabei betrachtet haben, weiß ich auch: einen Menschen, der am Rande ostwestlicher Transitstraße einen Kofferraum entlud, ein Behältnis aus Brettern erbrach, papierene Hüllen aufriß, gerahmte Fotos von anderen gerahmten Fotos schied, mit einem Armvoll Bilder seiner Wahl an die rechte Vordertür seines Wagens eilte, um dort vor den

Augen einer, wie es schien, ältlichen und, wie es schien, zarten Dame eine Art Exhibition in Gang zu setzen.

Nicken im Silberhaar schon nach dem achten Griff, Marga ihr Großer also gefunden, Marga ihrn Großen wieder verpackt und auch all die anderen Lieben, Bilderbehältnis und Koffer neu verkeilt, Wagen erleichtert bestiegen und: anfahrn, schlau diesmal, abgefeimt schlau, gleich im zweiten Gange.

Werst woll nich so ruckeln, sagte zu diesem Frau Schmidt.

Aber geruckelt oder geglitten, gleichviel, geflogen sind wir so wohl an die fünfzig Meter.

Wartha hinter uns, Herleshausen voraus; Wartha nicht mehr sichtbar, Herleshausen noch nicht in Sicht; es geht bergan um die Ecke dort, wo ist man hier? Ist man wirklich in niemandes Land, wenn man Schwarzrotgold mit Werkzeug hinter sich und Schwarzrotgold mit Greifvogel noch vor sich hat? Wem, wenn es sie gibt, gehört die langgezogene Parzelle zwischen Herrnburg und Hirschberg? Wäre sie noch zu haben?

Gegen schweren Verdacht: Ich möchte sie nicht, hab ein geregeltes Zuhause.

Aber so Sachen denken ist mein Beruf; dächt ich nur schon Geklärtes, müßte mein Lehrgeld zurück. Manchmal freilich ist, was ich denke, nur für mich noch nicht geklärt oder unnütz in fast jeder Hinsicht. Wozu – Exempel – war mir am Hang vor Herleshausen wichtig, wer wohl der Herr vom Pflaster sei, das ich befuhr? Ich könnte sagen: Es bleibt einer liegen auf dem Niemandsstreif, bricht sich die Beine, wer holt ihn dann?

Ich kann auch sagen, von Erfahrung schwer: Ich blieb dort stehen zwischen Rand und Rand, weil Mütterchen

Schmidt just hier am Sterben sich wähnte. Werst woll jetzt halten müssen! sagte sie zu mir an eben jenem Punkt, wo Rückblick nicht mehr und Aussicht noch nicht zu haben sind: Werst woll jetzt halten müssen, mir ist so schwarz! Als ich dies erfuhr, wurde mir ähnlich, aber den Wagen setzte ich außer Kraft und parkte ihn wie eine sinkende Feder.

Ich mach Ihnen Luft, Frau Schmidt, sagte ich und griff nach dem Fenster, aber sie sagte: Nee!

Vielleicht ist es Hunger, sagte ich; ich hatte ein Brot, aber Frau Schmidt wollte es nicht.

Im Wagen, unten, wo er nicht hingehört, unter Beuteln, Schachteln und Schüsselständer, hatte ich einen Kasten mit Salbe gegen Brand und Schienen für Brüche, doch gegen die Schwäche, welche von zweiundneunzig Jahren kommt, wußte ich nichts in ihm.

Besser vielleicht, wir kehren um, Frau Schmidt.

Bei die bin ich abjemeldt, sagte sie.

Frau Schmidt, wir könnten auch weiterfahren.

Bei die bin ich nich anjemeldt, sagte sie und: Wenn du mir rührst, geh ich doot.

Beste Frau Schmidt, sprechen Sie nicht solche Dinge. Wenn Ihnen nicht gut ist, fragt keiner nach Papier.

Hach, machte Frau Schmidt.

Ein Laut wie von einem einzelnen Blatt und dabei doch laut wie Urteil über schlimmste Welt.

Furcht kroch in mich, es könnte ihr Abschied gewesen sein; zu still lag sie am Polster, die Augen abgekehrt von allem Leben. Ich suchte ihren Puls, und sie sagte zu mir: Brauchst nich grabbeln, Siegfried, über neunzig raus is am Mensch nichts mehr. Ich erzählte ihr von einem zu Pferde im Kaukasus, der könnte ihr Vater sein. Ich wünschte, sie bedächte das; es hätte erklärt, warum sie wieder so ferne und stille war.

Mit einem dünnen Satz gab sie mir Hoffnung, mit einem andern nahm sie die gleich. Von uns war keiner in Kaukasus, ging der erste, und der zweite ging: Aber nu gehts in Himmel.

Hätte sie nicht dagesessen wie ein Gebild aus Staub und überjährten Gräserrippen, wär kein anderer Gedanke gewesen als der an Fahrt. Oder der noch, sie im Arm bergab oder bergauf zu tragen. Aber: Wenn du mir rührst, geh ich doot. Ich mußte es glauben. Es war etwas Äußerstes, da blieb nur noch Sprache. Mir blieb sie nur; von dort und zu dem hab ich die Profession.

Dies ist später gefertigtes Denken; beim Aufenthalt, von dem aus Frau Schmidt zu den Himmeln wollte, dachte ich weniger bedeutend von mir. Mir war nicht nach Sängerpflicht und Auftrag der Kunst, ich wollte nicht im Berufsbild bleiben, ich wollte nichts, ich konnte nur nicht anders. Oder doch, ich wollte die Stille nicht, in der ich Frau Schmidt so sterben hörte.

Frau, sagte ich, werte Frau Schmidt, mir scheint, Sie übersehen nicht die Lage. Von hier aus, Madame, in den Himmel zu machen ist einfach nicht ratsam. Hier ist gar nicht wo, hier ist ein Grenzfall, wie sollte denn der in die Akten? Abjemeldt, noch nicht anjemeldt, dies ist mit Ihren eigenen Worten Ihr Umstand zur Zeit.

Aus solcher Schwebe, Frau Schmidt, tut man besser nicht den großen Schritt, denn wenn man Ihr Ziel auch den Himmel heißt, so weiß man doch wenig von seinen Prinzipien.

Kann sein, es ist ein Ort wie die Erde nicht, und Ordnung zählt nicht zu den himmlischen Regeln. Kann sein, der liebe Gott schert sich den Teufel um Meldepflicht und nimmt die Seele, wie sie kommt. Kann wirklich sein, Frau Schmidt, aber ist es so?

Soweit es sich um das Jenseits handelt, ist schließlich alles denkbar. Denkbar ist auch: Sie kommen dort an, stellen sich vor, und dann stehen Sie da, weil nirgendwo nachgewiesen. Abjemeldet, nicht anjemeldet, ausgetragen, nicht eingetragen, von dort nicht mehr, von dort noch nicht, das könnte auch über den Wolken als heillos gelten.

Ich frag Sie, wollen Sie wirklich mit solcher Aussicht auf den Weg?

Reglos, atemlos lag meine Passagierin. Lag sie auch gedankenlos? Ich hab seither, dies gleich zu melden, nicht weiteren Einblick gehabt in ihr Leben, bin also weiterhin unvertraut mit ihrem Fastjahrhundert, vermute, vermute nur ihren Ursprung pregelwärts und oderüber, weiß nicht, wer Marga ihr Großer war, ahn nicht, woher ihr das Lied vom großangelegten Tambour, hab keinen Bescheid, warum sie jenem Siegfried nicht traute und warum diese Reise am Ende noch. Ich hab nur das Bild von ihr im Rahmen zwischen Grenzpunkt Wartha und Grenzpunkt Herleshausen, ein Winziges auf ihrer Erdenfahrt war ich Zeuge, da verbeiß ich mir allen Roman.

Und komme jetzt auf sie zurück, wie sie reglos lag und ich mich fragte, ob auch gedankenlos. Das eine, zeigte sich, tat sie, das andere nicht; den Prozeß aus ihrem alten Kopf hab ich nicht, wohl aber das Ergebnis.

Nee, sagte sie, denn jehts noch nich, denn will ich noch lieber was pusten.

Sie rührte sich, sah sich um, fand den Griff überm Armaturenbrett, faßte ihn fest mit beiden Händen und sagte mit festerer Stimme zu mir: Nu kutsch mir wieder in Verhältnisse!

Da spannte ich fünfzig Rosse an, stieß in die Hüfte die Faust mit den Zügeln, stemmte einen Fuß und den andern Fuß fest auf den Wagengrund und wollte eben jagen, als neben mir Frau Schmidt zu einem hundertjährigen Gelächter sich bog.

Gebenedeite, was jetzt noch? Zu Tod jetzt noch Wahn, erst Sterben und dann fideles Irresein, nach stockendem Herzen nun ein geschrägter Verstand; das kam mir reichlich grob vor.

Sie, Jungchen, sagte Frau Schmidt, und sie hatte wahrhaftig Tränen, Sie, junger Mann, das hätt aber gekonnt sein eine scheene Geschichte!

Mir war sie just schön genug, doch dem Alter muß man das Ohr auftun, wenn es auf solche Weise Urteil angekündigt hat. So lauschte ich, und ich denke, ich tat es ergeben.

Das mecht ich doch wissen, sagte das Mütterlein und hatte wieder den Blick dazu, wissen mecht ich das, wohin Sie mir geliefert hätten als Abjelebte.

Nun, liebe Frau Schmidt, sprach ich, mit einiger Gewalt sehr zusammengefaßt, das müssen wir, gottlob, doch nicht erörtern.

Wir vielleicht nicht, Frau Schmidt und ich, aber ich und ich, wir hatten das schon zu besprechen. Es ist eine lange Übung zwischen uns, mir und mir, was uns geschieht, auf seine Folgen zu bedenken; wie kämen wir sonst zu Geschichten.

Frau Schmidtens Frage war uns nicht fremd, so befremdet wir auch taten, und ich log, als ich leugnete, mit dem Gedanken bekannt zu sein: Wohin mit Frau Schmidt im Falle, Frau Schmidt geht von hinnen?

Und die Spanne zwischen ihrer Erkundigung und meinem Entschluß, die Maschine nun endlich in Gang zu bringen, reichte hin für einen wüsten Film mit Frau Schmidt und mir in den Rollen, sie entseelt und ich entgeistert:

Rückwärts wollte man uns nicht mehr, man fand uns zu verändert. Vorwärts wollte man uns nicht, man fand uns zu anders als beschrieben.

Abjemeldt, nicht anjemeldt, doppeltes Bedauern, doppelte Verneinung vor allem.

Von Übersiedlung, hieß es vorn, sei im Papier die Rede, und nicht von Überführung.

Ausreise, so hörte ich andrerseits, stünde im Buch vermerkt, doch nichts von so verfremdeter Rückkunft.

Testate verlangte, wen ich auch sprach, urkundlich Zeugnis wollte man haben: Ob ich zu solchem Transport denn befugt. Ob er geschah nach Frau Schmidts Letztem Willen. Ob sie auch wahrlich aus Mangel an Kraft und nicht an feindlicher Wirkung gestorben. Ob wer belegen könne, was ich da sprach und was allzusehr wie Erfundenes klänge. Ob ich also Beweise hätte.

Ich aber hatte, so sah ich das in meinem Traumgebild, ich hatte nur die kühle Frau Schmidt, und so hatte ich entschieden zuviel und hatte gar sehr zuwenig.

Und als mir genug war von allem Gefrage und erst recht vom tief bedauernden Verständnis, da zogen wir uns an den toten Punkt zwischen Grenzschild und Grenzschild zurück, Frau Schmidt und ich samt Waschgestühl, Kernobst und Marga ihrn Großen, und auf den letzten Bildern des Films, der uns dort zeigt, sieht man bei fliehendem Licht die stille Frau Schmidt, und ich, sieht man auch, bin ihr schon merklich angeglichen.

Solch lebloser Ausgang schreckte mich auf, ich machte dem Kino ein Ende: Mit Kraftfahrers Umsicht, doch in aller Hast, floh ich den Niemandsort, und meine Frau Schmidt, dies fand ich sehr schön, nahm nun auch nicht mehr Anstoß.

Nach Traum folgte Prosa: Grenzmensch West war da und litt über meinem Reisepapier. Neffe West war auch da und litt beim Anblick der Tante. Der Grenzmensch war ein Wissenschaftler; er schrieb alles auf. Der Neffe wollte mir von Tantens Äpfeln schenken; mich dünkt, er war nicht sehr belichtet.

Ich trug ihm die leichte Frau Schmidt ins Mobil, und mir war, als summte sie das Lied vom Tambour dazu.

Sie nahm nicht weiter merklich Abschied von mir, ich auch nicht von ihr; wir waren im reinen. Ich hatte ihr, auf kurz, den Himmel verdächtigt, sie mir die Erde, ein Stück mehr.

Gemach, ihr Freunde der schönen Literatur, dies ist kein niederdrückender Ausgang, denn seht doch: Frau Schmidt ist wieder anjemeldt, und ich bin, belehrt, zurück aus Kassel.

> Im Übergang an leerem Ort vorbei,
> wo keines Amtes Rosse weiden.
> Herrenlos, ordnungslos, Kyrie elei,
> son Ödplatz will ich künftig meiden.

FRAU PERSOKEIT HAT GRÜSSEN LASSEN

Es ist uns zu laut gewesen, wo wir wohnten, und so haben wir eine neue Bleibe gesucht, und wir haben sie gefunden. Das Haus hat nicht ausgesehen wie eines, das Geld kosten würde. Es war nur eine Bretterbude, aber gekostet hat sie mehr, als wir besaßen.

Bei Verwandten konnten wir nichts leihen, reiche Freunde hatten wir nicht, und unsere Nachbarn waren dran wie wir. Da blieb nur Frau Persokeit.

Anfangs habe ich geglaubt, Frau Persokeit verleihe ihr Geld, weil sie es hatte. Weil sie eben half, wenn sie helfen konnte. Aber dann hörte ich jemanden sagen, man müsse dem Weib das Dach anzünden, und einmal war auch von Erschlagen die Rede. Das war mir unverständlich, solange ich nichts von den Zinsen wußte.

Wie ich es kannte, borgte man sich fünf Mark und brachte fünf Mark zurück. Man lieh sich vom Nachbarn den Blockwagen und gab ihn sauber wieder ab. Kein Gedanke an Quittungen oder Pfänder oder gar Draufgeld.

Mit Frau Persokeit war das anders. Wenn sie einem tausend Mark gegeben hatte, bekam sie schriftlich, daß es tausendzweihundertfünfzig gewesen waren. Sie lebt davon, sagte mein Vater.

Mein Vater versuchte, mir zu erklären, wo die Grenze zwischen zu hohen Zinsen und Wucherzinsen verlief, und er hatte Schwierigkeiten damit. Dabei war es leicht gewesen, mir zu zeigen, warum man Frau Persokeit Zinsen zahlte und den Nachbarn nicht. Mit den Nachbarn war es eine Sache auf Gegenseitigkeit. Heute liehen wir bei ihnen, morgen sie bei uns. Die Gewißheit, daß sie bei uns leihen konnten, war der Gewinn, den sie beim Verleihen machten.

Damit, sagte mein Vater, war im Verkehr zwischen Frau Persokeit und uns nicht zu rechnen. Nie würde sie sich bei uns tausend Mark borgen wollen. So gab es keine Gegenseitigkeit. So gab es keinen Gewinn. So ging es nicht.

Meine Mutter wandte ein, daß der Krämer, bei dem man borgte, indem man anschreiben ließ, nicht hoffen durfte, eines Tages bei uns anschreiben zu lassen. Also keine Gegenseitigkeit. Also kein Gewinn. Also was nun?

Damit hatte mein Vater keine Not. Des Krämers Gewinn war, daß wir seine Kunden blieben. Es gab viele seiner Art, und er brauchte viele unserer Art. Er brauchte Umsatz, wir brauchten Kredit, die Gegenseitigkeit lag auf der Hand. Die Geldbeziehungen zu Frau Persokeit jedoch waren anderer Natur, sie hatten eine gewisse Notlage zur Voraussetzung. Mein Vater sagte, und man merkte ihm an, wie stolz er war, auf so schlüssigen Reim gekommen zu sein: Not kennt kein Zinsgebot.

Wer dringend einen größeren Betrag brauchte und der Bank mit den Gründen dafür nicht kommen durfte, oder wer ihr nicht kommen durfte, weil an ihm nichts zu pfänden war, dem blieb Frau Persokeit. Und die ließ sich das bezahlen.

Ich weiß nicht, ob man sagen kann, wir seien in einer Notlage gewesen, als wir von ihr das Darlehen nahmen. Es hat sich nur um eine einmalige Gelegenheit gehandelt, der Hölle zu entkommen. Die Hölle lag in der Kleinen Rheinstraße in Altona, in einem Kellerloch mit Küche.

Die Kleine Rheinstraße liegt im Altonaer Stadtteil Ottensen, dort, wo Ottensen Mottenburg heißt, und sie ist gerade breit genug für die Straßenbahn. Durch die Kellerfenster sahen wir von der Bahn nicht mehr als die Räder, aber wir hörten alles von ihr. Wir wohnten an einer Ecke, und die Bahn kam nur durch die Kurve, wenn die Räder spanziehend durch die Schienen gingen, und ich glaube, die Wagen mußten sich auch noch krümmen. Alle fünf Minuten kreischte Metall über Metall, und Pflastersteine gaben die Schläge von Eisengestänge an uns weiter. Man hörte sogar das Gebrüll meines Bruders nicht, wenn sich die Bahn um unsere Kellerecke fräste.

Der Fahrplan der Elektrischen bestimmte bis in unser Familienleben. Wir beeilten uns, einen Satz an sein Ende zu bringen, wenn sich mit einem kurzen Kreischton der lange Kreischton angekündigt hatte, und zum Sprechen und Hören verging uns auch das Sehen in unserer Höhle, denn die Bahn schob sich zwischen uns und die Ahnung von einem fernen Himmel über der Kleinen Rheinstraße. Es waren Weltuntergänge, denen wir immer nur knapp entkamen, aber mit jedem Entrinnen wuchs die Gewißheit, daß es uns eines nächsten Males verschlingen werde. Wir mußten fort aus der Kleinen Rheinstraße, und auch als heraus war, daß man sie Kleine Rainstraße schrieb, mußten wir fort. Weil sie vom Rain so wenig hatte wie vom Rhein. Rain ist ein anderes Wort für Ackergrenze, aber der nächstgelegene Acker begann hinter Lurup oder Iserbrook, und das waren schon andere Landesteile.

Das spricht sich so hin: Wir mußten fort! Man sollte bedenken, daß niemand freiwillig in eine Höhle unter einer krummen kleinen Straße zieht, durch die alle fünf Minuten die städtische Tramway dröhnt. Wer so siedelt, hat Gründe. Er hat vermutlich nicht viel Geld.

Wir hatten kaum Geld, und da konnte Wohnungswechsel nur den Wechsel in ein anderes Kellerloch bedeuten. Oder in einen Bodenverschlag mit Regenwolken als Nachbarn. Oder in einen Stollen unterm Bahndamm, wo die Tünche nicht trocknen will. Oder in zwei Kammern just in der Höhe vom Lüftungsaustritt der Abdeckerei. Oder ins Gängeviertel, wo die Räuber, so wird es erzählt, übers Plättbrett ins Nachbarhaus flüchten, wenn die Schandarmen kommen.

Alles sei ihr recht, sagte meine Mutter, außer dem Höllenloch mit dem Höllendonner. Da brachte mein Vater das Haus in Osdorf-Nord zur Sprache. Es sei eine Gelegenheit, sagte er, und damit hatte er meine Mutter für eine Weile verloren. Mein Vater und die Gelegenheit, das war kein glückliches Paar.

Aber das Haus war für tausend Mark zu haben. Für diese lächerliche Summe ein Haus! – Meine Mutter fand die Summe doppelt lächerlich. Weil man für solches Geld nicht nur kein Haus bekäme, sondern weil uns zu tausend Mark auch tausend Mark fehlten.

Aber mein Vater wußte von einer Frau Persokeit, und wenn meine Mutter nichts von der Sache hören wollte, kam ihm die Straßenbahn dröhnend zu Hilfe. Wir mußten fort, und wir liehen das Geld, und da war das Haus, und es gab auch noch ein Stück Land dazu.

Anfangs sah das Haus gewiß nicht aus, als habe es Geld gekostet. Es war eine Bleibe, die sich einpaßte in die Reihung Kellerloch, Dachverschlag, Bahndammstollen, Abdeckerskammer und Schlupfwinkel im Gängeviertel. Eine Bretterbude dort, wo der Wind von See nach Hamburg weht.

Das Land war torfiges Moorland. Vor dem Haus hatten wir einen Graben, in dem man nach mäßigem Regen baden konnte, und auf dem Schulweg hatten wir Kreuzottern. Gas, Wasser und elektrisches Licht gab es nicht, aber es gab auch keine elektrische Straßenbahn. Das einzige Elektrofahrzeug war der Rollstuhl von Frau Persokeit. Sie kam, wenn die Raten überfällig waren.

Nach zwei Besuchen brachten wir das Geld lieber selbst, denn Frau Persokeit blieb zum Essen, und sie berechnete uns den Rollstuhlstrom. Es focht Frau Persokeit wenig an, daß meine Mutter meinte, der Summe nach müßte sie drei Tage zu uns unterwegs gewesen sein. Sie wohnte in Flottbek, und von dort nach Osdorf-Nord geht es tatsächlich mehrmals bergauf. Aber erst durch Frau Persokeits Wegbeschreibung haben wir erfahren, daß man sich vom Elbufer bis in unsere Höhen ähnlich quält wie von der Pazifikküste auf die südliche Kordillere.

Zu allem sprach Frau Persokeit auch noch in einem Ton, der aus dem älteren Louisiana stammen konnte, und sie benahm sich in meines Vaters Haus, als sei sie zur Aufsicht bei Onkel Tom in der Hütte. Und mein Vater, dem ich das ungern nachsage, schien versucht zu sein, sie mit Missus anzureden.

Doch auch die Rebellion wuchs auf unserer Baumwollheide. Meine Mutter änderte an beiden Tagen, an denen uns Missus Persokeit überfiel, den Speisenplan und kochte Buchweizengrütze. Es hatte zwar nicht Spanferkel geben sollen, aber einmal war von Labskaus die Rede gewesen und das andere Mal von Armen Rittern. Nun gab es Buchweizengrütze, von der bekannt war, daß Frau Persokeit sie verabscheute.

Von mir war das nicht so bekannt, aber es traf zu, und es kam zu einem Gefühlsgemenge in meinem Herzen.

Ich freute mich, weil die Geldeintreiberin Buchweizengrütze essen sollte, und ich freute mich nicht, denn ich mußte von derselben Speise nehmen. Unverschnittenes Glücksempfinden machten mir nur meiner Mutter Reden. Wir hatten, erfuhr man da, seit der Anleihe bei Frau Persokeit nichts anderes mehr zu Mittag oder Abend gegessen, und so sollte es fortgehen mit uns bis zur letzten Rate. Wir hatten, erfuhr man ferner, einen Bauern in Schenefeld gefunden, der bereit war, uns die Grütze zu Selbstkosten zu liefern, dafür war ich ihm als künftiger Knecht verschrieben worden. Wir hatten, erfuhr man auch, bereits Zeichen von Buchweizenausschlag an uns beobachtet, und das war nach Kenntnis meiner Mutter der erste Fall von Fagopyrismus am Menschen. Ach, habe ich meine Mutter geliebt, wie sie da so von Fagopyrismus sprach, aber es ist beschlossen worden, Frau Persokeit die Raten doch lieber zu bringen.

Das hatte ich zu besorgen, und ich tat es nicht gern. Ich wußte mir Besseres, als fremden Leuten eigenes Geld hinzutragen, zumal so fremden wie Frau Persokeit. Die hat mir die Quittung geschrieben, und aus einem großen Glas hat sie einen Bonbon ausgesucht. Sie muß mich für wählerisch gehalten haben, denn sie prüfte lange, ehe sie den richtigen fand. Da er nicht eingewickelt war, würde er nach ihr schmecken. In einem Akt von schierer Willenskraft gelang es mir, den Drops zwischen Gaumen und Zunge in der Schwebe zu halten, und vor dem Haus von Frau Persokeit habe ich ihn aus meinem Munde fallen lassen.

Da traf es sich, daß Frau Persokeit sparsam mit ihren Bontjes war. Den einen hatte es zum Dank gegeben, daß sie nicht mehr hinauf zu uns in die Anden mußte, und fortan ging es zwischen uns wieder unherzlich zu, wie es sich für Schuldner und Gläubiger gehört. Bis wir ein weiteres Mal säumig wurden. Da ließ uns Frau Persokeit von mehreren Nachbarn herzliche Grüße ausrichten, und wir wüßten schon, warum.

Aber wir wußten nicht, was wir machen konnten. Denn wenn sich Leere auch nicht steigern läßt, so hatten wir es doch mit gesteigerter Leere zu tun. Mein Vater hatte seine Hand verstaucht und feierte krank. Meine Mutter konnte nichts hinzuverdienen, weil mein Bruder in einer seiner hysterischen Phasen war. In der Schule war das Milchgeld für mich fällig gewesen. Bei Kruligks hatte es gebrannt, und es war gesammelt worden. Meine Stiefel mußten zum Schuster, oder ich brauchte neue. Der Gärtner, für den ich Sämereiprospekte ausgetragen hatte, entlohnte mich mit Grünkohl- und Zwiebelsamen. Der Sommer war weit, und wir waren blank, und Frau Persokeit hatte grüßen lassen.

Da mußte mein Vater auf die Runde zu den Nachbarn, und er ließ uns wissen, er hasse das.

Dann wirst du wohl wieder eine Bank ausrauben müssen, sagte meine Mutter.

Das habe er auch schon lange satt, entgegnete mein Vater, und ich mochte es, wenn meine Eltern so redeten. Aber mein Vater hat meine Fröhlichkeit für Schadenfreude genommen, und ich mußte mit auf die Pumprunde. Ich hätte lieber eine Bank ausgeraubt.

Die Nachbarn taten, als wüßten sie nicht, weshalb wir kamen, und wir taten, als kämen wir zu Besuch. Weil ich dabei war, wurde zuerst die Schule beredet. Daß ich Schwierigkeiten mit dem Singen hatte, wurde als Nachricht angesehen. Frau Pragl holte sogar ihre Tochter herbei, damit sie etwas vorsänge. Ich fand, die hatte auch ihre Schwierigkeiten, aber wir wollten den Leuten ja nicht die Wahrheit bringen, sondern Geld bei ihnen holen. Frau Pragl ließ ihr Kind nicht alle Lieder singen, die es konnte, und meinem Vater sagte sie zum Trost, ich sei wohl gut im Rechnen.

Zu spät bemerkte sie das falsche Wort, aber mein Vater machte gleich daran fest. Vom Rechnen kam er aufs Geld, von dem auf die Schulden, von denen auf die Wucherzinsen, von da zur fälligen Rate, und nun fragte es sich fast von selbst, ob die Nachbarn wohl helfen könnten.

Frau Pragl konnte nicht. Herr Heiliger konnte nicht. Frau Diebel konnte auch nicht. Herr Staroski konnte auch nicht. Frau Schwattner hätte gern gekonnt. Frau Schleymann und Frau Birkemann dachten nicht daran. Herr Binder war den Tränen nahe. Frau Kirschbeet weinte. Aber sie konnten alle nicht.

Frau Pragl hatte Verwandte in Brieske-Ost, das mußte irgendwo in den wendischen Sümpfen liegen, und die Verwandten hatten ein neues Kind, und das Kind hatte ein Bett gebraucht, und Frau Pragl hatte ihr letztes Geld für das Bett von dem Kind der Verwandten nach Brieske-Ost in die wendischen Sümpfe geschickt.

Also zu Herrn Heiliger. Herr Heiliger hatte gerade vier Wyandottehühner gekauft, wir mußten sie uns ansehen. Wir mußten uns auch anhören, daß Wyandotten aus Kreuzungen von Cochin und Brahma und Hamburger Silberlack und Bantam entstanden waren und zu den chinesischen Rassen zählten, obwohl sie nach einem Indianerstamm hießen. Und ich mußte mir anhören, daß mein Vater mehr für rote Rodeländer war. Weil ihr kirschrotes Federkleid so glänzte. Weil sie die brauchbarsten Wirtschaftshühner waren. Weil man sie als bewährte Winterleger kannte. Während die Wyandotten so nackte gelbe Läufe hatten. Und das Cochinchinahuhn so leicht verfettendes Fleisch. Oder die Plymouth-Rocks und die Brahmas einen zu kurzen Schwanz. Wohingegen die roten Rodeländer im Typ doch sehr landhuhnähnlich waren. Außerdem hatten die Wyandotten diesen lächerlichen Rosenkamm. – Ich nehme an, mit dieser Bemerkung hatte mein Vater endgültig gesichert, daß uns Herr Heiliger nichts leihen konnte.

Also zu Frau Diebel. Frau Diebels Mann war gerade dagewesen, und so brauchte Frau Diebel nicht zu sagen, daß sie kein Geld hatte. Das besondere Verhältnis zwischen Frau Diebel und ihrem Mann war uns gleich in den ersten Tagen unserer Landnahme in Osdorf-Nord erläutert worden. Herr Diebel hatte den Wandertrieb, und Frau Diebel finanzierte das. Herr Diebel mußte schöne Gegend sehen, oder er mußte sterben. Er hätte es für Frevel gehalten, in schöner Gegend zu arbeiten. Schöne Gegend hatte volle Aufmerksamkeit verdient. Und so bekam Herr Diebel alles, was die Kohlenhandlung seiner Frau abwarf, mit auf die Wanderwege.

Ein Triebtäter! sagte mein Vater, als wir von dieser Nachbarin zum nächsten Nachbarn gingen, und seiner Tonart nach war das ein schlimmes Wort.

Also zu Jacques Staroski. Bei dem hatten die Vorfahren den Wandertrieb gehabt, denn nach Auskunft Staroskis kam er von den Hugenotten her. Daher der Vorname, und der Nachname kam, weil es diese Familie von Polen nach Frankreich verschlagen hatte, und danach war sie nach Preußen gekommen, und der Letzte des Geschlechts war Jacques Staroski, der bei der Schließgesellschaft diente und eine Parzelle Torf unter nördlichem Himmel besaß. Wenn der uns Geld gibt, will ich Hugo Notte heißen, sagte mein Vater, und er freute sich, als ich Sinn für so freien Umgang mit den Wörtern zeigte. Noch mehr wohl freute ihn, daß ich fragte, warum wir trotz der Aussichtslosigkeit zu Jacques Staroski gingen.

Um ihn nicht zu kränken, sagte mein Vater. Wenn wir ihn auslassen, heißt das, er zählt nicht. Das würde jeden kränken.

Natürlich haben mein Vater und ich den Nachtwächter gegrüßt, als wir ihn hinter seiner Hütte bei den Kaninchen trafen, und natürlich haben wir uns von ihm verabschiedet, und natürlich hat mein Vater anstandshalber auch seinen Pumpversuch gemacht, aber ob ein Wort davon an Staroskis Ohr gedrungen ist, bleibt ungewiß, denn da war kein Platz für andere Wörter, wenn Jacques Staroski sprach.

Bei Maaß & Schlübbow können sie sich gratulieren, sagte er, denn ohne mich müßten sie der Vereinigung Konkursia beitreten. Wenn ich nicht das Geräusch gehört hätte wie von einer Kaspilibelle. Dieses Geräusch zählt zu jenen, welche wir leicht überhören, wenn wir nicht darauf trainiert sind. Wer das Geräusch der Kaspilibelle nicht kennt, den nimmt keine Wach- und Schließgesellschaft. Weil das Silas-Plattner-Schweißgerät einen ähnlichen Ton abgibt. Es ist zur Zeit als Einbruchswerkzeug führend. Letzte Nacht, ich hatte gerade die zweite Uhr gestochen, höre ich die Kaspilibelle, und ich denke automatisch: Silas-Plattner-Gerät! Ich sehe automatisch auf die Uhr und mach die Clirmont TTS 38 schußklar, aber dann denke ich: Erst mal sehen! Ich sehe zwei über Konstruktionszeichnungen gebeugt, ich sehe, es sind die

Unterlagen für den Super Speed Steamer der Eriks-Klasse, und der eine von den zweien will da gerade etwas hineinzeichnen. Ich sage: Der Mann hinter diesem Revolver ist Staroski von der W und S, also keine Fisimatenten! Stellt sich heraus, sie wollten die Unterlagen fälschen, damit die Eriks-Klasse und natürlich auch die Firma Maaß & Schlübbow auf Schlingerkurs geraten. – So, so, sage ich, und was ist mit den Menschen? Menschenleben werden nicht gefährdet, sagen sie, und wie ich sie ziehen lasse, sagen sie: Vielen Dank auch, Herr Staroski!

Und wir sagten auch: Vielen Dank!, und vor dem Haus von Jacques Staroski sagte mein Vater: Es gibt keine Kaspilibellen, und es gibt kein Silas-Plattner-Gerät, und es gibt keinen Clirmont TTS 38, und es gibt keine Super Speed Steamer der Eriks-Klasse, und wahrscheinlich gibt es nicht einmal die Firma Maaß & Schlübbow.

Es war klein von meinem Vater, mir das zu sagen, aber mit den nächsten Worten gab er sich seine Größe zurück: Ich weiß, du denkst, aber es gibt Jacques Staroski und seine Geschichten! – Das stimmt schon, nur gibt es auch Frau Persokeit und ein Geld, das wir nicht haben.

Also zu Frau Schwattner. Frau Schwattner rief uns über die Gartenpforte zu, sie hätte uns gern etwas gegeben, und ihr Mann hätte sicher keine Einwände gehabt. Aber ihr Mann war auf See, und sie hatte versprochen, während seiner Abwesenheit weder von Geld noch Gut noch sonst irgend etwas herauszugeben an Feind oder Freund. Frau Schwattner stützte die Hand in die Hüfte, wie man es auf bestimmten Bildern sieht, und mein Vater schien eine frische Antwort zu wissen. In meinen Augen muß die Erwartung geglänzt haben, denn mein Vater strich die frische Antwort. Er sagte nur: Da mag Ihr Mann dem blanken Hans wohl ruhig trutzen!, und wir gingen weiter.

Zu Frau Schleymann und Frau Birkemann. Als wir zugezogen waren, lebte der Mann von Frau Birkemann noch, und bei den Nachbarn hießen diese Nachbarn nur Frau Schley und Frau Birke und ihr Mann. Diese Bezeichnung gab keine Klarheit, ob der Mann zu Frau Birkemann oder zu beiden Frauen gehörte, und der Volksmund sprach mit Absicht so, und die Anzeige vom Tod des Herrn Birkemann sprach dem Volk zum Munde. Denn da hieß es, und das hat eine Sensation gemacht: Felix Birkemann ist von uns gegangen. In trauerndem Gedenken Maria Birkemann und Roswitha Schleymann.

Aber als der Mann von Frau Birke und vielleicht auch von Frau Schley nicht mehr war, zog Frau Schley in die Kammer, welche vorher die Kammer von Frau Birke und ihrem Mann gewesen war.

So verhielt sich das also, und diese zweite Sensation machte unsere Moorsiedlung beben, als sei die Straßenbahn von Altona-Mottenburg an ihre Grenzen vorgerückt.

Während wir von Frau Schwattner fortgingen und zu Frau Schley und Frau Birke hin, fragte ich mich, ob mein Vater den Mut wohl aufbrächte, das Grundstück zu betreten, auf dem so unordentliche Verhältnisse herrschten. Auf das Wort unordentlich schienen sich die Erwachsenen geeinigt zu haben, und so lud sich der bis dahin alltägliche Ausdruck für mich mit Geheimnis auf.

Wie die beiden da in der sonnigen Wohnküche saßen, hatten sie wenig Geheimnisvolles. Zwei nicht mehr junge Frauen in Kittelschürzen. Vielleicht war es unordentlich, daß Frau Schleymanns Hand auf Frau Birkemanns Schulter lag, aber ich wagte kein Urteil und sah mit halbblindem Blick auf die Frauenhand auf der Frauenschulter. Es wurde mir warm, und es regte sich in mir eine ungerichtete Lust auf etwas, das wahrscheinlich unordentlich war.

Wir haben Besuch, Rosi, sagte Frau Birkemann.

Sehe ich und rieche ich auch, sagte Frau Schleymann.

Was die wohl wollen, Rosi?

Sie werden es uns bald sagen.

Ob es wegen der Persokeit ist, Rosi?

Wegen der Persokeit und wegen Geld.

Sehen die nicht gehetzt aus, Rosi?

Nicht besonders gescheit sehen sie aus.

Haben wir Geld für sie, Rosi?

Nein.

Haben wir einen Rat für sie, Rosi?

Ich wüßte, was ich mit der Persokeit täte.

Ob sie drauf kommen, Rosi?

Die? sagte Frau Schleymann, und ebensogut hätte sie uns in den Hintern treten können. Tatsächlich schien mein Vater ein wenig zu lahmen, als wir wieder auf der Straße waren, und wie einer, der die Wahrheit weiß, sagte er: Die haben den Birkemann mit Redensarten umgebracht! Aber uns das als Rat anzutragen! Da kennen die die Persokeit nicht! Die stirbt nicht an Worten! Die nie!

Also zu Herrn Binder. Herr Binder benahm sich, als läge ein Toter in seiner Hütte. Er kam uns im Garten entgegen, und weil die Sonne günstig stand, sah man die Tränen in seinen Augenwinkeln. Er zeigte uns seine leeren Hände, und die Gebärde sagte, daß nicht einmal ein Rat zu haben war.

Herr Binder wies auf die Bretterhütte, aus der es uns

kalt anzuwehen schien. Es lag niemand aufgebahrt, und doch war es kahl und still im Haus wie von Sterben. Herr Binder hatte alle Türen und Schübe und Deckel in Küche und Kammer geöffnet, und es waren leere Gehäuse in leerem Gehäuse, die wir sahen. Herr Binder war, zeigte die Speisekammer, bei seinen letzten Kartoffeln, seiner vorletzten Zwiebel und einem bräunlichen Rest Margarine angekommen. Herr Binder hatte keine Kohlen im Kasten und keine Suppe auf dem Herd und kaum noch Salz in der gläsernen Menage. Herr Binder hatte keine Kleider im Schrank, aber am Fensterkreuz hing ein Anzug so, daß ihn die Sonne röntgte. Der Anzug war am Ende, und das Haus von Herrn Binder war es auch, und Herrn Binder ging es kaum anders.

Wir begriffen, und mein Vater hob die Hände zum Abschied, wie Herr Binder die seinen zum Gruß gehoben hatte, und stumm schieden wir von der Sterbestätte.

Spät erst sagte mein Vater: Maulfaul, aber sonst fleißig. Ein Wunder, daß er sich nicht selber hingehängt hat, damit wir sehen, wie weg er schon ist.

Also denn zu Frau Kirschbeet, sagte mein Vater, und wir gingen, obwohl es aussichtslos war.

Ihr Sohn saß eingesperrt aus Gründen, über die man in Andeutungen redete. Nur Frau Kirschbeet sagte deutlich überall, daß sie die Mutter eines Umstürzlers war. Sie arbeitete wie alle Frauen in den Fabriken am Stadtrand, aber sie wechselte häufig. Man warf sie hinaus, wenn sie zu oft von ihrem Sohn erzählte.

Frau Kirschbeet hatte auch in unserer Sache nur den Rat, der ihr für alle Lebenslagen der richtige schien: Umschmieten möt wi dat, dat möt wi allns umschmieten!

Das mag wohl sein, sagte mein Vater, nur kriege ich ja nicht einmal die Persokeit umgeschmissen.

Frau Kirschbeet nickte wie jemand, der solche Antwort zu oft gehört hat, und als ihr die Tränen kamen, gingen wir fort.

Sonst war es nicht meines Vaters Art, wortlos vor mir herzuhasten, aber jetzt schien er mich vergessen zu haben. Seine Hände steckten in den Taschen seiner Knikkerbocker, und die Schultern hatte er hochgezogen, und er pfiff durch die Zähne, was kein gutes Zeichen war.

Nun wird er wohl doch Frau Persokeit umschmeißen, dachte ich, und vielleicht ist manchen Mördern so, wie mir da wurde. Die Aussicht schien herrlich, das Weib aus dem Stuhl zu kippen, und ich fürchtete mich sehr davor. Um mich von der Bluttat abzulenken, rief ich meinem Vater zu: Und wenn aber einer nun kein Geld hat?

Mein Vater zog die Schultern noch höher zu den Ohren, nahm die Hände aus den Taschen und winkelte die Arme wie zu einem halbherzigen Flugversuch. Er rief nach vorn in den Wind: Dann muß er raus!

Im Hinblick auf Frau Persokeit war das oft genug besprochen worden, aber erst hier, beim Rückzug aus einem nicht gewonnenen Gefecht, wurde die Aussicht wahrscheinlich. Ich machte mich gleich an Vorstellungen von uns, wie wir da obdachlos auf der Heide standen, und ältere Illustrierte wie auch Auerbachs Kinderkalender halfen mir dabei. Einmal, in einer Strähne von Reichtum, hatten wir ein Schaf besessen, und nun tat ich das Schaf hinein in meine Gesichte. Betten, Töpfe, zwei Stühle, das Schaf und wir, so standen wir auf der moorigen Straße und froren im ruppigen holsteinischen Wind, und die Nachbarn duckten sich in ihre Hütten und hatten uns keine Schottsche Karre für den Umzug leihen wollen. Und Umzug war not, hatte aber kein Ziel, denn da war nicht einmal Aussicht auf die dröhnende Kellerecke von Altona.

Ich mußte meine Vorstellungen abbrechen, denn bei dem Tempo, das mein Vater in fliegenden Knickerbockern vorgab, waren wir bald vor unserem bedrohten Häuschen. Dabei hatte ich so schön begonnen: Wir hatten ein Loch in den torfigen Boden gescharrt und erfroren nur nicht, weil mein Vater den Küchenschrank, den wir ohnedies nicht mehr brauchten, bei kleiner Flamme verbrannte. Das Schaf lag in einer Grubenecke, und mein Bruder kauerte an seinem wolligen Bauch und schrie einmal nicht. Oder: Wir hatten das Schaf mit den Resten vom Hausrat bepackt, den Bruder zwischen hölzernem Schemel und Zinkwanne festgezurrt, und das Schaf wuchs in Eselshöhe, und wir wuchsen in die Höhe der Legende und folgten einem Schein. Mein Vater hieß Joseph, meine Mutter hieß Maria, und ich gab die Sache auf, als ich gewahrte, daß die Familie, mit der ich einer unbekannten Herberge zustrebte, bereits zwei Kinder hatte.

Aber was mein Vater und ich in unserem Hause fanden, als wir atemlos und mit nichts weiter als unseren Fäusten in den Taschen von der Bettelfahrt kamen, war nicht von Art der Bilder, die man löscht, indem man sie nicht mehr denkt.

Meine Mutter und Frau Persokeit saßen einander gegenüber, und beide sahen wie tot aus.

Ich hatte noch nicht viele Tote gesehen, und es waren blasse Zeichnungen ohne Röte, die ich davon bewahrte. Ein Angeschwemmter im öligen Elbsand; ein Fuß, den ich sah, als ich im Krankenhaus die falsche Tür geöffnet hatte, und ein Mann beim Frisör, der auch auf die vierte Frage, ob schräg oder gerade, stumm geblieben war – mehr Anblick von Unbelebtem hatte ich nicht gehabt, und so war es erklärlich, daß ich die Blässe meiner Mutter nicht gleich vom Weiß der Frau Persokeit zu unterscheiden wußte.

Aber meine Mutter sprach: Frau Persokeit ist tot. Und mein Vater sagte: Kaum daß man den Rücken dreht.

Frau Persokeit war in ihrem Rollstuhl etwas zusammengerutscht, und der Irrtum, hier schlafe eine, hätte sich angeboten, wäre nicht der Arm gewesen, der so schwer über die Lehne hing.

Vielleicht kann man sie wiederbeleben? sagte mein Vater, und meine Mutter antwortete: Das kann man nicht.

Mein Vater glaubte ihr bestimmt, niemand glaubte meiner Mutter nicht, wenn sie in diesem Tone sprach, aber er nahm dennoch den Spiegel vom Haken überm Handstein und hielt ihn der Geldverleiherin unters Kinn.

Kein Hauch von Leben wollte sich auf dem Spiegel fangen. Mein Vater zeigte ihn zuerst meiner Mutter und dann mir und hängte ihn wieder an seinen Platz über dem Spülbecken. Wie ist die Reihenfolge beim Bescheidsagen? fragte er.

Die kommen von alleine, sagte meine Mutter und wies mit den Augen auf die Straße, wo Frau Pragl an der Hecke stand und zu unserem Haus herüberspähte.

Noch nie war mir Frau Pragl wie ein Vogel vorgekommen und wie einer, der sich bei Totem einfindet, schon gar nicht. Aber nichts von dem, was mir vor Augen stand, war mir schon vorgekommen: Eine tote Frau im elektrischen

Rollstuhl. Eine Frau Persokeit, die nichts mehr zu sagen hatte. Eine Mutter, die der Frau Persokeit in der Farbe ähnlich war. Ein Vater, der keine Wege wußte. Und ich unter Umständen, wie sie höchstens in Knopf's Lichtspielen geboten wurden.

Ich war besonders befremdlich in diesen befremdlichen Verhältnissen, und anstatt daß meine Mutter die Frage meines Vaters beantwortet hätte, wie denn das mit Frau Persokeit gekommen war, sagte sie und meinte mich: Der gehört hier nicht her!

Aber mein Vater hatte eine Meinung von mir, die mir gefiel: Ist er bis jetzt nicht, fällt er nun auch nicht mehr! Und dann sagte er, und in einem Hauch war es doch eine Frage: Du hast ja wohl nicht an ihr herumgestochert.

Meine Mutter verlor den Anflug von Färbung, zu dem sie gerade gekommen war, und in einem Ton, der auch kein Leben hatte, sagte sie: Aber ich habe daran gedacht.

Mein Vater strich meiner Mutter ganz sacht mit den Fingerspitzen über eine Augenbraue. Es schien mir von allen Vertraulichkeiten jene zu sein, deren Zeuge ich nicht werden durfte.

Mein Vater sagte: Vorn in der Reihe von denen, die einmal so etwas gedacht haben, stehe ich.

Aber du hast es nicht getan, sagte meine Mutter, und mein Vater antwortete: Du ja auch nicht. Und ich wußte, obwohl es mich nichts anging, daß meine Eltern sich liebten.

Die werden wissen wollen, wie es gekommen ist, sagte mein Vater, und er schien die ganze Welt damit zu meinen.

Meine Mutter sah zu Frau Pragl hinaus, die sich an unserer Pforte mit Herrn Heiliger unterhielt, und sie sagte:

Keiner wird es glauben. Keiner glaubt Frau Persokeit, daß sie so gestorben ist. Und mir glaubt das auch keiner.

Was denkst du von uns? entgegnete mein Vater, aber meine Mutter sagte nur: Ja, ihr!

Aber dann wischte sie das mit einer energischen Bewegung aus. Es war nicht wichtig, hieß das, wichtig war nur, was sie jetzt erzählte: Ich habe gedacht, wenn ich etwas weiß, das sie nicht vertragen kann, dann sage ich es. Ich dachte, ich sage ihr, wie die Leute über sie denken. Ich dachte, das kann doch keiner aushalten, wenn er hört, er ist schlimmer als eine Made. Ich wollte sie Mehlwurm nennen. Wirklich, ich hätte sie totärgern wollen.

Davon hätten wir viel gehabt, sagte mein Vater, und ich begriff, daß die tote Frau Persokeit alles war, was wir davon hatten.

Nun kommt Jacques Staroski, sagte meine Mutter, und als ob das ausgerechnet von Jacques Staroski abgehangen hätte, setzte sie hinzu: Dann muß jetzt einer hinaus und Bescheid geben. Sagt Bescheid, Frau Persokeit hat hier gesessen, und ich habe hier gesessen, und sie hat nichts gesagt, und ich habe nichts gesagt, und dann habe ich gemerkt, daß sie tot war. In aller Stille.

Meine Mutter kam beinahe ins Nachdenken über so schönen Tod, aber dann wies sie mich an: Du gehst zu Wachtmeister Lange und meldest, hier ist ein Todesfall. Und den Nachbarn sagst du, sie können kommen. Nein, sag, sie sollen kommen, ganz schnell!

Ich stürmte hinaus, und als ob meine Nachricht nicht genug der Nachricht wäre, suchte ich nach gemäßer Form für sie. Und auch für mich. Ich hatte die Windfangtür noch nicht ganz aufgestoßen, als ich mich fragte, ob man der Ungeheuerlichkeit nicht eher entspricht, indem man erschrocken aus der Türe taumelt. Ob man sich nicht an die Kehle greifen muß, um dem nachzuhelfen, was nur stockend einen Ausgang findet. Ob ein gebrochenes Wispern passend sei und hinzukriegen wäre. Ob ich wohl die Bleichheit von Frau Persokeit und auch von meiner Mutter auf meine Wangen zu übertragen wüßte.

Daran, daß ich von meinen Backen als von Wangen dachte, merkte ich, daß ich dem Übertreiben nahe war, und aus der Tür trat ich, als gelte es nur, Verspätung auf dem Schulweg aufzuholen. Ferner gelang es mir, die Nachbarn an unserer Pforte erst zu bemerken, als ich kurz vorm Zusammenprall mit ihnen war. Ich sagte: In aller Stille! Und so tonlos, wie es nur gehen wollte, fügte ich hinzu: Frau Persokeit ist in aller Stille entschlafen, und meine Mutter sagt, Sie sollen schnell reinkommen!

Die Nachbarn hätten mich umgerannt, wäre ich ihnen nicht in die Stauden ausgewichen, und vom Sog, der ihnen folgte, wäre ich fast mitgerissen worden. Aber Wachtmeister Lange brauchte die Nachricht. Oder wir brauchten, daß Wachtmeister Lange die Nachricht bekam.

Aus der Unentschiedenheit zwischen Botenpflicht und Zeugenneugier half mir einer der beiden Kruligk-Söhne. Seit die Kruligks abgebrannt waren, hatte Demut sie geschlagen. Auch die beiden Söhne, die lange Doppelketten aus anderer Leute Schneidezähnen hätten um ihre Hälse tragen können, wenn so indianische Bräuche bei uns in Geltung gewesen wären. Die Söhne hießen Bogumil und Ulf. Ich sagte zu Bogumil: Magst du wohl Wachtmeister Lange ausrichten, daß Frau Persokeit tot in unserer Küche sitzt?

Ohne die neue Demut hätte Bogumil mir mindestens zwei Zähne entnommen, denn so seltene Nachricht trug man entweder selber aus, oder sie war erfunden. Aber dies war ein abgebrannter Kruligk-Sohn, und der antwortete: Ich gehe hin!, und von allen denkbaren Fragen lautete seine: Wer wird denn nun den Rollstuhl kriegen?

Ich lief ins Haus und kam hinzu, wie meine Mutter erzählte, sie habe Frau Persokeit gerade vom Zustand meiner Schuhe berichtet, als sie dann merkte, daß Frau Persokeit von einer Beschaffenheit war, in der man an niemandes Schuhwerk noch weiter Anteil nimmt.

Ich dachte: Davon hat sie vorhin nichts erwähnt, und von Mehlwurm und Made scheint sie den Nachbarn nichts gesagt zu haben. Sie hat wohl nur gesagt, daß Frau Persokeit in aller Stille entschlafen ist.

Unsere Küche war nicht groß, aber wenn sich die Nachbarn verteilt hätten, wäre für jeden irgendeine Art Sitzplatz dagewesen. Doch sie standen zusammengedrängt am Fenster zwischen Herd und Speisekammer, und sie schienen in dieser Sache eine gemeinsame Haltung einzunehmen: Meine Eltern hatten eine tote Frau im Haus, da mochten meine Eltern sehen.

Auch der Ausdruck ihrer Gesichter war gleich, und ich konnte ihn lesen. Lehrer sahen einen so an, wenn man ihnen mühevoll eine Entschuldigung geliefert hatte. Der Krämer hatte diesen Blick, nachdem ihm versichert worden war, schon morgen werde das Angeschriebene beglichen. Wachtmeister Lange guckte von Amts wegen so. Frau Persokeit und in aller Stille! Frau Persokeit entschläft beim Geldeintreiben! Frau Persokeit hat eben gehört, sie wird ihre Rate nicht kriegen, da macht sie ein Nickerchen. Und weil es ihr so gleichgültig ist, wacht sie nicht wieder auf. So hat man Frau Persokeit immer gekannt!

Als ob ihr die Stille peinlich sei, fragte Frau Diebel: Müßte man sie nicht zudecken?

Aber Jacques Staroski erklärte: Am Tatort wird nichts verändert!

Was für ein Tatort? wollte mein Vater wissen.

Staroski korrigierte sich, aber sein Ton enthielt keine Korrektur: Der Ort, wo Frau Persokeit ihren letzten Seufzer tat.

Ich werde dir bei Tatort! sagte mein Vater.

Was meinst du, Rosi, sprach Frau Birke zu Frau Schley, was wird die Polizei wohl sagen?

Ja, was die wohl sagen wird!

Der Nachtwächter Staroski sagte: Wo sie eine Leiche haben und einen Täter suchen, fragen die nach dem Motiv.

Du bist feste dabei, mir ein Motiv zu liefern, sagte mein Vater.

Jetzt zeigte Frau Schwattner, die Seemannsfrau, wie sie sich beim vielen Alleinsein Gedanken zu machen wußte: Wenn es ein Motiv ist, daß man Schulden bei Frau Persokeit hat, dann haben wir alle ein Motiv.

Wohl und schon, sagte Herr Heiliger und bewies, daß er die Schmähung der Weißen Wyandotten noch nicht vergessen hatte, nur sitzt die Persokeit nicht bei allen in der Küche und ist so tot!

Und Frau Diebel erklärte, sie habe keine Schulden und somit auch kein Motiv, und sie löste sich ein wenig aus der Gruppe der Nachbarn am Fenster.

Dinen Handel, sagte Frau Kirschbeet und war den Tränen nahe, den schmieten wi ook um, wenn wi dat allens umschmieten!

Nun ist gut, rief mein Vater, nun bitte ich, den Tatort zu räumen, damit ich meine Beute noch verstecken kann.

Aber Jacques Staroski sagte: Mit Wachtmeister Lange mache du lieber nicht solche Witze. Wenn ihm die Leiche nicht genug Geld in der Tasche hat, wird er sich sowieso Gedanken machen.

Seit langem rührte sich meine Mutter wieder: Dann muß er sich viele Gedanken machen, hier ist kein Geld. Sie hat andauernd mit dem leeren Portemonnaie geklappert und mir gezeigt, wie leer es ist. Sie hat es umgestülpt, daß ich sehe, wozu sie die Rate braucht. Wenn ich gesagt habe, mein Mann ist krank, hat sie mit dem Verschluß geklappt. Wenn ich sage, die Schule will das Milchgeld, schnapp! Ich sage, ich kann zur Zeit nichts zuverdienen, und sie macht schnapp. Ich sage, der Gärtner hat nichts gezahlt, und die Schuhe mußten zum Schuster, und für Kruligks ist gesammelt worden, und sie macht schnapp, schnapp, schnapp …

Da hätten wir, sagte Jacques Staroski, eine fällige Rate, ein leeres Portemonnaie und nun noch einen Wutanfall.

Weil es so ruhig in unserer Küche war und ich Angst bekam, rief ich überlaut: Meine Mutter sagt die Wahrheit!

Aber die wollte nur wissen, warum ich nicht beim Wachtmeister war, und dann hatte der Fachmann Staroski wieder das Wort: Sie wollen also sagen, die Geldverleiherin hat Sie durch ihr Benehmen aufgereizt, bis Sie sich nicht mehr anders zu helfen wußten?

Für Jacques Staroski schien die Sache klar zu sein, und er nickte Nachbar Binder zu, aber der hob nur die leeren Hände.

Mein Vater öffnete die Küchentür und wies mit dem Daumen hinaus, und man schien gehorchen zu wollen, als Herr Heiliger hinwarf: Wenigstens die Rate würde ich ihr ins Portemonnaie tun!

Warum? fragte mein Vater, und Herr Heiliger gab ihm die Antwort: Weil der Wachtmeister die Frau kennt und weiß, daß sie noch nie ohne Geld vom Hof gegangen ist. Wenn sie was in der Tasche hat, scheidet Raubmord aus.

Reden wir jetzt schon von Raubmord? schrie mein Vater. Warum klagt denn keiner auf Sexualverbrechen?

Weil du dich auf Pumprunde befunden hast, antwortete Jacques Staroski, und er grinste wie einer, der einen Witz nicht hat lassen können und nun die Maulschelle dafür erwartet.

Siehst du, Rosi, sagte Frau Birke, nun bleibt das doch an der Frau hängen!

Frau Kirschbeet rief: Dat möt wi allens umschmieten!, und Herr Binder hob in Ohnmacht die Hände.

Um jetzt einmal mit dem Unfug aufzuhören, sagte mein Vater, habe ich nur die Frage: Kann mir einer aus der versammelten Nachbarschaft sagen, was ich der Frau Persokeit in die Börse stecken könnte? Ist hier einer, der mir etwas gegeben hat, das ich nun an Frau Persokeit weiterreichen könnte? Er wandte sich von den Nachbarn ab und sagte zu meiner Mutter voll Grimm: Ich hoffe nur, die Herrschaften bleiben dabei, daß sie mir nichts gegeben haben, denn was sie mir nicht gegeben haben, das kann auch nicht verschwunden sein.

Mir schien eine gewagte Beleidigung unserer Nachbarn in den Worten meines Vaters zu stecken, aber ich konnte sie nicht ganz packen, und unseren Besuchern schien es ähnlich zu gehen. Sie standen unentschieden vor der Tür und wußten nicht, in welcher Haltung sie sich entfernen sollten.

Meine Mutter wollte es ihnen wohl erleichtern, und sie sagte vage: Danke jedenfalls für alles ...

Warum ausgerechnet diese beinahe leere Redensart das vermochte, weiß ich nicht, aber Herr Heiliger sagte, wenn er auch äußerst klamm sei, könne er doch zwei Mark leihweise dalassen.

Frau Pragl legte eine Mark dazu und sagte: Schließlich sammelt man auch für Abgebrannte!

Und hier ist es nur geliehen, Rosi, sagte Frau Birke zu Frau Schley, und beide fanden je zwei Mark in den Kittelschürzen.

Frau Diebel hatte wieder etwas, wodurch sich eine Kohlenhändlerin unterscheiden konnte: fünf blanke Mark.

Herr Binder wollte fünfzig Pfennige beisteuern, aber die schob mein Vater zurück. Dafür nahm er ohne Zögern drei erstaunliche Mark von Frau Schwattner, und er quittierte mit einem Blick, der mir unordentlich schien.

Frau Kirschbeet gab eine Mark, und sie enttäuschte mich, weil sie nicht sagte, daß alles umgeschmissen gehöre.

Auch Jacques Staroski sprach nicht mehr. Wortlos zählte er das Geld, und weil er die Raten von Frau Persokeit kannte, legte er zu den sechzehn Mark vier aus der eigenen Tasche. Dann nahm er das Portemonnaie von Frau Persokeit, schob die Münzen über die Tischkante hinein und legte die Börse neben die Tote im Rollstuhl.

Nun waren alle sehr zufrieden, bis mein Vater fragte: Wann hat sie eigentlich das Geld von mir gekriegt?

Das verwirrte nicht nur mich, und alle dachten über eine Antwort nach, und Frau Schwattner machte endlich den Vorschlag: Vielleicht sofort, gleich nachdem sie zu Ihnen ins Haus gekommen war?

Doch darüber brauchte mein Vater gar nicht erst nachzudenken, und diesmal hatte er auch keinen unordentlichen Blick, als er sprach: Und warum bin ich dann trotzdem auf Pumptour gegangen?

Frau Pragl war die erste, die sich durch diese Erkundigung zu einer Umkehr bewegen ließ. Sie meinte: Da wird Frau Persokeit das Geld wohl doch erst nachher gekriegt haben.

Dann ist sie also wann gestorben? fragte mein Vater, und er kam mir nun sehr wie mein Vater vor.

Es könnte vor Freude gewesen sein, sprach Frau Birke zu Frau Schley, was meinst du, Rosi, könnte die alte Dame, wie sie das viele Geld gesehen hat, vor Freude gestorben sein?

Einige der Nachbarn schienen sich an Rosis Kichern beteiligen zu wollen, aber mein Vater ließ sie nun nicht aus. Demnach, sagte er, habe ich von neun verschiedenen Personen nicht eben erst, sondern vorhin schon, als ich die Bettelrunde machte, einen Gesamtbetrag von zwanzig Mark erhalten?

Und warum sollte das nicht so gewesen sein? murrte Herr Heiliger.

Ja, warum wohl? knurrte mein Vater zurück, doch in sachlichem Ton fuhr er fort: Noch einmal: Frau Persokeit ist fällig, wir haben keinen Pfennig, ich gehe pumpen, neun Nachbarn leihen mir insgesamt zwanzig Mark, ich zahle Frau Persokeit, die inzwischen bei mir zu Hause eingetroffen ist, die Rate, und Frau Persokeit verstirbt in aller Stille.

Alles klar! sagte Herr Binder, und weil es nicht dazu gepaßt hätte, hob er diesmal nicht seine leeren Hände.

Sonnenklar, fuhr mein Vater fort, auf diese Geschichte leisten wir und die neun Nachbarn zusammen zwölf

Eide, und alles ist gut. Nur schulde ich jetzt statt der Frau Persokeit meinen neun Nachbarn die zwanzig Mark.

Ich fand es ungerecht, daß er das wie einen Vorwurf klingen ließ, aber meine Mutter hielt etwas anderes für wichtiger. Die zwanzig Mark, sagte sie, die schulden wir nicht antstatt, die schulden wir außerdem.

Es war zu merken: Ich war nicht der einzige, der meine Mutter nicht verstand. Und mein Vater war der einzige, der sie zu fragen wagte: Magst du das wohl erklären?

Das sei sehr einfach, sagte meine Mutter, wir hätten keine Quittung von Frau Persokeit, und so seien die zwanzig Mark in Frau Persokeits Tasche irgendwelche zwanzig Mark, und wir schuldeten ihr immer noch die Rate.

Der Tag hat sich gelohnt, sagte mein Vater, heute morgen waren zwanzig Mark fällig, und daraus sind nun, wie, weiß ich auch nicht ganz, vierzig geworden.

Mein Vater stieß die Fäuste in die Tiefen seiner Knikkerbocker, und er pfiff scheußlich durch die Zähne, und einen Augenblick lähmte der Gedanke, er könnte heulen wollen, mein Herz, aber dann sagte er: Nur weiß ich, daß ich mich nicht bei neun Nachbarn verschuldet habe, um den Erben von Frau Persokeit zwanzig Mark zu schenken!

Es schien diese Mitteilung zwar nicht jedermann gleich klar zu sein, denn ich sah einige gerunzelte Stirnen, aber die Stirnen glätteten sich, und Klarheit zog in die Augen, als mein Vater die Börse aus Frau Persokeits Rollstuhl nahm und ihren Inhalt an die Nachbarn verteilte.

Er machte keinen Fehler dabei, jeder bekam, was er gegeben hatte, nur Herr Heiliger schien beanstanden zu wollen, daß sein Zweimarkstück ein anderes gewesen war, und Herr Binder versuchte mit einer halbherzigen Handgebärde, an der Ausschüttung beteiligt zu werden, aber es kam trotz der Anwesenheit einer toten Person fast freudige Stimmung auf, und in die hinein sagte meine Mutter: Wenn Wachtmeister Lange dies sähe, das wäre was!

Sie mußte das niemandem erläutern, und auch ich verstand es sogleich: Eine Halsabschneiderin stirbt, und ihre Opfer teilen sich deren Habe. Wie sie ertappt werden, schreien die Fledderer, es sei ihr eigenes Geld, und sie verstricken sich in die phantastischsten Erklärungen. Sie hätten gesammelt, um einer Nachbarin aus Verdacht zu helfen oder vielmehr sie nicht in den Verdacht hinein zu lassen. Und nach einigem Überlegen hätten sie das Geld wieder an sich genommen und jedermann zurückerteilt. Es sei ihr eigenes Geld, sagten die Leute, welche vom Wachtmeister dabei betroffen wurden, wie sie das Portemonnaie der Verstorbenen reihum gehen ließen und sich daraus bedienten. Eindeutig Leichenfledderei, und vor solcher Ungeheuerlichkeit verbot sich auch die Frage nicht, woran oder durch wen Frau Persokeit gestorben war.

Aber Wachtmeister Lange war so freundlich, erst in unser Haus zu treten, als Frau Persokeits Börse wieder leer bei Frau Persokeits Leiche lag, und er hatte die Freundlichkeit, die Sache für eine klare Sache zu halten.

Altersschwäche und Geldgier, sagte er, da geht es einmal so. Er meinte, der Arzt müsse gleich kommen, und dann, sagte er und wies mit dem Kinn auf Frau Persokeit, die nun doch etwas mehr zusammengerutscht schien, hätten wir unsere Küche bald wieder für uns allein.

Er unterhielt sich auf Nachbarsart mit uns, und die Kleine Rainstraße kannte er auch. Eine lärmige Gegend, sagte er, da haben Sie Glück gehabt, daß Sie das hier gefunden haben.

Es war eine Gelegenheit, sagte mein Vater.

Allein schon die Ruhe, sagte Wachtmeister Lange.

Und meine Mutter meinte still, die sei nun wirklich kaum mit Geld zu bezahlen.

DER DRITTE NAGEL

Die Wohnung war nicht schlecht, doch das Beste an ihr war der Bäcker. Ich hatte nicht seinetwegen den Umzug gemacht, aber seinetwegen würde ich nie wieder fortziehen. Er backte Brötchen, wie man sie lange schon nicht mehr für möglich hält. Es war, als hätte eine untergegangene Art einen der Ihren zurückgelassen, um der Welt zu zeigen, was ihr verlorenging.

Manchmal trifft man noch auf eine Tomate, die wie eine Tomate schmeckt. Manchmal riecht eine Gurke herb und süß, wie die Gurken einstens rochen. Manchmal sehen Erdbeeren nicht nur aus, als wären sie Erdbeeren. Das ist dann Glück. Aber Glück ist ein Wort für die Ausnahmen.

Ich klinge ungerecht, wo man weiß, daß ich einen Bäcker gefunden habe, dessen Brötchen unterm Biß noch knirschen. Die einem die Tasche wärmen, wenn man sie nach Hause trägt. Deren Duft uns im kahlen Wintermorgen die Nase hebt. Die nicht mit säuerlicher Luft gefüllt sind oder kaltem Kitt. Die man hört, wenn man das Messer durch sie zieht, um den goldschründigen Doppelbuckel vom porösen halbbraunen Boden zu trennen.

Bei solchen Brötchen und bei einem Bäcker, der solche macht, klinge ich ungerecht. Vielleicht bin ich es, vielleicht habe ich Gründe und bin es dann nicht. Man soll es ruhig prüfen.

Natürlich hatte ich den Bäcker nicht für mich allein. Als ich zum ersten Mal die Schlange vor seiner Tür sah, hielt ich es für ausgemacht, daß ich ihr Teil niemals werden würde. So gut kann gar kein Backwerk sein, dachte ich, aber wenn ich in die abgelebten Teigwaren vom Konsum biß, dachte ich es weniger heftig. Und eines Morgens reihte ich mich in die Queue.

Der Bäcker öffnete um sieben. Auch eine Nachricht, zu der man beteuern muß, sie stimme. Wirklich, er öffnete um sieben, und eine halbe Stunde vorher stand ich bei ihm an. Die Frau vor mir wußte gleich, wie neu ich in dieser Sache war, und dafür, daß ich ihr auf ihre erstaunlich umfassenden Fragen stückweise meinen Lebenslauf lieferte, unterwies sie mich in den Techniken des Brötchenerwerbs bei Bäcker Schwint. Sie sprach etwas laut, wie es Schwerhörige tun.

Sind Sie neu hier? fragte sie, und dann sagte sie: Sie sind neu hier!, und sie sagte: Halb sieben ist gerade richtig. Man steht nicht zu lange, und man kommt nicht zu spät. Sind Sie der neue Mieter bei Schlössers? Sie sehen nicht aus wie ein Junggeselle. Oder sind Sie geschieden? Also geschieden. Wenn Sie um halb sieben kommen, sind Ihnen Schrippen sicher. Wer später aufsteht, muß Knüppel nehmen. Die Knüppel von Schwint sind nicht schlecht, aber Schwint seine Schrippen sind wie beim Kaiser. Hatten Sie, wo Sie herkommen, auch so einen Bäcker? Nein, hatten Sie nicht, dann wären Sie nicht weggezogen. Zeigen Sie Ihr Netz! Ja, das geht, aber kommen Sie bei Frau Schwint nie mit so einem Elastikding, wo sie die Brötchen mit Gewalt hineinstopfen muß, da gibt sie Ihnen bald nur die verhutzelten Stücke. Die steifen Plastenetze mag sie auch nicht, da ekelt sie sich vor. Am besten ist ein Leinenbeutel, so wie Schwint seine Brötchen sind, und ich warne Sie, Schwint hat wegen Totschlag gesessen, er ist eifersüchtig.

Das mochte er von mir aus ruhig sein, ich wollte nur an seine Brötchen. Aber ein wenig geschmeichelt fühlte ich mich doch, denn da die Frau mich nicht weiter kannte, hatte sie die Warnung auf den bloßen Augenschein von mir geliefert.

Ich habe jedoch bald erfaßt, daß der Bäcker eifersüchtig war ohne alles Ansehen der Person. Jeder Mann in der Nähe der Bäckersfrau rief seinen Argwohn wach, und er gab sich auch keine Mühe, das zu verdecken.

Viel Sinn machte die Sache nicht, denn die Bäckerin war zwar nicht unansehnlich, aber sie war mit ganzer Hingabe einzig beim Brötchenverkauf. Wie ihr Mann als ein Meister seines Handwerks gelten konnte, war sie eine Meisterin des ihren. Sie wußte, wer helle Schrippen nahm und wer lieber scharfgebackene wollte, sie zerschnitt die Brote so, daß die Teile wirklich Hälften waren, sie kannte die meisten Kinder bei Namen, dankte und grüßte und gab Kindern und Alten ein Extrawort, und wer krank gewesen war, durfte rasch sagen, daß es ihm nun viel besser gehe.

Wie sehr sie eine Könnerin war, zeigte sich vor allem an ihren Kunden. Die sorgten selber, daß die Reibungsverluste niedrig blieben, indem sie ihre Bewegungen mit denen der Verkäuferin synchronisierten. Man hielt passendes Geld parat, Erwachsene halfen Kindern, und junge Frauen achteten, daß stoppelbärtige Opas und taube Großmütter der Bewegung nichts von ihrem Schwunge nahmen.

Und die Erfahrenen wiesen den Neuling ein, zum Beispiel Frau Lörke mich: Wenn Sie hier Schrippenkunde sein wollen, müssen Sie auch Kuchenkunde werden. An den Schrippen verdient Schwint nichts, und sein Kuchen ist nicht besonders, aber wenn Sie keinen nehmen, merken Sie das bald. Schwint steckt nicht in seinen Brötchen drin, und das, was nicht so geworden ist, kriegen Sie dann. Oder Sie kommen zu spät und müssen Knüppel nehmen, aber wenn Sie Tortenkunde sind, greift Frau Schwint hinter den Knüppelberg, wo sie die Reserven für Tortenkunden hat. Wie Sie heißen, können Sie einmal sagen, wenn er mit im Laden ist. Am besten, Sie sagen es zu ihm, dann denkt er nicht, Sie wollen was von seiner Frau. Das ist für keinen gut, wenn Schwint das denkt. Wie heißen Sie denn?

Ich heiße Farßmann, sagte ich, und ich dachte: Dafür, daß es am Ende um eine Annehmlichkeit zum Frühstück geht, ist es recht aufwendig, und manchmal klingt es fast bedrohlich. Und ich dachte: Das Leben ist ein kompliziertes System, und zwar nicht nur im ganzen, sondern auch in allen seinen Teilen.

Ich liebe es, mir solche Gedanken zu machen; zumal seit ich allein lebe, habe ich zunehmend Freude daran. Und meine Neugier auf Menschen ist gewachsen, was mich eigentlich wundern sollte, denn kurz nach der Scheidung hatte ich von anderen Leuten nicht das geringste mehr wissen wollen. Aber jetzt sah ich mit Anteilnahme zu, wie sich der Schwintsche Kundenkreis in gleichmäßig zügiger Bewegung an der behenden Bäckersfrau vorbeidrehte, und ich hatte mein Vergnügen an dem flinken Austausch zwischen ihr und der Kundschaft. Es war ein Genuß von ausschließlich technischer Natur, mit dem ich Frau Schwint zusah und auch zuhörte, aber als in einer warmen Wolke von Semmelduft der Meister in den Laden trat, um frisches Backwerk zu bringen, sah ich doch lieber nach dem Prasselkuchen und den Schweineohren. Wozu sonst hatte Frau Lörke mich gewarnt?

Der Bäcker grüßte, und die zwölf Kunden im Laden grüßten zurück, und am Ton war zu hören, daß sich ein

König seinem Volke zeigte. Der König füllte die Lücken im Weißbrotregal auf; er konnte das, ohne hinzusehen. Er musterte uns mit einem Interesse, das nicht verwundern sollte. Schließlich buk er seine raren Köstlichkeiten für uns, und da mußte es ihn schon kümmern, ob er es mit Genießern oder Banausen zu tun hatte. Schließlich stand er unseretwegen auf in der tiefen Nacht, da durfte er uns so prüfend betrachten. Schließlich gab er Genuß in unser Leben ein, da war er zu Blicken berechtigt.

So weit, so gut, nur verfuhr der Mann beim Blicken seltsam. Zwar übersah er niemanden, aber von den einen waren seine Augen rasch wieder fort, und auf den anderen ruhten sie lange. Für die acht Frauen im Laden, seine eigene nicht mitgezählt, brauchte er nicht soviel Zeit wie für einen von uns vier Männern, und von denen wieder bekam ich den Löwenanteil.

Diese Auskunft ist nichts zu meinen Gunsten und kommt auch nicht von Eitelkeit. Ich war neu, und es war eine Frage des Alters der anderen Herren. Wer weiß, welche Art Leben sie grau und krumm gepreßt hatte; sie waren aber altersgrau und alterskrumm, und kein Bäcker mit einer jungen Frau mußte sich ihretwegen noch hitzige Gedanken machen.

Meinetwegen mußte das auch keiner tun, kein Bäcker noch Fleischer noch Tuchscherer mußte das. Es war unverheilt, was eine Scheidung mir zerrissen hatte. Ich war auf frische Brötchen aus und nicht auf neue Damen.

Was der Bäcker nicht wissen konnte und was ihn auch nichts anging. Ich wollte lediglich Austausch von Geld gegen Ware, und in solchem Verkehr ist Seelisches störend. Wir werden einander, dachte ich und gab ihm seinen Blick zurück, durch nichts als Zahlung verbunden sein, und was das Sinnliche betrifft, so soll es damit beim Biß ins frische Brötchen sein Bewenden haben.

Es wird Einbildung gewesen sein, aber mir schien, als beruhigte sich der argwöhnische Handwerker. Er zog zwei Leinenbeutel aus der Kitteltasche, einen weißen und einen karierten, und begann, aus dem doch schon erlesenen Gebäck allererlesenste Stücke auszulesen. In den karierten Beutel kamen acht Schrippen von erstaunlichem Ebenmaß und von erstaunlich gleicher goldbrauner Farbe, und der weiße Beutel wurde mit zehn sehr unterschiedlichen Proben aus dem Sortiment gefüllt, mit hellen und dunklen Brötchen, mit flachen und hohen Knüppeln und mit zwei Hörnchen, eines knusprig und eines milchweißweich.

Es war ersichtlich Übung von lange her, die den Meister beim Wählen und Füllen leitete, und der Vorgang schien zu den Morgenbräuchen zu gehören, denn niemand außer mir zeigte sich daran interessiert oder gar verwundert darüber. Ich war verwundert, gebe ich zu; der Bäcker hatte meine ganze Aufmerksamkeit, und dadurch merkte ich, daß ich auch seine hatte.

Man sieht es dem Rücken eines Mannes an, ob es den Mann kümmert, daß man vorhanden ist. So sah ich, wie ich eben bei der Meisterin an der Reihe war, wie sehr ihr Gatte meinen Worten lauschte. Die hatten eigentlich nur: Zwei Schrippen, bitte! lauten sollen, doch sagte ich statt dessen: Sechs Schrippen, bitte, zwei scharfe, zwei helle und zwei normale, wenn's geht!

Wollte man mich nach einer Erklärung fragen: Ich war wohl angeregt von den größeren Posten, die der Meister persönlich betreute. Mir schien es, so denke ich mir, unangemessen, mit einem Groschenbetrag in den Kundenkreis einzutreten, und durch die differenzierte Bestellung wollte ich wahrscheinlich kundtun, daß man in mir getrost einen Kenner vermuten dürfe.

Keinesfalls hatte ich im Sinn gehabt, mein Alleinsein zu vertuschen, aber am Rücken des Herrn Schwint las ich ab, wie er meine Bestellung verstand: Mann mit Frau und Kind, und zwar solchen, die ihm etwas bedeuten. Die nicht einfach zu nehmen haben, was er bringt, sondern gebracht bekommen, was sie wünschten. Die ihren eigenen Geschmack haben, der berücksichtigt wird. Der neue Mann in der Kundschaft ist ein rücksichtsvoller Familienvater. Also Entwarnung, halbwegs jedenfalls.

Von mir aus, guter Freund, so dachte ich, als ich des Bäckers Rückenmuskeln von ihrer Spannung verlieren sah, von mir aus könnten Sie aus allem Alarm. Ich bin auf keiner Schürzenjagd. Ich war erst jüngst beim Scheidungsrichter und will ihn nicht mehr sehen. Vor meinen Augen, werter Bäckermeister Schwint, hat sich meine Frau aus einer natürlichen in eine juristische Person verwandelt, das war mir ziemlich scheußlich.

So habe ich gedacht, und so hätte ich gesprochen, wäre es schon diesmal zur Zwiesprache zwischen Herrn Schwint und mir gekommen und wären wir dabei allein gewesen. Aber wir waren nicht allein, und ich war noch neu. Da habe ich die Brötchen bezahlt und bin aus dem Laden gegangen, und auf dem Heimweg schalt ich mich, weil ich nun immer das Dreifache des benötigten Gebäcks würde ankaufen müssen, denn: Zwei scharfe, zwei helle und zwei normale! das hatten sich zumindest Frau Schwint, Herr Schwint und die schwerhörige Frau Lörke gemerkt, und künftige Beschränkung auf zwei Schrippen würde ganz gewiß zur Vernehmung durch Frau Lörke führen.

Aber Verhör fand auch so am anderen Morgen statt. Die Nachbarin Lörke wollte wissen, ob ich tatsächlich sechs Brötchen zum Frühstück verzehrte und warum dann so verschiedene. Sie traf mich präpariert. Ich hatte ihr zwei Kolleginnen in meinem Betrieb erdacht, und andeutungsweise ließ ich innige Verhältnisse zwischen denen und mir bestehen, so innig, daß ich im Grunde nicht meinetwegen, sondern im Dienste der beiden Damen so früh in der Bäckerschlange stand. Frau Lörke mochte die Geschichte.

Und ich fand allmählich selber Gefallen an den Weibspersonen, die ich ersonnen hatte, um Frau Lörke die Schrippenmenge einleuchtend zu machen. Sie waren von äußerstem Liebreiz, beide. Sie waren in Charakter und Erscheinung unterschiedlicher nicht zu denken und nur in einem gleich: in ihrer innigen Verbindung mit mir. Und, daß ich es nur nicht vergaß, in etwas anderem glichen sie einander: Sie waren, anders würde ich ihre Nähe nicht gesucht haben, sie waren beide unverheiratet. Aber sonst herrschte der krasseste Gegensatz, was schon an den Brötchen zu sehen war: Die eine war nur auf scharfe scharf, und die andere wurde weich durch weiche. Zu diesem Wortspiel kicherte Frau Lörke.

Wer weiß, was sie verstanden hatte. Sie hörte wirklich nicht gut. Zum Beispiel war sie der Meinung, ich sei Buchhändler, und gesagt hatte ich auf eine ihrer unzähligen Fragen, daß ich Buchhalter war. Das schien nicht wichtig, aber war es dann doch.

Solange Frau Lörke etwas lüstern nach meinen Buchhändlerinnen fragte, war es nicht wichtig, und am ersten Sonnabend kam mir die Verwechslung sogar gelegen, denn ich hatte etwas gedankenlos wieder die drei Brötchenpaare bestellt, und da traf es sich, daß Buchhändler auch sonnabends arbeiten, Buchhalter hingegen kaum.

Wenn man aber Buchhalter ist und von einem Buchhaltergehalt lebt, gehen zwei Phantombräute spürbar ins Geld. Schon die überzähligen Schrippen belasteten meinen Etat, aber ich konnte nicht gut Kuchen kaufen, wie Frau Lörke mir geraten hatte, ohne meine beiden Gespielinnen mit Liebesknochen und Plundertaschen zu bedenken.

Das überschüssige Gebäck, welches ich nur erwarb, weil ich von einem Bäckerrücken Argwohn abgelesen hatte, brachte mich nicht nur finanziell aus der Balance: Ich hatte keine Lust, unverzehrte Brötchen zu Semmelmehl zu reiben, zumal ich auch nicht wußte, wohin mit all dem Semmelmehl, und ich hatte Skrupel, übriggebliebenen Kuchen dem Müllschlucker in den Rachen zu werfen. Also nahm ich die fabelhaften Schrippen und das nicht so fabelhafte Gebäck mit in meine Buchhaltung, und schon sah ich mich in weitere Schlingen verstrickt: Nun wollten alle im Büro so wunderbare Brötchen haben, und ich mußte mir mit der Erfindung helfen, bei Meister Schwint werde noch kontingentiert. Aber den Kuchen wollte außer dem freßsüchtigen Fräulein Weigel bald keiner mehr, und prompt kam ich mit Fräulein Weigel ins Gerede.

Rein buchhalterisch betrachtet, war die Sache unausgewogen: Fünfmal in der Woche eine halbe Stunde früher aufstehen, zwischen zehn und zwölf Mark monatliche Mehrkosten für nicht benötigte Bäcker- und Konditorwaren, das zehrende Interesse Frau Lörkes an meiner Doppelliebe im Büro, die Dankbarkeit Fräulein Weigels und das Gestichel der Kollegen dort und schließlich die immerhin erforderliche Mühe, es im Verkehr mit Frau Schwint beim Wohlgefallen an den knusprigen Brötchen sein Bewenden haben zu lassen und dieses dem gefährlichen Meister durch entsprechendes Betragen auch anzuzeigen – das alles wegen zwei Stückchen Backzeugs war rechnerisch nicht ganz erlaubt.

Nur schlug das Rechnerische nicht zu Buche, wenn ich in Schwintens Schrippen biß. Die waren eben so, daß sich alles Abgezähle verbot. Sie waren das Leben.

Das klingt übertrieben, aber ich empfand es so. Oder, um genau zu sein: Ich konnte es so empfinden, nachdem ich doch einmal abgezählt und errechnet hatte, daß der Stückpreis der von mir tatsächlich verzehrten Brötchen auf über siebzig Pfennige kam, das Frühaufstehen und die Lasten auf der Seele nicht veranschlagt. Dem Buchhalter in mir mußte das als reiner Aberwitz erscheinen, und so kam ich mir auch an jedem Morgen, an dem ich in mein überzahltes Frühstück biß, äußerst verwegen vor. Diese Verfassung hielt an bis ins Büro, und einmal hieß es im Gerede dort, die Scheidung habe mir merklich gutgetan.

Zwar wußte ich es anders, aber ich widersprach doch nicht, und ich wehrte mich auch nicht, als ich spürte, daß mir allmählich die Zunge loser ging und mir die Glieder lockerer in den Gelenken hingen.

Gewiß ist es übertrieben gewesen, die Brötchen für das Leben zu nehmen, aber unbestreitbar bin ich dem Leben wieder nähergekommen, als ich an jenem Morgen nach dem Umzug in die Schlange vor Schwintens Laden trat. Und als ich eines anderen Morgens zum ersten Mal in ein Gespräch mit dem Bäckermeister kam, war ich kaum noch befangen und höchstens ein wenig dankbar. Und nicht im mindesten überraschte es mich, daß Frau Lörke den Mann mit aller Nachricht über mich versehen hatte. Schließlich hatte sie mich auch über ihn mit allen Nachrichten, einschließlich derer aus dem Strafregister, versehen gehabt.

Daß der Bäcker und ich alleine waren, erklärt sich aus einer Grippe, die mich bis in den Vormittag im Bette hielt, bis in eine Stunde, von der die Kundschaft wußte, wie wenig Brötchen und selbst Knüppel da noch zu holen waren; Frau Schwint versah dann die Küche, und die wenigen Gänge in den Laden tat ihr Mann.

Der sagte zu mir: Ist wohl heute Ruhetag im Buchhandel?

Ich brauchte eine Weile, den Satz zu entschlüsseln, aber als ich erfaßt hatte, welchen Sinn er transportierte, wußte ich, daß Frau Lörke alles über mich, einschließlich ihres Hörfehlers, an den Meister geliefert haben mußte.

Nur für mich, sagte ich, eine kleine Grippe.

Ja, sehen Sie, sagte er, das könnte ich mir gar nicht leisten. Wir behandelten das Problem der schweren Verantwortung, die ein selbständiger Handwerksmeister zu tragen hat, unter verschiedenen Gesichtspunkten, aber es war Herr Schwint, der am Ende einräumte, sein Beruf habe auch freundliche Seiten. Allein wenn er bedenke, sagte er, wie vielen Mitmenschen er den Tagbeginn angenehmer mache, erfülle ihn Zufriedenheit.

Ja, antwortete ich, und es fiel mir gar nicht schwer, etwas Neid anklingen zu lassen, wer das von sich wissen kann, ist wohl glücklich dran.

Der Meister sah mich prüfend an, schien etwas von mehreren Seiten her zu bedenken, und bei seinen nächsten Worten hatte ich den Eindruck, unser Gespräch verschöbe sich in eine höhere Phasenlage. Denn Herr Schwint äußerte die Ansicht, auch ein Buchhändler habe es wohl in der Hand, anderen Leuten Annehmlichkeiten zu bereiten.

Einer solchen Vermutung wollte ich getrost beitreten, doch ehe ich es konnte, hatte Herr Schwint ihr den etwas rätselhaften Satz angefügt: Allerdings denke ich mehr an den Abend als an den Morgen, denn unsereins kommt nur abends dazu, weil morgens die Brötchen dran sind, Sie verstehen!

Ich verstand überhaupt nichts, und Herr Schwint muß mein Mienenspiel für das richtige in diesem Abschnitt unseres Handels gehalten haben, und daß wir uns in einem Handel befanden, erfuhr ich aus seinen nächsten Worten:

Angenommen, ich wäre Ihr Kunde, dann wäre die Sache so, daß Sie bei mir Freude am Morgen suchten und ich bei Ihnen Freude zum Abend. Wenn ich nun zu Ihnen sagte: Könnten Sie mir nicht einmal etwas Erfreuliches zum Abend mitbringen?, dann würden Sie denken: Der Schwint, der spinnt! Ich stelle mich jeden Morgen eine halbe Stunde bei ihm an, und dafür soll ich ihm etwas über den Ladentisch schieben? Wo wäre denn da, müßten Sie denken, mein Nutzen?

Soweit war ich noch gar nicht mit meinem Denken. Ich hielt bei der Frage, was der Mann wohl mit den Annehmlichkeiten des Abends meinen und wie der Buchhandel da hineinspielen mochte, und ich rief mir zu, hier sei der Punkt, an dem ich Meister Schwint vom Hörfehler seiner Kundin Lörke sagen müßte.

Der Auftritt einer betagten Frau unterbrach den dunklen Dialog zwischen dem Meister und mir, aber ich konnte ihn zu klärenden Überlegungen kaum nutzen, denn die Szene machte mir drastisch klar, wie man dran war bei Meister Schwint, wenn man nicht beizeiten zur Stelle sein konnte.

Aber junge Frau, sagte der Bäcker in jenem Tonfall, der mir den Gedanken ans Älterwerden nicht angenehmer macht, werte Frau Kundin, wo denken Sie hin? Schrippen jetzt? Knüppel noch? Hörnchen um diese Stunde? Wie lange kommen Sie schon bei mir, Frau Lüderitz? Da wissen Sie doch, daß um die Zeit kein müder Krümel mehr zu haben ist!

Herr Schwint hat Frau Lüderitz ein halbes Graubrot verkauft, und er war nicht der Mann, sich wortlos auf die Wirkung des Vorgangs zu verlassen. Ja, ja, Herr Farßmann, sagte er, so ist das, wenn man nichts zu bieten hat. Grausame Welt, aber keiner von uns beiden hat sie gemacht. Nun muß jeder sehen. Ich bat um die andere Hälfte des Graubrots und wollte gehen, aber er war entschlossen, uns in einen Handel zu bringen.

Herr Farßmann, sagte er, seit Sie mein Kunde sind, habe ich Sie im Auge. Sie sind ein Beobachter, habe ich bemerkt. Sie haben einige Male zugesehen, wenn ich die beiden Beutel mit den Brötchen füllte. Was Sie aber nicht gesehen haben, ist, wo ich mit den Beuteln bleibe. Die hänge ich in einer Hofecke an zwei bestimmte Nägel. Den einen Beutel holt mein Zahnarzt, den anderen holt der Mann, der bei meinem Wagen die Durchsichten macht. Es ist noch ein dritter Nagel da, aber mehr, das gilt eisern, wird es niemals geben.

Herr Schwint schwieg auf eine Weise, daß mir einfallen mußte, was zu sagen war: Und Sie meinen, der dritte Nagel … Das wäre ja fabelhaft, nur müßte ich nun doch genauer wissen, an welche Gegenleistung Sie denken.

Versteht sich, Herr Farßmann, sonst schleppen Sie mir was Astronomisches an oder bulgarische Kochbücher. Obwohl, ich dachte, ich hätte mich angedeutet. Für die Freuden des Abends, Sie werden verstehen!

Das glaubte ich jetzt auch, aber ich sagte, soweit ich wüßte, sei das Angebot unseres Buchhandels auf diesem Gebiet weder breit gefächert noch sonderlich profiliert.

Soweit Sie wissen, Herr Farßmann, Sie sind gut! Aber ich erwarte mir ja nichts Ausgefallenes, ich erwarte mir nur Sachen, die es gibt und die ich sonst nicht kriege. Zum Beispiel, wenn Sie mir dieses chinesische Ding besorgen könnten, Tsching Peng Meck, da brauchten Sie auch nicht mehr von meinen Torten zu kaufen.

Weil ich zu sehr in einen Handel verstrickt war, in dem ich vorerst nur mit einer Nachfrage aufwarten konnte, hatte ich nicht die Muße, das Vorkommen von Selbstkritik beim Umgang eines Bäckermeisters mit seinen Produkten zu bestaunen, aber die Aussicht, vom Kuchenzwangskauf ebenso loszukommen wie von Fräulein Weigels Dankbarkeit und dem dazugehörenden Getuschel im Büro wie auch von der unsinnigen finanziellen Belastung, ließ mich zu allem nicken, was Herr Schwint mir vorgetragen hatte, und als ich begriff, daß der eigentliche Hauptgewinn in arbeitstäglich zwei warmen Schrippen plus einer halben Stunde Mehrschlaf bestand, sprach ich, wie ich es aus dem Kino kannte: Der Handel gilt!

Und Bäckermeister Schwint hat mir gezeigt, wie sorglich er den einzuhalten gedachte, denn er hat in ein Geheimfach gegriffen, es muß ein Geheimfach gewesen sein, und hat mir sechs Brötchen ausgefolgt, zwei scharfgebackene, zwei sehr helle und zwei von normaler Beschaffenheit.

Ich zahlte, dankte und ging und widerstand der Versuchung, mich bei dieser Gelegenheit auch gleich meiner Geisterbräute zu entledigen, denn ich ahnte, daß Herr Schwint in mir den Mann mit Verständnis für sein Verlangen sah, weil ich mich offen zu zwei Gefährtinnen bekannte. Von denen er übrigens anzunehmen schien, sie würden mich auf meinem Krankenlager besuchen, denn er hatte mir die Schrippen für sie gegeben, obwohl er wußte, daß ich heute nicht in meinen Buchladen ging.

An diesem Punkt fuhr ich mir in die Gedanken und herrschte mich an: Du Spinner gingest in keinen Buchladen nicht, wenn du gingest. Wenn du gingest, gingest du in eine Buchhaltung, und wie du da ein Exemplar von diesem verdammten Kin Ping Meh auftreiben willst, das wird nun deine Sorge sein!

Ich entsann mich zu gut des verrückten Gebarens eines Vetters, der mir den chinesischen Roman einmal geliehen hatte. Er verlangte Pfänder von mir, und jeden Abend kam er vorbei, um zu sehen, ob ich die Scharteke noch hatte, und dann wollte er wissen, wie weit ich mit dem Lesen war, und danach wurden die scharfen Stellen besprochen, und schließlich neigte mein Vetter dazu, nunmehr von den scharfen Stellen in seinem Leben zu berichten. Da war Kin Ping Meh aber besser.

Übel fand ich, daß mich dessen Lektüre zu dem Irrtum führte, in allen dicken alten Büchern aus China gehe es so lose zu. Ich habe eine Menge Zeit auf die Suche nach eingestreuten Unanständigkeiten gewendet, aber im Grunde bin ich nur über Speisefolgen, Schimpfreden bei Duellen und mir nicht recht einleuchtende Ansichten philosophischer Natur unterrichtet worden. Solche Dinge zu wissen ist nicht schädlich, aber ihr praktischer Nutzen bleibt beschränkt. Was man von den Informationen, die ich Kin Ping Meh entnahm, nicht sagen kann, aber wenn ich das belegen wollte, hörte ich mich bald wie mein Vetter an, und das möchte ich vermeiden.

Ich habe es auch vermieden, mich lange bei dem Gedanken aufzuhalten, ich könnte dem Vetter zugunsten meines Bäckers und also zu meinen Gunsten die chinesische Sittenschilderei abschwatzen. Er hätte das Buch damals, als er es mir lieh, am liebsten an eine lange und unzerreißbare Schnur gebunden, und an der hätte er immer gezogen, wenn ihm nach Kontrolle war.

Auch hätte er mir nie geglaubt, daß es mir nur um etwas mehr Ökonomie, etwas mehr Schlaf und etwas mehr Freude am Frühstück ging. Diesen Verwandten konnte ich getrost auslassen, wenn ich nach Wegen sann, auf denen sich zu Kin Ping Meh gelangen ließe.

Aber dann ist mir doch nur der Vetter geblieben, denn in meinem Bekanntenkreis hat sich niemand zum Besitz des würzigen Werkes bekennen wollen – außer Fräulein Weigel, die ich in meiner Not auch danach gefragt hatte. Noch nie, sagte Fräulein Weigel, sei ihr einer so direkt gekommen, aber sie schätze das, und wenn ich mich am Abend bei ihr einfände, wollten wir mit verteilten Rollen ausgewählte Szenen lesen. An der Art, wie sie mich in die Rippen stieß, als sie mich aufforderte, Plunderstücke und Liebesknochen nicht zu vergessen, merkte ich, daß sie nicht nur an Freßsucht litt. Es war sehr unangenehm, denn Fräulein Weigel unterrichtete das Büro von meiner Offerte. So sprach sie jedenfalls, von einer Offerte, und in der Buchhaltung ging es einige Tage, wenn man mich einmal nicht zählt, recht fröhlich zu. Da habe ich Fräulein Weigel den Schwintschen Kuchen entzogen. Ich habe ihn den Tauben am Humannplatz geschenkt.

Der Bäckermeister und Bücherfreund führte sich auch befremdlich auf. Wenn er sonst nur gekommen war, um neuestes Backwerk zu liefern oder die beiden Brötchenbeutel zu füllen oder festzustellen, ob ein Mann seiner Frau begehrliche Augen machte, erschien er jetzt immer dann, wenn ich im Laden war, und von anfangs nur fragender Mimik geriet er am Ende in eine Pantomime, in der er mich mit saugendem Blick ansah, dann die Schrippenbeutel von Zahnklempner und Wagenklempner schwenkte und schließlich so an der Haut um seine Augen zerrte, daß sie sich zu zwei vielsagenden Schlitzen verengten.

Natürlich blieb mir nichts übrig, als bedauernd die Schultern hochzuziehen, und natürlich blieb unser gestischer Austausch niemandem verborgen und also der Bäckerin auch nicht. Sie sah verstört nach ihrem Mann und dann nach mir, und ich zog auch für sie bedauernd die Schultern hoch. Es war mir nur darum zu tun, ihr anzudeuten, daß ich für das Gebaren ihres Mannes nichts konnte. Aber der betrachtete plötzlich in tiefer Nachdenklichkeit seine Frau und mich, und das fehlte mir noch.

Ich rief in einer Tonlage, die eine Botschaft war: Wie immer, Frau Schwint, zwei normale für mich und dazu, wie immer, zwei helle und zwei scharfe!

Der Bäcker hat die Botschaft vernommen und hat sich in seine Backstube entfernt, und ich bin besorgt nach Hause und danach immer noch besorgt zur Arbeit gegangen. Es war an der Zeit, daß ich das chinesische Ding auftrieb, denn dieser Bäcker war bekanntlich nicht ganz bei Sinnen. Wer wußte, zu welchen pantomimischen Darstellungen er noch bereit war, um mich auch ja recht unmißverständlich an Kin Ping Meh und dessen bewegtere Stellen zu erinnern.

Wenn jemals ein Mensch Grund hatte, die Schrumpelstilzchen, welche der Konsum unter der Warenbezeichnung Brötchen feilhält, einfach für Brötchen zu nehmen und die Schwelle von Bäckermeister Schwint zu meiden, dann war ich dieser Mensch. Aber ich war auch, das merkte ich zu meinem Schrecken, den Schrippen des Meisters verfallen. Ich war süchtig auf eine Art, von der man vielleicht noch nicht gehört hat, ich war brötchensüchtig.

Sucht ist Sucht, Trunksucht, Freßsucht, Eifersucht, fast aussichtslos, davon wegzukommen. Also ergibt man sich. Also zahlt man seinen Preis. Also mußte Herr Schwint seinen Kin Ping Meh erhalten. Also mußte ich zum Vetter hin.

Ich fragte ihn gleich, ob er mir den chinesischen Reißer verkaufen wolle, und er sagte, ohne hinzudenken: Für kein Geld!

Das wollte aber nichts meinen, er hatte schließlich eine Zeitlang mit älteren Autos gehandelt. Für kein Geld! hieß nur: Für sehr viel Geld!, oder es hieß: Zwar für kein Geld, für Geld nicht, aber ich höre Vorschläge.

Freilich hatte ich keine Vorschläge zu machen. Buchhalter ist auch in dieser Hinsicht kein Posten mit allzu vielen Möglichkeiten, denn Waren wie Geld kommen bei uns nur in Zeichen vor, und wollte man an sie in ihrer wirklichen Gestalt, müßte man in verzweigte Bündnisse treten. Von da an wird es kriminell.

Weil es beim Handel üblich ist, an entscheidenden Punkten eher zu schweigen, als zu reden, und weil ich auch gar nichts anderes wußte, schwieg ich nach dem Ausruf meines Vetters, und um die verstreichende Zeit zu nutzen, machte ich mir einen weiteren Gedanken: Der Bäcker zum Beispiel, dachte ich, hätte dir wortlos die andere Hälfte vom Graubrot ausgefolgt, von dem die arme Frau Lüderitz den ersten Teil bekommen hatte, wenn du ihm ein Buchhalter gewesen wärest. Kein Wort über abendliche Freuden hätte der mit einem Buchhalter getauscht, ganz zu schweigen von einem Geschäft, bei dem es um frische Semmeln ging und um eine alte und doch noch recht frische Geschichte.

Ich erwog gerade, ob wir Buchhalter nicht heutzutage die eigentlichen Proletarier seien, als mein Vetter noch einmal sagte: Für kein Geld! Aber, sagte er weiter, und er machte ein Gesicht, wie ich denke, daß die Könige im Märchen es machten, wenn sie mittellosen Wanderburschen Unmögliches aufgaben, aber, sagte mein Vetter, wenn du eine Karte für den Tierparkball besorgst, ist die chinesische Schwarte dein.

Er war immerhin ein Verwandter, und so kann ich nicht sagen, daß Tücke aus seinem Antlitz leuchtete, aber Karten für den Tierparkball, das war stark! Karten für den Tierparkball waren selbst unter märchenhaften Umständen kaum zu erlangen.

Mein Vetter wußte das, und er wußte, daß ich es wußte. Den Nachrichten zufolge, welche wir beide verläßlich hatten, waren die Teilnehmer an dieser Geselligkeit von der erlauchten Art, wie sie zuletzt auf der sinkenden »Titanic« beobachtet werden konnte. Antiquitätenhändler, Speditionsdispatcher, Vulkaniseure, Spitzenfriseure, Leitende Leiter, Annoncenannehmer, Besitzer von Lackieranstalten und Mietgaragen, Verwandte von Verwaltern,

Männer vom Fahrzeughandel und Frauen von den lauten Künsten – Leute, die mit dem Tierpark wenig zu schaffen hatten, wohl aber mit dem Ball, der dessen Namen trug.

Ein Wunder, dachte ich, als ich im Schock nach meines Vetters verstiegener Forderung verwirrt Gedankenkreise um mich schlug, ein Wunder, daß Bäcker Schwint in diesem Zirkel fehlt, wo es ihm doch ein leichtes sein sollte, da hineinzugelangen – ein Beutelchen an einem Nägelchen in einem Balken auf einem Hof ... Aber wahrscheinlich wußten sie einfach nicht voneinander, der Mensch mit den Karten für den Tierparkball und der Letzte Wirkliche Schrippenbäcker, und das war gut so, denn wo bliebe ich, wenn die beiden einen Handel hätten? Ich bliebe draußen, weil der Verteiler so begehrter Billetts wahrscheinlich auch chinesische Romane schlüpfrigen Einschlags zu beschaffen wüßte. Und warum, zu welchem Vorteil für ihn, sollte Bäcker Schwint dann mir etwas an den Nagel hängen?

Ich müßte weiter in die Queue um halber sieben in der Früh, müßte verbleiben beim überzogenen Budget und bei der Mär vom unbalancierten Liebeshaushalt, käme nicht fort aus dem lebensgefährlichen Argwohn, den der Bäcker gegen Männer hegt, mit denen er keinen Handel hat, und vor allem müßte ich wieder und wieder in jene Wildnis, in der die warme Schrippe nur eine Gnade und niemals Gewißheit ist.

So war es ein Glück, daß der Billettmann vom Brötchenmann nicht wußte, und theoretisch den Fall gesetzt, ich begegnete dem einen, wie ich dem anderen praktisch begegnet war, so würde ich dem Parkballmenschen kein Wort vom Vorhandensein eines Letzten Großen Bäckers sagen.

Aber das alles war aberwitzige Hypothese, und ich sagte meinem Vetter, von Geburt und Stand seien wir nicht die Leute, Eingang zu finden in jenen Ballkreis, und wie, um Himmels willen, war er zu so verblasener Absicht gekommen?

Ernsthaft, er hatte ein Mädchen beim Füttern der Karakulschafe gesehen, und ernsthaft, er hoffte, dieses einmalig herrliche Wunderding von Schäferin im Festgepränge wiederzufinden. Dort, sagte er, und der hartgesottene Besitzer von Kin Ping Meh errötete dabei, dort werde er sie ansprechen.

Nun ist vielleicht jemand, der, wie ich, bereit ist, sich zweier Brötchen wegen in umständliche Verstrickungen zu begeben, nicht so geeignet, das Gebaren seiner Mitmenschen zu beurteilen, aber ich fand das Gebaren meines Vetters ausgefallen. Einzig die Liebe reichte als Erklärung zu, denn einzig in ihr gelten keine Abreden.

Was erkennbar wird, wenn man sieht, daß mein Vetter bereit war, sich von Kin Ping Meh zu trennen, vorausgesetzt, er käme dadurch einem Mädchen nahe, welches wahrscheinlich ein wenig nach Schafen roch.

Meines Vetters Verrücktheit fachte meine an: Ich fragte mich durch zum Verteiler der Parkballkarten. Natürlich war er das nicht im Hauptberuf, im Hauptberuf war er Erster Persönlicher Beauftragter für die Sicherung des Staatlichen Branntweinmonopols, und als solcher war er ein eisenharter Mann.

Er muß mich, da ich ihn ohne Umschweife um eine Ballkarte gebeten hatte, für einen humoristischen Abenteurer gehalten haben, denn er verschwendete weder Klagen noch Argumente an mich, sondern erzählte mir zugespitzte Begebenheiten aus seinem Leben als Doppelposten.

Die Anschläge auf das Branntweinmonopol waren im Vergleich mit den Vorkommnissen, bei denen es um Ballkarten ging, ganz flache Bubenstreiche, und so stabil das Branntweinmonopol des Staates war, so labil blieb das Prinzip der gerechten Verteilung von Tierparkfestbilletts. Dem Doppelwächter ging einfach nicht ein, wie es zusammenhängen mochte, daß er die Karten an redliche Abteilungsleiter, Brigadiers und Spitzensportler reichte, und wenn es dann zur festlichen Polonäse kam, führte der zweifelhafte Eismann vom Prenzlauer Berg eine Dame zum Tanz, die an einem günstigen Punkt des Anzeigenwesens frühzeitig Einblick in trächtige Annoncen gewann.

Wie die das nur machen, sagte der Erste Persönliche Beauftragte, und weil er so gänzlich unbereit schien, faules Spiel für möglich zu halten, beschränkte ich mich auf die ungenaue Anmerkung, die Leute hätten wohl ihre Beziehungen, und er konnte nichts damit anfangen.

Beziehungen, sagte er, das ist ja gerade meine Frage: Wie machen sich die Leute ihre Beziehungen? Die können doch nicht in die Zeitung setzen: »Biete Ballkarten, suche ...« Oder: »Suche Ballkarten, biete ...« – Was wollten Sie eigentlich bieten?

Ich wollte gar nichts bieten, sagte ich, ich suche nur!, und ich hörte den seltsamen Klang der Wahrheit in meinen Worten. Die Einsicht machte mich betroffen, daß ich tatsächlich nichts zu bieten hatte, und ich war bereit, hierin den Grund für meine Kühnheit zu sehen. Denn kühn war es wohl, so mittellos auf die Suche nach Einlaßkarten für das begehrteste hauptstädtische Fest zu gehen, kühn oder verrückt, weil: mittellos, das hieß auch aussichtslos.

Was brauchen Sie denn? sagte ich zu dem Ersten Persönlichen Beauftragten für die Sicherung des Staatlichen

Branntweinmonopols, und ganz sicher hätte er mich auf diese Frage hin verhaften lassen, wäre unsere Begegnung spirituosensteuerlicher Natur gewesen.

Und Sie haben wirklich nichts? fragte er.

So gut wie nichts, sagte ich. Ich kenne einen eifersüchtigen Bäcker, der mir zwei warme Brötchen an den Nagel hängen wird, wenn ich ihm ein scharfes chinesisches Buch besorge, und ich habe einen verliebten Vetter, der mir das scharfe chinesische Buch hergeben wird auf eine Karte für den Tierparkball. Der Persönliche Beauftragte schüttelte den Kopf und sprach: Zwei Karten!

Nein, sagte ich, er braucht nur eine.

Aber der Persönliche Beauftragte entgegnete mit Entschiedenheit: Er braucht zwei! Es ist ein Prinzip meiner Verteilung, niemals Einzelkarten wegzugeben. Der Tierparkball ist etwas für Paare, und wer da als einzelner hin will, bringt das durcheinander. Die Karten von mir nur paarweise!

Gut, sagte ich, dann geben Sie zwei.

Es war nur theoretisch, sagte der Beauftragte, ich erläuterte mein Prinzip. Sie haben nichts zu bieten, ich brauche nichts, wir können wunderbar theoretisch bleiben.

Es interessiert mich, sagte ich, brauchen Sie wirklich nichts? Ganz und gar nichts?

Der Beauftragte, man merkte es ihm an, sah sich gründlich durch, und am Ende beschied er mich: Ich brauche nichts, und das allein setzt mich in den Stand, so mit Ihnen zu reden. Und die Tatsache natürlich, daß Sie nichts haben. Wenn Sie zum Beispiel Standesbeamter wären und hätten einen freien Trauungstermin für nächste Woche Freitag, dann könnte ich nicht so mit Ihnen reden. Aber Sie sind ja wohl kein Standesbeamter.

Sowenig wie ich Buchhändler bin, sagte ich. Und Sie brauchen tatsächlich einen Trauungstermin für nächste Woche Freitag?

Mein Sohn braucht den. Erst sollte überhaupt nicht geheiratet werden, und nun muß es am nächsten Freitag sein. Mein Sohn hat verlangt, ich soll der Standesbeamtin für einen Freitagstermin zwei von meinen Ballkarten anbieten. Wissen Sie, was ich getan habe? Ich habe es getan. Und wissen Sie, was die Kollegin vom Personenstandswesen geantwortet hat? Sie hat gefragt, ob ich weiß, wie lang die Warteliste für Freitagstermine ist. Die ist so lang wie die Warteliste für Telefone. Was sie nicht braucht, sind Ballkarten. Was sie braucht, ist ein Telefon, ein privates.

Er schien ungläubig in sich hineinzusehen und Zeuge eines Kampfes zu werden, und was er dann zu mir sagte, war eine Mitteilung vom Ausgang dieses Kampfes. Er sagte: Sie haben nicht zufällig Beziehungen zu einem, der Beziehungen zu Telefonen hat?

Ich aber entgegnete: Und Sie haben nicht zufällig Beziehungen zu einem, der Beziehungen zu Tierparkballkarten hat?

Er brauchte eine Weile, um seine Frage und meine Frage in ein Verhältnis zueinander zu bringen, und dann gingen in den Augen des Ersten Persönlichen Beauftragten für die Sicherung des Staatlichen Branntweinmonopols alle Lichter an, und er rief ergriffen: Ach, so machen die das!

Er hatte mich für einen Abenteurer gehalten, als ich zu ihm gekommen war, und als ich von ihm ging, war ich einer. Denn ich ging, die Zuständige Person für Telefone zu suchen. In meinen Taschen trug ich nichts. In meinem

Herzen wohnte die Hoffnung auf ein wenig warmes Frühstücksgebäck. In meiner Erinnerung waren Wünsche versammelt, die einander nur berührten, weil es mich gab.

Ich war der Mann mit kommenden Beziehungen zu frischen Brötchen. Ich war der Mann mit möglichen Beziehungen zu anfeuernder Lektüre. Ich war der Mann mit denkbaren Beziehungen zu Tierparkballbilletts. Ich war der Mann mit vorstellbaren Beziehungen zu einem Freitagstrautermin. Ich war der Mann mit nicht gänzlich ausgeschlossenen Beziehungen zu Telefonen. Ich steckte so voller Möglichkeiten, daß ich mich selber kaum zu glauben wagte.

Und kaum zu denken wagte ich an die bald fällige Begegnung mit der Zuständigen Person für Telefone. Denn was würde sie zu fordern und ich darauf zu bieten haben? Schließlich, Telefon, das war ja schon ein anderer Ausdruck für Beziehungen. Telefon war Instrument und auch Symbol. Wer über die Vergabe von Telefonen zu sagen hatte, hatte das Sagen sehr. Wie sollte mit dem zu reden sein? Wie sollte ich mit ihm wohl reden?

Das war eine vertrackte Schwierigkeit, und vor der standen andere, die auch nicht gerade simpel waren. Die Identität wie Adresse der Zuständigen Person herauszufinden war eine davon. Weil es anders auf Episches hinausliefe, sage ich nur kurz: Ich habe sie gemeistert.

Ich habe auch das Problem gemeistert, wie an die Zuständige Person heranzukommen sei, aber vorher bin ich noch zu Bäcker Schwint gegangen und habe mich in die Schlange gestellt wie an einem beliebigen Morgen, und niemand, denke ich, hat mir angemerkt, daß es mein letzter Aufenthalt unter den geduldig Bedürftigen werden sollte. Ein paar Kleinigkeiten nur trennten mich vom

Bäckerhof, auf dem an güldenem Nagel goldene Brötchen meiner warteten. Ein paar Formalitäten hinderten mich eben noch am Wechsel meiner Verhältnisse. Lediglich ein Telefon sollte es sein, freigegeben von der dafür Zuständigen Person an die Beauftragte für das Personenstandswesen, kürzer und falsch auch Standesbeamtin genannt. Lediglich ein Trautermin mußte eingetragen und beglaubigt werden für einen eigentlich überfüllten Freitag. Lediglich zwei Tierparkballbilletts sollten herausgerückt sein vom Wächter über diese wie auch über das Branntweinmonopol des Staates. Lediglich mußte einem Vetter ein Buch entrissen werden, das in blumigen Wendungen verwegene Andeutungen machte. Lediglich war ein Bäckermeister in die Pflicht zu nehmen, von nun an eines jeden Backtagsmorgens zum Beutelchen für den Dentisten und zum Beutelchen für den Mechaniker an einen dritten Nagel ein Beutelchen für mich zu hängen. Lediglich eine Schaltung war erforderlich im Netz der Beziehungen, um mich aus der Demutsfigur zu entlassen, die man Schlange heißt, so dachte ich, als ich ein letztes Mal in dieser Schlange stand, doch was mir überhaupt nicht beispringen wollte, war eine Idee davon, wie ich die Zuständige Person zu der besagten Schaltung bewegen könnte.

Bald danach an diesem Morgen saß ich in einem bedeutenden Wartezimmer und verstand mich nicht ganz: Alle Strudel hatte ich umschifft, alle Felsen umfahren, eine Wand nur trennte mich noch von jener Stelle, an der es Telefone gab und infolgedessen und infolgediesem und infolgejenem und infolgeanderem dann auch goldkrustige Brötchen, und ausgerechnet hier wußte ich nicht weiter?

Aus meiner Tasche stieg in sanftem Waber der Duft des heute noch einmal schwer erstandenen Gebäcks zu mir auf; zwei scharf gebackene und zwei weiche Brötchen und dazu die zwei normalen und heute noch unverzehrten Semmeln wärmten mir durch Schrippenbeutel und Taschenleder und Hosenbein hindurch das Bein, und mein Kopf war heiß, weil die Gedanken in ihm von übergroßer Eile waren.

Wenn es denn nun zum Treffen kam mit der Zuständigen Person für Telefone, die gleichsam auch die Zuständige Person für meine Brötchen war, was konnte ich ihr sagen? Sollte ich jammern? Wer Telefone vergibt, hat schon allen Jammer dieser Welt gehört. Sollte ich schwindeln? Wer Telefone hat, kann jegliches prüfen. Sollte ich einfach alles offenlegen, also alles sagen? Ich ahnte aber, daß man Zuständige Person nicht wird, wenn man sich alles sagen läßt. Auf solcher Laufbahn hört man ausgewählte Teile an. Was jedoch war für meinen Fall das richtige Teil?

Ich wußte es nicht und schickte mich gerade an, mich aus meinen Träumen zu trollen, als eine Person durch den Warteraum schritt, die an jedem Schritt als Zuständige Person zu erkennen war. So geht man, wenn man entscheidend ist. So schreitet man, wenn man Schicksal macht. So bewegt sich die Macht. Gar nicht wuchtig, ganz unbedacht. Auf selbstbestimmter Bahn vorbei an Gleichgültigem, das man freundlich ansieht und nicht sieht. In einem Tempo, das in niemandes anderen Belieben steht.

Da wußte ich ganz, daß hier für mich nichts zu holen war, und ich machte mich bereit, aus dem Wartezimmer zu verschwinden, sobald die Zuständige Person in ihrem Amtszimmer verschwunden war.

Aber zwei Schritte an mir vorbei und noch dreie entfernt von ihrer Tür, verhielt die Zuständige Person, und sie tat auch das mit jener vollkommenen Selbstverständlichkeit, welche sich aus langer Übung in Befugnis ergibt. Die Person hob ein wenig die Nase, wie auch wir Gewöhnlichen es tun, wenn wir einem Duft nachgehen, und erkennbar wurde ein Mann in mittleren Jahren, ein hochgewachsener und trainierter Mann mit vollem Haar in Grau und Schwarz, ein gut gekleideter, vielleicht eine Spur zu modisch gekleideter Mensch, der jetzt sehr menschlich wirkte, weil er mit offenen Nüstern in der Wolke stand, die von den Brötchen in meiner Tasche ins Wartezimmer aufgestiegen war.

Der mächtige Mensch sah auf die Tasche und sah, daß ich ihr Besitzer war, und er gab mir einen Wink, ihm zu folgen. Das heißt, weil ich mich der Wahrheit verpflichtet fühle, muß ich sagen: Im Grunde gab er der Tasche den Wink, und mich erreichte dieser nur, weil die Tasche ihm nicht gut alleine folgen konnte. Wir folgten ihm, die Tasche folgte dem schönen Mann, und ich sorgte dafür. Er bot uns einen Sitzplatz an, und er sagte, während er meine Tasche nahm und öffnete: Ich darf doch mal? Er nahm den Schrippenbeutel aus der Tasche, und er sagte, während er die Schnur aufzog: Ich darf doch mal? Er steckte die schöne Nase in den Beutel, verdrehte die schönen Augen im süßen Duft, und er sagte, während er die Brötchen sacht auf seinen Schreibtisch gleiten ließ: Ich darf doch mal?

Dann saß er lange da und betrachtete, was Bäcker Schwint so gut gebacken hatte, und in seinem schönen Mannsgesicht waren Freßgier und Sehnsucht versammelt, Demut beinahe, weil sein Auge so Vollkommenes sah, und jene Wildheit war auch in seinem Blick, vor der sich fürchten muß, wer zu verlieren hat, was ein solcher haben will. Er legte den Brötchenbeutel über die Brötchen, als gelte es, einen gleißenden Glanz etwas abzudecken, und er sagte zu mir: Wo gibt's denn die?

Ich nannte den Namen meines Bäckers, und aus purer Geselligkeit dachte ich einen Augenblick daran, nach der Art von Frau Lörke hinzuzufügen, daß Herr Schwint auf eine aktenkundige Weise eifersüchtig sei, aber der Mann hatte jetzt wieder viel von einer Zuständigen Person, und so gab ich nur die Adresse des Meisters hinzu, und als ich mich noch fragte, wie man einer Zuständigen Person auf schickliche Art erklärt, daß es allerdings einige Umstände macht, will man an solches Gebackene kommen, hörte ich mich sagen: Beim Bäcker auf dem Hof in einem Balken sind drei Nägel, an einen davon hängt man diesen Beutel mit abgezähltem Geld …

Ich wollte die Prozedur noch näher erläutern, wollte auch erklären, daß sich der Beutel nicht ohne weiteres fülle, wollte von diesem Weiteren berichten, wollte erzählen vom Bäcker, der sich seine Abende mit chinesischer Lektüre anzuschärfen gedachte, und von einem Vetter, den es zu einer Schäferin im Tierpark zog, und vom Kummer des Ballkartenverteilers wegen des Sohnes und eines schwer erlangbaren Trautermins und von einer Standesbeamtin, die kein Telefon besaß, aber die schöne Mannsperson hatte kein Ohr für Beiwerk; sie wollte nur Namen und Adresse des Bäckers notieren. Ich gab die noch einmal an, und während der Mann schrieb, fragte er leichthin: Und wer braucht nun das Telefon?

Ich lieferte ihm die Daten der Standesbeamtin, lieferte aber nicht die Geschichte dazu, denn allzu deutlich zeigte die Zuständige Person, daß sie von Geschichten nichts hören wollte. Geschichten sind eine umständliche Lebensform, und dies war ein Mann der kurzen Wege.

Er nahm den Hörer von einem der vielen Apparate auf seinem Tisch, drückte einen Knopf und wartete, und während er wartete, hängte er seine Nase noch einmal in den Semmelduft, der von meinen Brötchen in sein Zimmer stieg, und für einen Augenblick schien alles Amt von ihm abzufallen.

Aber als er seinen Anschluß bekam, war er nur noch Amt. Er las die Anschrift der Standesbeamtin ins Telefon und fügte hinzu: Eine Sofortsache. Dann legte er auf und sagte zu mir: Sehen Sie zu, daß die Frau heute nachmittag zu Hause ist, und sorgen Sie, daß ab morgen meine Brötchen an dem Nagel hängen. Ein Sortiment wie Ihres hier.

Er zog den Leinenbeutel von meinen Brötchen, und er betrachtete sie nicht anders als liebevoll. Ich darf doch mal? sagte er und nahm von den schärfer gebackenen Schrippen eine, roch an ihr, wog sie auf der Hand, betrachtete sie aus verschiedenen Entfernungen, schien gar in sie hineinzulauschen und biß schließlich hinein. Als wisse er nun erst genau, welch vorteilhaften Handel er eingegangen war, nickte er und sprach beim Kauen: Jawohl, die nehmen wir, ich schicke den Fahrer.

Dann gab er sich ganz meinen Brötchen hin, er verschlang alle sechs, und mir blieb die Zeit, unser Geschäft zu überdenken: Die Frau bekam ihr Telefon, die jungen Menschen ihren Trautermin, der Vetter sein Festbillett, der Bäcker das Lustding aus China, und der Mann, der vor meinen Augen meine Brötchen fraß, würde von nun an immer Brötchen bekommen. Meine Brötchen.

Meine Brötchen? Wieso denn, Moment doch mal, wo

blieb da ich? Wenn der Persönliche meine Brötchen, wo blieb dann ich? Wenn die Standestante telefonieren konnte, was konnte ich? Wenn die Jungmenschen einander bald amtlich addieren durften, was machte das mir? Wenn mein Vetter Eintritt fand in höhere Tierparkkreise, was sprang für mich dabei heraus? Wenn es den mörderischen Bäcker nun abends lustig anheben würde, was brachte das mir am Morgen? Mich brachte das alles nur um die Aussicht auf die Brötchen an jenem dritten Nagel. Mich brachten all diese Geschäfte aus dem Geschäft. Irgendwo in diesem Handel war ich verlorengegangen, und ich verstand es nicht. Und ich mochte es nicht. Und ich konnte gar nichts machen.

Ich konnte nur zurück in die Bäckerschlange treten, wenn ich die von mir erschlossenen Beziehungen in Beziehungen zueinander gebracht haben würde.

Ich konnte am Ende der Kette verstohlen ein Buch über den Bäckertisch schieben und wispern, es solle, auch wenn man mich weiterhin in der Schlange sehe, beim Brötchenbeutel am dritten Nagel bleiben, und dann würde ich in die alte Ordnung fallen.

Etwas anderes blieb mir nicht. Unmöglich, dem Bäcker meinen Handel zu erklären und zu hoffen, das werde ihn bewegen, einen weiteren Haken ins Holz zu schlagen. Ich wußte, was er mir nach meiner Geschichte sagen würde. Ja, ja, Herr Farßmann, würde er sagen, so ist das, wenn man nichts zu bieten hat. Grausame Welt, aber keiner von uns beiden hat sie gemacht. Nun muß jeder sehen.

Und auch die Zuständige Person, die vor meinen Augen gerade mein letztes Brötchen fraß, würde sich, gesetzt, sie hörte mir überhaupt zu, kaum anders vernehmen lassen. Wahrscheinlich würde sie sagen: Ich darf doch mal? und mir dann mit schönem Schwung in den Hintern treten.

Dachte ich, und es war schon Grimm, mit dem ich zusah, wie die Zuständige Person die letzten Krümel meines letzten Brötchens aus den Mundwinkeln leckte, aber der Grimm wandelte sich in Giftiges, als die Person Anstalten machte, unser Treffen zu beenden. Sie erhob sich und hatte die Augen dabei auf der Tür.

Da sagte ich: Nicht den Fahrer schicken, bitte. Der Bäckermeister Schwint ist eigen. Und stolz ist er auf seine Frau. Sie müssen die Schrippen selber vom Nagel holen, und wenn Sie ab und an in den Laden gehen und Frau Schwint ein artiges Komplimentchen machen, das hat der Meister gern. Ein-, zweimal die Woche einen Scherz ins Ohr geflüstert, Sie werden sehen, wie das den Bäcker freut!

Die Zuständige Person schien es nicht gewohnt zu sein, beraten zu werden, und daß eine Artigkeit aus ihrem Munde offene Frauenohren fand, war ihr wohl übergeläufig. Sie erhob sich, tat einige Münzen in meinen Brötchenbeutel und gab ihn mir mit einem Blick, der eine Anweisung war. Dann schob sie mich in Richtung Tür, wobei sie nicht zu sagen vergaß: Ich darf doch mal?

Seither stehe ich wieder beim Bäcker Schwint in der Schlange, aber ich beschränke meinen Einkauf auf zwei Brötchen und gelegentlich ein halbes Brot, und die etwas taube Frau Lörke bringt es fast um, daß ich ihr nicht verrate, warum diese Änderung.

Herr Schwint lebt noch auf freiem Fuß, und die Zuständige Person steigt noch wie von hohem Roß, wenn sie aus dem Dienstwagen steigt, um durch ein Tor auf den Bäckerhof zu schreiten.

Zweimal hat es sich schon ergeben, daß ich dabei war, wenn der stattliche Mann in den Laden kam, um der Frau Schwint etwas ins Ohr zu sagen, was ihr dann beide Ohren rötete. Es hat sich in beiden Fällen so gefügt, daß der Bäcker in der Nähe war, und von seinen mächtigen Rückenmuskeln habe ich abgelesen, wie sehr er lauschte.

Wenn ich dann beim Frühstück sitze, beiße ich in meine Schrippen, als könnten es von dieser Art die letzten sein. Denn manchmal, so denke ich, trifft man noch auf eine Tomate, die wie eine Tomate schmeckt. Manchmal riecht eine Gurke herb und süß, wie die Gurken einstens rochen. Manchmal sehen Erdbeeren nicht nur aus, als wären sie Erdbeeren. Manchmal sind Brötchen, was Brötchen einmal waren. Und manchmal ist Eifersucht noch so mörderisch, wie es sonst nur die alten Geschichten erzählen.

BRONZEZEIT

Für Stephan Hermlin

Vielleicht greift der Name etwas hoch, aber wir nennen das Grün zwischen Goldfischteich und Tischtennisplatte unseren Erholungspark. Drei Bänke stehen dort mit den Rückenlehnen zum Betrieb, und über den Werkszaun geht der Blick zu einem stillgelegten Gasometer. Ich sitze gern in diesem Winkel, denn in manchen Mittagspausen habe ich ihn für mich allein. Zwar zerrt die Arbeit nicht so an mir, daß ich zu Atem kommen müßte, doch halte ich es gut einmal ohne die Gesellschaft meiner Kolleginnen aus.

Wie sich aber unser Werkleiter neben mir niederließ, wünschte ich mich in ihren Kreis zurück, und den Augenblick verwünschte ich erneut, in dem ich mich auf die Kurvertretung für den Hauptbuchhalter eingelassen hatte. Mehrmals nämlich war mir seither vom Direktor Vortrag über jene Rechtskonstruktion gehalten worden, derzufolge der oberste Buchhalter eines Betriebes und der Chef dieses Betriebes in eine gewisse Gleichrangigkeit gestellt sein sollen. Wieder und wieder hatte ich mir dabei sagen lassen müssen, bei solchem Zustand sei der Direktor einem Rosselenker ähnlich, der es mit einer Kreatur zu tun habe, welche sowohl als Pferd wie auch als Reitersmann zu gelten wünsche.

Es drängte mich manchmal, dem verbitterten Mann von einem Zentaur-Syndrom zu reden, doch weil ich nur Vertretung war, unterließ ich es. Aber die Mittagspause durfte mir nicht einmal der Chef verkürzen, und zum

Zeichen meiner Aufsässigkeit stemmte ich den Rücken fester gegen die Lehne der Bank.

Es ist nun, sagte er, daß wir uns geschichtlich erforschen sollen.

Immerhin versuchte er einen Tonfall von gleich zu gleich, und ich murmelte, so schläfrig es sich nur machen ließ: Die Mauer von dem Gasbehälter hat etwas Römisches. Jetzt weniger, aber bei spätem Licht.

Sein Anliegen schien von beträchtlichem Gewicht zu sein, denn erkennbar war er herzlich willens, die S-Bahn-Landschaft hinter unserem Zaun in einem späten Licht zu sehen.

Die vom Gaswerk werden sich auch erforschen müssen, sagte er, es ist republiksweit. Bei uns, schlage ich vor, macht es die Buchhaltung, weil ihr sowieso alles aufgeschrieben habt.

Es klang, als wolle er uns das noch einmal durchgehen lassen. Seit er mich in mein zeitweiliges Amt eingewiesen hatte, wußte ich, wie sinnlos es war, ihm vom Unterschied zwischen Betriebschronik und betrieblichem Kontokorrent zu sprechen. Ich sagte nur lahm: Wenn es eine Funktion ist, nicht ich. Ich mache schon Kassierer.

Das vereinbart sich, antwortete er, und aufreiben müssen wir uns schließlich alle. Beim Markenkleben scheint mir beste Gelegenheit, die menschengebundenen Erinnerungen aufzustöbern.

Er meinte wohl, mich nun richtig geleitet zu haben, denn mit Schwung stieß er sich von der Pausenbank ab und war schon im Anlauf zu neuen Taten. Aber einen Blick noch warf er auf das vielstöckige Gasgemäuer, und mir warf er ein Wort noch zu: Amphitryon!

Das hatte ich von meinem Gerede über spätes Licht,

und zur Vertretungsbürde hatte ich nun Chronistenpflichten. An der Spitze, schien es, lebte man schneller.

Um nicht den Eindruck aufkommen zu lassen, es schreite Leiter neben Leiter durch den Erholungspark, ließ ich dem Kollegen Scharrbowski einigen Vorsprung, ehe auch ich mich auf meine Kommandohöhe zurückbegab. Als habe mir das neue Ehrenamt den Blick geschärft, gewahrte ich, wie verlottert im Grunde unser Pärkchen war. Auf der steinernen Tischtennisplatte hatte sich Laub versammelt, und Kraut überwucherte ihren Sockel. Auch der kleine Teich war so verkrautet, daß man kaum noch etwas vom eigenartigen Umriß des Ziergewässers sah. Im Zuge der geschichtlichen Erhebungen, dachte ich, wird man ausforschen müssen, wann unser Werk zu seinem Naherholungsgebiet gekommen ist, und meinen frischen Eifer fand ich sonderbar.

Im Zimmer des Hauptbuchhalters dann und an Hauptbuchhalters Tisch wie auf Hauptbuchhalters Stuhl vergaß er sich aber rasch, denn der Widerwille gegen den Platz überkam mich stark wie selten. Den Posten, wußte ich, wollte ich nicht geschenkt, und selbst nur geborgt, gewann er nicht an Reizen. Zwar war es geräumiger hier, aber für die Oberen hieß man Buchhalter, und von den Unteren wurde man zu den Häuptlingen geschlagen.

Es hatte mir nichts genützt, daß ich, um meinen Kolleginnen anzuzeigen, wie sehr ich der Ihre blieb, auch wenn ich jetzt in ein Führungsamt ausgeliehen war, die Schiebetür zwischen ihrem Arbeitsraum und meinem zeitweiligen Amtssitz stets offenhielt. Als sperre ein Vorhang aus Laser sie von mir ab, übertraten die Damen Jäger, Weigel und Woltermann die Schwelle nie, sondern riefen mir zu, was aus der Ebene des Buchhaltens hinauf auf die Höhe des Hauptbuchhaltens mußte.

Jetzt standen sie wie zu dreistimmigem Necklied aufgereiht, und ihrem gezirpten Bericht entnahm ich, daß ihnen die Begegnung zwischen Werkdirektor und geschäftstragendem Hauptbuchhalter nicht entgangen war. Ergriffen habe es sie gemacht, säuselten sie, einen der ehemals Ihren sogar außerhalb der eigentlichen Arbeitszeit Schulter an Schulter mit einem der anderen zu sehen. Seit an Seit im Sportgehege, sagte Ellen Jäger. Arm in Arm am silbernen See, sagte Helga Woltermann. Und Fräulein Weigel sagte: Wange an Wange im Park.

Brigadier Woltermann wähnte sich verpflichtet, dem allen noch eins draufzusetzen, und sprach von einem historischen Gipfeltreffen, und wissen wollte sie nur, warum sich der führende Scharrbowski und der führende Farßmann nicht zum Abschied geküßt hatten. Es habe ihr, sagte sie, und die beiden anderen fanden es wer weiß wie komisch, der Bruderschmatz zwischen uns doch sehr gefehlt.

Ich bot ihr an, wir beide könnten die versäumte Koserei gleich nachholen, aber da Lia Weigel bereit schien, für die Brigadeleiterin einzuspringen, lenkte ich das Gespräch auf das Gebiet nüchterner Geschichtsschreibung.

Wir, sagte ich und schloß mit einer Handbewegung zum Zirkel zusammen, was auf beiden Seiten der Schwelle versammelt war, wir sollen die Chronik vom VEB Ordunez schreiben. Ja, meine Damen, nun ist es heraus, das süße Geheimnis zwischen Scharrbowski und mir, und ich darf Sie bitten, sich ein wenig in historischem Grübeln zu versuchen. Ich nehme an, am Ende gibt es die Tacitus-Medaille, und das ist immer noch besser, als von Werkdirektor Scharrbowski geküßt zu werden.

Das fanden die Frauen nicht anders, und sie fanden wie ich, daß wir so schon an gesellschaftlichen Aufträgen keinen Mangel hatten, und sie wußten wie ich, wie schwierig es war, bei solchen republikanischen Übungen nicht mitzutun.

Natürlich wird man, sagte ich, die eine oder andere Frage gar nicht anders als innerhalb der Arbeitszeit behandeln können. Wenn man nicht vor Ort ist, kriegt man das meiste über diesen Ort ja nicht heraus. Weiß zum Beispiel jemand, wann Ordunez volkseigen geworden ist, oder weiß er, wie man es nach Feierabend ermitteln könnte?

Nach Feierabend haben wir anderes zu ermitteln, sagte Ellen Jäger, und nur dank der Neigung Lia Weigels zur Besserwisserei gingen wir nicht auf dieses Thema mit seinen unbegrenzten Möglichkeiten ein. Fräulein Weigel sagte: Daß dieser Laden, bevor er VEB wurde, Abzeichen-Herrmann geheißen hat, sollte selbst in der Hauptbuchhaltung bekannt sein.

Ist uns geläufig, erwiderte ich, und die Tatsache, daß beim Wechsel der Eigentumsform die Produktbezeichnung gleich mit geändert worden ist, hat sich ebenfalls zu uns herumgesprochen. Aus Herrmanns Abzeichen sind volkseigene Orden und Ehrenzeichen geworden, und am Ende wurde aus VEB Orden und Ehrenzeichen der berühmte Trägerbetrieb VEB Ordunez. Das alles, meine Damen, ist uns nicht entgangen, nur kommt der Chronist, als der ich jetzt spreche, nicht ohne Daten aus. Wann, lautet die Frage, wann haben wir uns aus dem Joch von Abzeichen-Herrmann befreit?

Es war, stellte sich heraus, vor unser aller Dienstzeit im Hause gewesen, und Lia Weigel legte Wert auf die Erklärung, es müsse auch erheblich weit vor ihrer Lebenszeit gewesen sein.

So erheblich nun wieder nicht, sagte Helga Woltermann, und ich fand, wir hatten einen prächtigen Brigadier in ihr.

Wie es scheint, liefert Gott zwar den Verstand zum Amt nicht immer mit, aber im Gange der Beförderung steckt er einem etwas Antreiberisches ins Bewußtsein. Obwohl es mich im selben Augenblick stark genierte, griff ich mit ausgestelltem Interesse zu einem Schriftstück auf meinem Tisch, und was weltweit als ein Zeichen gilt, mit dem der Austausch zwischen Chef und Mitarbeitern an sein Ende kommt, wirkte auch bei dieser Begegnung zwischen Hauptbuchhaltung und Buchhaltung vom VEB Orden und Ehrenzeichen, eingekürzt Ordunez. Die Kolleginnen wandten sich ihren Büchern zu, und ich wollte mich an mein Hauptbuch begeben. Aber zu Eintrag kam es nicht, denn Helga Woltermann erschien noch einmal an der Schwelle zwischen unseren Räumen und schloß die Tür. Ich starrte gegen das Holz der Klassenschranke und schickte mich an zu dem Ruf: Ich will zu meinem Volke gehn!, aber ich unterließ ihn dann. Ich unterließ es auch, einem Bericht, der seit Tagen auf letzten Zuschliff wartete, diesen Schliff jetzt zu geben.

Weil mir die Gegenwart des VEB Ordunez im Augenblick besonders mißfiel, beschloß ich, mich aus ihr abzulösen und ohne Verzögerung den Abstieg in seine Vergangenheit, soweit sie buchhalterisch festgehalten war, zu beginnen.

Dem Zustand der Papiere nach, die ich auf hochgelegenen Regalen und in den Tiefen der Schränke fand, schien es sich um eine Erstbegehung zu handeln. Zwanzig, dreißig und beinahe vierzig Jahre zurück hatten verschiedene Jemande diese Kladden geschlossen, und seither hatte sie niemand wieder geöffnet. Da mußte ich erst kommen. Chronist Farßmann.

Kein Niemand also, sondern ein Jemand. Ein Erstjemand sozusagen.

Erstjemand gefiel mir, obwohl es fraglos eines jener hergeholten Wörter war, zu denen ich manchmal neige und für die sich meine Kolleginnen nie erwärmen konnten. Doch hatte das jetzt außer Betracht zu bleiben, und nur an Zahlenreihen hielt ich mich, an Überschriften und Unterschriften und den Wechsel der Unterschriften im Laufe der Jahre. Ich hielt mich an Maße und Gewichte, an Materialien, Produkte und ihre verbuchten Mengen. An Umlaufmittel hielt ich mich, an Überträge und Überschüsse, an Reserven, Prämien und den abgeführten Gewinn.

Beiläufig fast erfuhr ich auf meinem Weg zurück in der Fährte des Betriebes die Daten seiner Umeignung wie auch seiner Umbenennungen. Ich notierte sie, aber heiße Entdeckerfreuden stellten sich nicht ein. Mehr als einige Griffelzüge des Geschichtsermittlers waren diese Sachen nicht wert, denn schließlich hatte man Abzeichen-Herrmann nicht mit dem Bajonett aus seinem Comptoir vertrieben, und auch bei den Umtaufen war man mit Verwaltungsakten ausgekommen. Jahrelang noch, so zeigten es meine Ausgrabungen, hatten sich die Büros mit den alten Kopfbögen begnügt. Das Nichtmehrzutreffende war mit Balken aus großen X überdeckt, und das Nunmehrzutreffende stand in Maschinenschrift darunter.

Aus hundert Kreuzworträtseln wußte ich, daß Klio die Muse der Geschichtsschreibung ist, aber schon nicht mehr wußte ich, ob man der verwöhnten Dame mit solchen Meldungen kommen durfte. Oder gar mit Berichten aus der Medaillenproduktion. Mit Schilderungen von den Kämpfen, durch die wir mußten, als es galt, das Abzeichen für Treue im Berufsverkehr in die Großserie zu bringen, oder als wir angewiesen worden waren, die Mahnplakette Einig Vaterland vom Band zu nehmen.

Wo sollte im Verzeichnis von Weltgeschichte ein Platz wohl sein für die Erzeugnisbilanz vom VEB Ordunez, zumal sich der größere Teil unserer bilanzierten Erzeugnisse für den Weltmarkt nicht eignet. Es liegt in ihrer Natur, daß es ein Bedürfnis nach ihnen ausschließlich in der engeren Heimat gibt. Was wiederum zur Folge hat, daß von Berühmtheit, mit der wir uns im Selbstspott manchmal versehen, in Wahrheit nicht die Rede sein kann und auch nicht ist.

Noch bei keiner Demonstration etwa ist es geschehen, daß der Tribünensprecher über die Schallanlagen Gruß und Dank in unsere Richtung rief; nie waren wir gemeint, wenn, bei zurückgedrehtem Schalmeienklang, von Erfüllung und Übererfüllung ein öffentliches Dröhnen ging. Alle begrüßte der Mann hinterm Mikrophon, alle, ausgenommen die Werktätigen vom VEB Ordunez. Wir mußten unter klirrenden Liedern als namenloses Volk im Zuge gehn.

Es erklärte sich das. Für den Lautspruch waren wir ungeeignet, da wir nicht gemeint sein konnten mit der Aufforderung, auch valutaseitig weiter und noch höher voranzuschreiten. Es erklärte sich, und dennoch empfanden wir es als doppelt ungerecht, weil Reih um Reih mit uns kaum einer ging, der nicht versehen war mit dem einen oder anderen Artikel aus dem VEB Ordunez.

Wohin auch immer das Auge blickte, immer erblickte es ein Stück aus unserem Sortiment. Wenn man jenen Teil gehobenen Schmuckwerks nicht zählte, der von der staatlichen Münze geliefert worden war, stammte alles, was an Spalieren und Tribünen vorbeigetragen wurde, aus unserer Fertigung.

Von den hunderttausend Spurt-in-der-Freizeit-Nadeln, die unser Werk verlassen hatten, traf man so manche am Revers von so manchem Werktätigen wieder, und selbst die rare Ehrenspange zum Fest der Nationalen Eigenart glitzerte hier und dort. Neben den von uns entwickelten Ode-an-die-Freude-Orden blitzten Freunde-an-der-Oder-Medaillen, natürlich auch von uns, und seitdem wir eine miniaturisierte Fassung des Umweltschutzverdienstschildes auf den Markt geworfen hatten, sah man an jedem Feiertag, wie viele Schützer die Umwelt hatte.

Auf den Markt, doch eben nur den Binnenmarkt. Weltweit herrscht in unserer Branche seit jeher die Ansicht, fürs vaterländische Dekor seien nur heimische Rohstoffe und hausgemachte Zutaten verwendbar. Auch die Franzosen weben Schärpen und Bänder zur Ehrenlegion lieber selbst, Türken stanzen Halbmond und Sterne auf eigener Stanze am Bosporus, und unsere Freunde möchten ihre Siegeszeichen nicht unbedingt bei den germanischen Freunden erwerben.

Einzusehen ist das alles, nur schlägt es uns schwer in die Bücher. Oder schlimmer, in diesen Büchern kommt die Gegend jenseits von Wismar und Weimar gar nicht vor. Da bleibt der Trost nur schwach, daß wir, wo wir schon keine fremden Taler bringen, auch keine solchen verbrauchen. Wir verteidigen uns mit diesem Argument zwar leidlich, aber wenn wir vom besonderen Charakter unserer Ware und von unserer Spezifik sprechen, dann will das niemand gelten lassen. Spezifik haben sie alle.

In den Papieren, die ich aus lange verschlossenen Schränken grub, fand sich kaum etwas von diesem Problem. Buchhalterisch gab es keinen Grund, mit roten Zahlen zu vermerken, daß Ordunez international nicht vorhanden war. Auch andere waren international nicht vorhanden, Schornsteinfeger zum Beispiel, doch nie hatte man von Kaminkehrerkonferenzen gehört, auf denen die Forderung nach auswärtigem Entrußen laut geworden wäre.

Als Kontoführer, der ich war, und auch als Hauptkontomensch, der ich zeitweilig war, mußte mich die Stimmigkeit der Dokumente erfreuen, aber den ehrenamtlichen Chronisten in mir ödete die Undramatik unserer Betriebsgeschichte an.

Wir hatten uns entwickelt, das schien alles. Der staatliche Sektor Ruhm und Ehre war stetig gewachsen, und was dabei an äußeren Zeichen benötigt wurde, lieferten wir. Wir lieferten es Jahr für Jahr in größeren Mengen, verbesserter Qualität und einer Modellvielfalt, die den aufblühenden Bedürfnissen entsprach. Es war herzlich gut, und herzlich langweilig war es auch.

Vor allem warf es für die Chronik wenig aus. In der mußte es nicht nur gipfelauf, sondern auch einmal talwärts gehen, denn erst in Ankampf gegen schier unüberwindliche Hindernisse bewährte sich und wuchs der Mensch. Die Ordunez-Menschen aber waren immer nur so vor sich hin gewachsen, und unzufrieden mit ihnen und unzufrieden mit mir schob ich die Hefter zurück in die Schränke, Jahrgang für Jahrgang, und als ich die Türen schloß, war mir, als schöbe ich marmorne Deckplatten über Sarkophage, an die für Jahrhunderte niemand rühren sollte.

Als ich eben die letzten Bände in ihre Modergruft versenkte, entsann ich mich einer Protokollstelle, die ich nicht ganz verstanden hatte. Sie war mir nicht wichtig erschienen, weil ich nach Krisen und Katastrophen gefahndet hatte, aber jetzt, mit meinem Wissen um all die unergiebige Aufstiegsordnung, nahm sich der Vermerk geradezu abenteuerlich aus.

Ich fand ihn rasch in einer der Zusammenfassungen, mit denen alle fünf Jahre festgehalten wird, was an Bewahrenswertem in jenen Akten steht, die an den Altstoff gehen. Unter den laufenden Betriebskosten waren fünfhundert Mark für etwas ausgegeben worden, das als »Umwandlung Transrexreserve in Rekreationsbereich« eingetragen war. Sooft ich die Worte las, sie sagten mir nichts.

Aber eine Chance boten sie mir, die Verbindung zu meinen mir zeitweilig unterstellten Brigademitgliedern wieder aufzunehmen. Ich öffnete die Schiebetür, trat demonstrativ über die Schwelle in den Buchhalterraum, der mein eigentliches Werktagszuhause ist, und fragte die Kolleginnen, ob sie mit einem Ausdruck wie Umwandlung Transrexreserve in Rekreationsbereich etwas anzufangen wüßten.

Mit Blicken zeigten sie einander, daß sie einen Anbiederungsversuch von mir vermuteten, und wie sie darin einig waren, waren sie es auch in der Auskunft, sie könnten der Hauptbuchhaltung leider nicht helfen.

Sie ließen mich eine Weile stehen, und erst als ich nach einem Wort für den Rückzug suchte, sagte Helga Woltermann: Umwandlung ist klar, Reserve ist klar, Transrex ist absolut unklar, und für Rekreationsbereich hätte ich höchstens einen Tip.

Ich bitte um diesen, sagte ich.

Meine Nichte, als die Pfingsten hier war und ich nach ihrer Arbeit fragte, hat gesagt, sie ist in einem Rekreationscenter tätig. Auf deutsch ist es ein Rummelplatz.

Ich bedankte mich und ging zurück auf die einsame Brücke. Es ist mir, glaube ich, gelungen, die Tür so zu schließen, daß es als Zeichen meines Respekts verstanden werden konnte.

Umwandlung Transrexreserve in Rummelplatz? Auch mit einer vertrauten Vokabel mehr wurde der Eintrag nicht verständlicher. Zumal es sich deutlich nicht um das Hauptwort des Satzes handelte. Das lautete Transrexreserve, und nach seiner Entschlüsselung erst würde ich verstehen, was wer in einen Rummelplatz umgewandelt hatte. Oder von mir aus auch in einen Rekreationsbereich.

Die Glieder des im ganzen geheimnisvollen Ausdrucks waren es als Teile nicht. Trans hatte immer etwas mit Reise und Durchfahrt und eben Transport zu tun, Rex war, siehe Fridericus, ein König auf Latein, und eine Reserve war eine Reserve.

Umwandlung durchreisender Königsreserve in einen Rummelplatz? Verwandlung von transportiertem Reservekönig in Karussellcenter? Oder vielleicht König Friedrichs Veränderung auf der Kirmesfahrt?

Mit einiger Charaktergewalt unterdrückte ich das Verlangen, die Brigadetür ein weiteres Mal zu öffnen und über die hohe Schwelle zu fragen, ob ein Dolmetsch zugegen sei für den Satz: Fritz wandelt sich auf dem Wege zum Rummel.

Anstatt mich auf den wuchernden Unfug einzulassen, suchte ich Halt an dem, was mir per Profession vertrauter war. Ich blätterte weiter in den alten Papieren, fraß mich zurück bis in Abzeichen-Herrmanns Nähe, denn was einmal umgewandelt worden war, mußte irgendwo beim Inventar oder als Neubuchung zu finden sein.

Reservekönig spürte ich keinen auf, aber mehrmals kam ich an die Silbe Rex. An einer Stelle hieß es: »Umwandlung Rexverwahrung in Rexreserve (Bronze, 18 t)« und an einer anderen: »Abgabe Schrottschein, 18 t, gegen Rex gl. Menge«.

Für den Abend, der diesem Arbeitstage folgen würde, brauchte ich, so viel war klar, kein Kreuzworträtsel und schon gar nicht die bläßlichen Fragen vom Fernsehfunk. Ich hatte eine beträchtlichere Nuß zu knacken, eine aus Bronze, die achtzehn Tonnen wog. Einen Bronzerex galt es zu finden, der beim VEB Ordunez in unterschiedlichen Rollen aufgetreten war. Als ein Verwahrter stand er verbucht, als Reserve hatte er gegolten, und zuletzt war er im Rekreationsbereich gesichtet worden.

Ich schrieb mir aus den Büchern, was ich brauchte, stellte die alte Ordnung in den Regalen wieder her, stieß die Tür zum Nebenzimmer auf und bat die buchhaltenden Damen, mein Telefon mitzuversehen. Sollte man nach mir fragen, ich sei zur Kaderabteilung.

Jetzt will er sich auf Dauer bewerben, sagte Fräulein Weigel, und ich erwog, den häßlichen Verdacht mit der Andeutung zu zerstreuen, es könne sich etwas für unseren Forschungsauftrag gefunden haben, aber dann tat ich, als habe ich nicht gehört. Ich war, schien es, auf dem Wege, ein Leiter zu werden.

In der Kaderabteilung sah man mich ähnlich, denn ohne viel Gefrage gaben sie mir die Adresse meines, sozusagen, ehemaligen Kollegen und Amtsvorgängers, des einstigen Hauptbuchhalters vom VEB Orden und Ehrenzeichen. Er war vor langem in Rente gegangen und mußte noch leben. Die Abteilung behielt auch abgetretene Kader im Auge, schon wegen der Kranzspenden mußte das sein. Für Josef Klagg war keine Kranzspende verzeichnet.

Josef Klagg wohnte Gabriel-Max-Straße, rechts der Frankfurter Allee, und seiner Sprechweise nach konnte er auch dort geboren sein. Des Namens wegen war ich auf einen Tonfall von der böhmischen Elbe eingerichtet, aber schon aus seinem Gruß klangen hundert Jahre Friedrichshain.

Als ich die Namen von Person und Betrieb genannt und meine derzeitige Tätigkeit etwas umständlich beschrieben hatte, behauptete Josef Klagg, er habe mich seit einiger Zeit erwartet. Nicht mich direkt, sagte er, aber mich gewissermaßen als solchen. Er machte mir Platz in der Tür und sagte: Hier ist Raucher. – Als ich abwehrte, ließ er das meine Sache sein, zündete einen halben Stumpen wieder an, verkroch sich in Qualm und Sessel und erteilte mir mit einer Handbewegung das Wort.

Ich trug mich ohne Umschweife vor. Ich sei bei Durchsicht älterer Papiere auf unerklärliche Einträge gestoßen und wegen seiner Unterschrift nun bei ihm.

Klar, sagte er und ließ sich den Stumpen schmecken.

So berichtete ich vom bronzenen Rätsel, und weil der Rentner Josef Klagg auf präzise Fragen zu warten schien, stellte ich sie ihm: Wer oder was ist Rex? Wieso zuerst seine Verwahrung und gleich darauf seine Umwandlung, und warum wird er auch Transrex genannt? Was wolltet ihr mit einer Reserve von achtzehn Tonnen Bronze, und was ist aus der geworden?

Der ehemalige Mitarbeiter von Ordunez und vielleicht auch schon von Abzeichen-Herrmann legte sein Räucherzeug fort und sprach mit jener berlinischen Freundlichkeit, die auswärts so oft als Arroganz mißdeutet wird: Gleich vorneweg, Kriminalfall ist es keiner. Man wird es, denke ich, demnächst als patriotisch werten. Deshalb die Bemerkung, daß ich dich als solchen erwartet habe.

Er griff nach seinen Zigarillos und ließ sie nach einem Blick auf die Standuhr wieder fallen. Dann schien ihm nur mühevoll erinnerlich, wovon eben die Rede gewesen war, und ich fragte mich, ob er Worte und Gesten seit den Tagen des Bronzerex oder doch wenigstens seit seinem Abschied von Betrieb und Hauptbuchhalterzimmer geübt haben könne. Ich paßte mich zu längerem Aufenthalt in den altledernen Sessel.

Die Vorsorge war nicht vertan, denn Josef Klagg zog mich in eine verfächerte Geschichte, durch die ich, neben anderem, von einem spezifischen Gewicht der Bronze erfuhr und von der Befestigung legierter Hufe auf Platten aus Stein und vom Durst, der in Tiefbaukolonnen zu herrschen pflegte, und vom Weitblick, über den, auch das Historische betreffend, Hauptbuchhalter verfügen müssen und über den der Hauptbuchhalter Josef Klagg geboten hatte ein langes Arbeitsleben lang.

Das Erzählstück begann mit der Auskunft, auf dem heutigen Platz der Guten Taten habe Ecke Fortschrittsallee ganz früher einmal der Große Reiter gestanden, und es endete mit der Eröffnung, die obere Hälfte des Großen Reiters diene derzeit als Wandung unseres Goldfischteiches, und aus dem unteren Teil sei im Erholungspark vom VEB Ordunez die Pingpongstätte geworden.

Zweigeteilt und kopflings, erfuhr ich, stecke die Hohlbronze, die ehedem ein geschätztes Standbild war, im Erdreich hinter der vormaligen Fabrik von Abzeichen-Herrmann und trage bei zur Reproduktion volkseigener Arbeitskraft.

So, Farßmann, dachte ich, da bist du also bei Josef Baron von Klaggshausen gelandet, und ich machte mich auf Wirbelstürme im Berliner Raum gefaßt, denen ein güterwagenschweres Denkmal nur Spielball gewesen war, Pingpongball sozusagen, und es fragte sich lediglich, war Josef Klagg auf dem bronzenen Unterstück durch die wildbewegte Berliner Luft von Mitte bis Prenzlauer Berg gesegelt, oder hatte er, was mir sogleich wahrscheinlicher schien, hinter dem halbierten Reiter Platz genommen und dem halbierten Roß die Zügel geführt bis über den vorausberechneten Absturzort dort, wo die S-Bahn am VEB Ordunez vorbeikommt und dem kleinen Pärkchen dahinter.

Der Rentner Josef Klagg ahnte wohl, daß er in meinen Augen mit Dreispitz und gepudertem Zopf versehen war, und er hat die flatternde Geschichte an der Erde festgemacht. Er hat sie mit Buchhalters Daten beschwert, und weil sein Bericht der Aktenlage entsprach und Teich wie Tisch im Garten von Ordunez vorhanden waren, ließ ich vom Verdacht, in diesem pensionierten Bilanzführer sei uns ein neuer Münchhausen erschienen. Nicht er war der Aufschneider, sondern Umstand und Läufte der Zeit hatten für den Anschein von Lügenhaftigkeit gesorgt.

Also der Große Reiter. Den hatten welche, als Preußen per Dekret zernichtet worden war, vorsichtshalber oder aus überschüssigem Eifer oder weil sie diesen Herrn nun herrenlos glaubten, von seinem Sockel gehoben und beiseite gebracht. Ob es eine Transportfrage gewesen ist oder ob sie dachten, zwei halbe Große Reiter seien weniger auffällig als ein ganzer, jedenfalls haben sie ihn in Höhe der Satteldeckenmitte waagrecht zerschnitten und auf einen Lagerplatz vom Tiefbau gefahren. Der stieß an das Betriebsgelände von Abzeichen-Herrmann, und wüst sah es auf beiden aus. Vom Gerümpel, das übergenug vorhanden war, türmte man etliches auf die Reiterhälften, denn Bronze hatte ihren Handelswert. Auch zählte es nicht als Verdienst, einem bedenklichen Oberpreußen Asyl gegeben zu haben.

Aber als wieder eine Ordnung war im Land und der Tiefbau sich anschickte, Ordnung auch auf seinen Lagerplätzen zu schaffen, hat der Geländeverwalter über den Zaun gefragt, ob die Ordensleute Verwendung für ein älteres Denkmal hätten. Als Modell vielleicht. Wenn nicht, drohe die Schmelze.

Josef Klagg hat den Großen Reiter auf seine Kappe genommen, und im Grunde war es legal. Jedenfalls, solange er die Bronze als Bronze sah und nicht als Kunst und Geschichte. Dem Geländeaufseher von nebenan hat er, wie es Hauptbuchhalters Sache war, einen Schrottschein geschrieben, und die Zahlung von fünfhundert Mark für Rextransport und Lagerung Rex konnte er verantworten. In die Bücher mußte nicht, daß der zweigeteilte Rex mit Hilfe von Tiefbaugeschirr hinterm Abzeichenwerk in die Erde kam. In die Bücher mußte vom Aufwand nichts, der aber nötig war, die Preußenteile zweckdienlich zu verwahren. In den Büchern fand sich nichts, das einer Revision nicht standgehalten hätte. Die Bronze war ja da.

Die Bronze ist ja da, sagte der Rentner Josef Klagg zu mir, und gespannt sei er, sagte er auch, wie ich das Weitere zu regeln gedächte.

Ich beeilte mich, auf meinen Status als Vertretung hinzuweisen, und das beste scheine mir, fügte ich mit Nachdruck hinzu, wir beide vergäßen den Großen Reiter sofort und für immer.

Aber Josef Klagg erwiderte, nicht Vergessen, sondern Gedächtnis gelte heutigentags, und der Berittene müsse wieder auf seinen Sockel. Wir hätten inzwischen, sagte er, eine neue Unbefangenheit, und man sei auch auf positive Züge gestoßen. Meinst du, fragte er und teilte mir kräftig vom Rauch eines neuen Zigarillos zu, er darf auf Dauer an Zierfisch und Pausensport vergeudet werden?

Das steht bei dir, sagte ich, du hast ihn abgesenkt, nun ziehe ihn wieder ans Licht. – Aber denken hörte ich mich, es könnte mich das Zwischenspiel als Hauptbuchhalterdiensttuer in die Lage setzen, Autor eines bedeutenden Eintrags im Hauptbuch des VEB Ordunez zu werden: Rückwandlung Rekreationsbereich in Standbild Rex. Als ich Abschied nahm vom Rentner Klagg in der Gabriel-Max-Straße, Friedrichshain, schien noch nichts entschieden, doch wird der Bronzevergräber nicht einmal das Verhallen meiner Schritte abgewartet haben, ehe er sich ans Briefschreiben machte. Zwei Tage nach unserem Gespräch traf das Schriftstück ein. Es war mit einem fingierten Absender versehen, aber, Kunststück, die Adresse vom VEB Ordunez stimmte, mein Name und jene Dienstbezeichnung, die mir auf Zeit verliehen war, stimmten auch. Wäre nicht der Eingangsvermerk unserer Poststelle gewesen, hätte ich Konfetti aus dem Papier gemacht, denn dort, wo sich eine Unterschrift gehört, stand in grenadiergeraden Druckbuchstaben lediglich: Ein Patriot.

Der Patriot stellte zwei Fragen: Erstens, ob mir bekannt sei, daß sich der seit Jahrzehnten vermißte und in den Katalogen als wahrscheinlich zerstört geführte Große Reiter auf dem Freizeitgelände des volkseigenen Betriebes Ordunez befinde und dort zweckentfremdet als Sportgerät respektive Zierfischanlage diene, und zweitens, wie lange ich als Bürger den Anblick des entmannten Sockels auf dem Platz der Guten Taten, Ecke Fortschrittsallee, noch ertragen wolle.

Entmannter Sockel! sagte ich laut und war der Abgeschiedenheit meines Zimmers einmal froh und nutzte sie, auch noch den Kopf zu schütteln über Josef Klagg, der einstens Inspirator und Organisator kühnster Operationen gewesen war und nun in der Deckung seiner Zigarillowolke verbleiben wollte. Er suchte seine Ruhe und nahm mir meine.

Den Anblick des entmannten und auch entrößten Sockels würde ich aushalten, zumal ich nicht so oft über den Platz der Guten Taten kam, aber wie lange ich unverstört neben dem zersägten Bronzerex leben könnte, wußte ich nicht. Wie ich mich kannte, würde mir bald von tonnenschweren Goldfischen träumen und von Pingpongkugeln aus Kupfer und Zinn und von der Verlegung meines Arbeitsplatzes, per königlicher Ordre, versteht sich, hinauf in die einsame Höhe eines granitenen Denkmalsstumpfes.

Ich gab mir noch eine Nacht Bedenkzeit, aber den Abend nutzte ich schon, aus Lexikon und Reiseführer allen Bescheid herauszuschreiben, der den Großen Reiter betraf. Und weil mich kein Traumgesicht zu anderem bestimmte, meldete ich mich werktagsfrüh beim Direktor Scharrbowski, sagte, es sei der Chronik wegen, und legte ihm das patriotische Schreiben wie auch die Wissensauszüge vor.

Weil ich nicht als Hauptbuchhalter und also ihm siamesisch verbundener Leiter erschien, versuchte er sich in Jovialität. Er drückte mich auf einen Stuhl in der Besucherecke und nahm zuerst die Beschreibung des Denkmals vor die Augen. Sie sagte ihm nichts, aber weil er der Direktor Scharrbowski war, mußte er Stellung zu ihr nehmen. Das kommt dabei raus, sagte er, Monarchie und Kunstgewerbe.

Vom Brief des Patrioten Klagg wollte er nicht Kenntnis nehmen, denn Anonymes fasse er nicht an. Aber während er so sprach, sprangen seine Augen zwischen dem verwerflichen Schreiben und den Artikeln über das Denkmal hin und her, und es war beinahe zu hören, wie aus dem Großen Reiter auf dem einen Papier und dem Großen Reiter auf dem anderen Papier einmal ein einziger Großer Reiter wurde, und zwar einer, der sich auf dem Territorium vom VEB Ordunez befinden sollte.

Das wäre ein Ding, sagte Scharrbowski, habt ihr es geprüft?

Weitgehend, antwortete ich, es scheint zu stimmen.

Da wurde ich Zeuge des Umstands, daß auch der Leiter meines Betriebes träumerisch aussehen und träumerisch flüstern kann. Er flüsterte: Achtzehn Tonnen Bronze!

Ja, sagte ich, den Transport werden die Denkmalspfleger selber besorgen müssen, und unsere Anlage, meine ich, sollten sie uns ersetzen.

Aber Scharrbowski war immer noch beim Gewicht des

Metalls, und er hörte nur halb auf mich. Immerhin, nach einiger Versonnenheit fragte er: Wieso Transport? Den Abbau besorgen wir selber. Und was heißt Denkmalspflege? Hier steht es doch geschrieben: in den Katalogen als wahrscheinlich zerstört geführt. – Sollen sie etwa, sagte er, und ein Witz schien ihn zu überwältigen, unseretwegen ihre Kataloge umschreiben müssen?

Entweder das, antwortete ich, oder wir unsere Bücher. Haben Sie übrigens Abbau gesagt? Ich meine, so wie Bergbau oder Tagebau? Soll der Große Reiter nun nach Sportplatz und Planschbecken auch noch abgeteuft und eine Erzmine werden?

Bronze, sagte der Kollege Scharrbowski, es handelt sich um Bronze, und die kommt in der Natur nicht vor. Siebzig bis fünfundneunzig Prozent Kupfer und ein entsprechender Rest Zinn. Aber hundertprozentig, werter Kollege Hauptbuchhalter, lassen sich aus Bronze, Denkmalsbronze nun gar, die gediegensten Medaillen fertigen. Exportfähige Medaillen, mein Lieber.

Ich bestaunte sein Vermögen, in vier Sätzen vier Fragwürdigkeiten unterzubringen. Ich war nicht sein Hauptbuchhalter, ich war nicht sein Lieber, Ehrenzeichen waren nichts für den Außenhandel, und vor allem waren wir nicht befugt, uns kommerziell an einem Berittenen zu vergreifen, der als vermißt im Kunstbuch stand.

Weil das Persönliche hinter anderen Belangen zurückzustehen hatte, suchte ich vorerst nur zu erfahren, seit wann die Produkte vom VEB Ordunez zu den grenzüberschreitenden Gütern zählten. Meines Wissens, sagte ich, gebe es da überkommene und eiserne Regeln.

Die es zu brechen gilt, sprach mein Vorgesetzter, und weil er so im Schwunge war, rief er weniger mir als sich selber zu: Es kommt darauf an, das Dogma von der Binnenbindung zu brechen! Wahrscheinlich staunte er ähnlich über sich wie ich über ihn, denn als Dogmenbrecher hatten wir beide ihn nicht gekannt, und Binnenbindung schien auch eine Novität. Ersichtlich versuchte Kollege Scharrbowski, sich bei seiner Neuererlaune zu halten, indem er mich ins Vertrauen zog.

Mein Lieber, sagte er, auf dem Globus rührt es sich. Überall zerschellt das Joch, und es entstehen andere Formationen. Große Taten werden vollbracht, die entsprechend ausgezeichnet werden müssen. Aber Herstellerbetriebe für Ehrungsbedarf haben sie keine. Nun fragen sich die Verantwortlichen: Wo sollen sie kaufen? Bei den Ausbeutermächten, die allerdings Orden aus soliden Metallen bieten, oder bei den Befreundeten, die leider nur Preßgußmedaillen im Angebot haben? – In diese Bresche, mein guter Kollege Farßmann, springen wir. Wir springen, das ist gut, wir springen mit dem Großen Reiter. Bei, sagen wir, dreißig Gramm pro Klunker kämen wir auf sechshunderttausend Stück Verdienstdekor.

Ich wollte einwenden, daß die Bedürfnislage in jenen Gegenden womöglich anders aussehe, aber dann kam mir das zu sehr wie ein Vernunftgrund vor, und ich brachte die Sprache auf ein technisches Problem. Wie meinte er den Abbau halbedlen Mischmetalles zu bewerkstelligen, ohne Großalarm beim Amt für Fassadenschutz und Stadtantlitzpflege auszulösen? Auch wenn der ganzedle Reiter zweigeteilt in unserer Erde ruhe, wiege doch jedes Stück von ihm neuntausend Kilogramm, und so etwas berge sich nicht hinter vorgehaltener Hand.

Der Leiter Scharrbowski stand auf und winkte mir, ihm zu folgen. Lokaltermin, sagte er, aber unauffällig!

Werkdirektor und Hauptbuchhalter mitten in der Arbeitszeit im Erholungspark vom VEB Ordunez, das war ungefähr so unauffällig wie eine Nachrichtensprecherin mit drei Ohren, aber um die Beiläufigkeit unseres Tuns anzuzeigen, steckten wir die Hände in die Taschen und tauschten uns gedämpften Tones aus.

Erkennbar absichtslos hielten wir am Goldfischteich inne und spähten über ihn hinaus in die Ferne, wie man vielleicht am Meergestade tut. Doch besprachen wir nicht jene optische Merkwürdigkeit, derzufolge alles Seefahrzeug in der Kimmung zu schweben scheint, sondern berieten, ob der Tümpel mit seinen überwachsenen Rändern dem Querschnitt eines halbierten Ansichtsrosses entspreche.

Wir hielten es für möglich, und der Direktor führte sich auf, als erwäge er ein Bad. In der Hocke schien er die Wassertemperatur zu prüfen, und mir raunte er aus dem Mundwinkel zu: Ziemlich glitschige Wandung, könnte aber das Gesuchte sein.

Auch an der wuchtigen Tischtennisplatte benahm er sich wie einer vom Schlage Schliemanns. Erschreckend lange schürfte er dort zwischen Brennesseln und angefaulten Zigarettenschachteln, brachte aber einmal die Nachricht zu Tage, ohne Zweifel sei hier der andere Teil vom Medaillenrex verborgen.

Pfiffig sind sie gewesen, sagte er, sie haben die Beine von dem Gaul unter allerlei Gestein versteckt. Aber unsere Bronze ist es, und nun heißt es, die Reserven als Ressourcen zu nutzen. Unser geliebter Ordunez kann von der Binnenbindung zur Außenveräußerung übergehen.

Er schien diesen Satz auf eine im Marschwinde knatternde Bannerbahn zu passen, doch fiel ihm wohl ein, daß unsere Mission fürs erste verdeckt zu bleiben hatte. Bei Gott, er legte den Arm um meine Schulter, zerrte mich beinahe bis an unseren Zaun und wies zum leeren Gasgemäuer hinüber.

Tot und überflüssig, sagte er, so sieht das aus! Aber dank gewisser Erschließungsmaßnahmen bleibt unsereins ein solches Schicksal erspart.

Liebend gern hätte ich ihn über das Drahtgeflecht gekantet, denn die Vorstellung von den Frauen der Brigade Buchung stellte sich unschwer her, wie sie da am Fenster standen und vor Sprüchen überflossen, weil Farßmann von Scharrbowski einen alten Gasometer erklärt bekam.

Doch wie ich bald erfuhr, war den Damen unsere Expedition entgangen, da sie einander Neuestes aus Kindermund mitzuteilen hatten. Ihr Gelächter gab mir einen guten Grund, durch ihre und nicht durch meine Tür in die Buchhalterei einzutreten. Auch mußte ich nicht lange um Aufnahme in den erheiterten Kreis ersuchen, sondern bekam gleich und wie in alten Zeiten überliefert, was unsere Jüngsten so lustig zum Leben zu sagen wußten. Der Knabe von Frau Woltermann, Vorschüler noch und nicht ganz fünf, hatte den Bildbericht über zwei Oberhäupter, die sich zu Füßen einer Gangway herzten, mit dem frühreifen Ruf untermalt: Da sind ja wieder die beiden Küsser!, und es hatte die Eltern einige Mühe gekostet, dem Jugendlichen Brauchtum und Richtlinien des Protokolls übersichtlich darzulegen. Vor allem wollte dem Kinde nicht einleuchten, daß es ausschließlich Sache der Allerhöchsten sei, sich öffentlich wie zärtlich Liebende aufzuführen.

Die Brigade Buchung, deren Teil ich für die Dauer eines köstlichen Gesprächs wieder war, dachte über Vorschriften dieser Art kaum anders als der Woltermann-Sohn, und wie wir weitere Vorschriften besprachen, erzielten wir weiteres Einverständnis. Doch wußte ich, daß mein Glück nicht dauern konnte. Ein Schritt über die Schwelle, hinter der sich das Buchhalten in höheren Formen vollzog, und Fremdlinge würden wir neuerlich sein, Helga Woltermann, Ellen Jäger und Lia Weigel auf der einen und ich auf der gänzlich anderen Seite.

Ohne die Schweigepflicht, in die ich von Scharrbowski genommen war, hätte ich von der Ausgrabung des Großen Reiters berichten und wenigstens mit der wärmenden Heimeligkeit unseres Forschungszirkels rechnen können. Da jedoch das Archäologische vorerst unter uns Leitern zu bleiben hatte, hieß Entfremdung weiter mein Los.

Unter uns Leitern!, so dachte ich wahrhaftig und konnte es kaum fassen, und um wenigstens einen Hauch der alten Gemeinsamkeit in den Chefflügel hinüberzuretten, trat ich nicht über die Trennschwelle nach nebenan, sondern ging behutsam aus der Buchhaltung auf den Korridor und vom Korridor ganz leise in die Hauptbuchhaltung.

Laut meldete sich am dortigen Telefon mein Werkdirektor und verkündete, er werde die Gleisbauabteilung der Reichsbahn einschalten. Die hätten weitreichende Kräne, und mit zwei Greifergriffen hinüber zum Ordunezgebiet sollte es ihnen ein leichtes sein, die Bronzebrocken zu bergen. Hin zur Schmelze und als Barren zurück zu uns müsse der Krempel ohnedies auf der Schiene.

Der Krempel, sagte ich und hob mein Buchhalterhaupt dabei, ist vorerst noch Teil unseres Erholungsparks, und wenn die Gewerkschaft eines Morgens dort, wo am

Abend Pingpongplatz und Ordunezbecken gewesen sind, nur zwei rissige Löcher findet, wird die Gewerkschaft womöglich böse.

Wie ich sein langes Schweigen deutete, war ihm so ausgefallenes Verhalten kaum vorstellbar, doch fragte er, ob man nicht zwecks vorsorglicher Beschwichtigung den Freizeitwert des verlotterten Kurbereichs durch einen schönen Swimmingpool erhöhen könne. Es wäre, meinte er, eine schöpferische Anwendung des Baggerseeprinzips, und der Materialeinsatz Plaste gegen Bronze scheine ihm auch zeitgemäß.

Kann alles sein, sagte ich, aber die Deutsche Reichsbahn empfehle ich nicht. Ich will, trotz ihres überständigen Namens, nicht behaupten, daß es alles Kaisertreue sind, aber ob die Hand anlegen, um ausgerechnet den Großen Reiter zur Schmelze zu karren ...

Als der Kollege Scharrbowski wissen wollte, wann zum Teufel der eigentliche und richtige Hauptbuchhalter aus dem Sanatorium zu erwarten sei, ahnte mir, daß ich ihm mit meinen Bedenken nicht lag.

In vierzehn Tagen, sagte ich und wußte nicht, warum mich die Weite der Spanne Zeit so fröhlich stimmte.

Dann müssen die Brüder vom Tiefbau ran, sprach Scharrbowski, denn wer weiß, wen der anonyme Patriot inzwischen alarmiert. Die haben den Gaul schließlich jahrelang versteckt gehabt, nun sollen sie sehen. Wie wäre es, wenn wir ihnen folgenden Hinweis geben: Früher hat man Pferdediebe aufgehängt, aber da wir Kollegen sind, werden wir mit Nachbarschaftshilfe und einem Tieflader zufrieden sein.

Am besten sei es, sagte mein einfallsreicher Direktor, ich ginge gleich nach nebenan und führte eine kameradschaftliche Aussprache von Buchhalter zu Buchhalter herbei.

Ich war zu der Antwort versucht, das solle dem eigentlichen und richtigen Hauptbuchhalter vorbehalten bleiben, aber ich fand eine Entgegnung, die weniger kleinlich war. Das wird nichts bringen, sagte ich, denn die Nachbarn haben einen ordnungsgemäßen Schrottschein von uns, aber vor allem haben sie, Sie werden sich erinnern, den gleichen Auftrag wie wir, weil er republiksweit gilt: Sie müssen sich, ähnlich uns, geschichtlich erforschen, und wenn sie erst beim Aufstöbern von menschengebundenen Erinnerungen sind, fällt einem Schaufelveteranen womöglich der Große Reiter ein, und wir finden uns in der Zeitung als Erbeschänder wieder.

Dann muß es ganz von oben gehen! sagte Scharrbowski und entwarf noch am Telefon einen Brief, den wir gemeinsam an den Minister für Außenhandel und den Minister für Finanzen richten sollten.

Himmlischer Vater, dachte ich, wenn das bei Jäger, Weigel und Woltermann herauskommt, dann bleibt die Tür für immer zu, und kein Wort aus Kindermund wird mir noch überliefert werden. Oder meine Brigade wird, wenn ich erst wieder bei ihr bin, zu jedem Quark von mir wissen wollen, wie wir auf Ministerebene die Dinge denn so sähen.

Ich sagte zu meinem Direktor: Außenhandel und Finanzen, schön, und an den eigenen schreiben wir nicht?

An den natürlich auch, antwortete er.

Und nicht an den für Metallurgie und Bodenschätze?

Klar, auch an den.

Und was ist mit der Volksbildung? fragte ich, und er wollte zuerst wissen, wieso Volksbildung, aber dann fiel ihm von selber ein, wie weitreichend die Volksbildung bei uns ist, und er sagte: Die Volksbildung, selbstverständlich.

Bliebe noch der Minister für Kultur.

Der leuchtete dem Direktor nun gar nicht ein, und ich mußte daran erinnern, daß der Große Reiter als verschollenes Kunstwerk galt.

Natürlich, sagte ich, weiß ich nicht sehr gut, was alles hineinfällt in dieses Ministerium, aber auch als Laie kann ich mir einen Zusammenhang zwischen ihm und verschwundenen Kunstwerken vorstellen. Womöglich haben sie dort mit Bewußtseinsfragen zu tun, und selbst für mich als Parteilosen steht außer Zweifel, daß der halbierte und auch noch preußische Reitersmann in unserem Garten eine Bewußtseinsfrage ist.

Nicht, wenn wir ihn zu exportfähigen Medaillen stanzen, sagte Werkleiter Scharrbowski, und außerdem reicht die Entscheidung von Finanz und Metallurgie. Denn letzten Endes, mein Lieber, bestimmt das materielle Sein das Bewußtsein.

Nun war selbst mir dieser Leitsatz seit längerem bekannt, aber ich hatte nicht gewußt, daß man ihn auch sprechen konnte, als laute er: Das materielle Sein ist der Vorgesetzte und verantwortliche Leiter des Bewußtseins und damit basta!

Ich preßte meinen Rücken fest an die Lehne des Stuhls vom Hauptbuchhalter und erwiderte: Wenn es derart grundsätzlich wird, muß ich mich meiner Befugnis entsinnen. Schlage vor, Brief, den Großen Reiter betreffend, geht gleich in höchsten Bereich. Sollen die dort über unser Verwahrgut entscheiden.

Die Geräusche im Hörer zeigten an, wie sehr mein

Direktor mit einem bösen Anfall von Zentaur-Syndrom zu kämpfen hatte, aber in der Bezeichnung Verwahrgut steckte ein Ausweg für ihn, und er hatte gewiß keine Schwierigkeit, sich als Verfasser einer Meldung zu sehen, die in höchsten Bereichen nur Freude stiften konnte.

So wird es gemacht, sagte er, und daß Ordunez nun bald an die Exportfront eilt, scheint mir so gut wie beschlossen.

Vielleicht nur, um das letzte Won zu haben, äußerte ich die Ansicht, der Tag, an dem der VEB Ordunez begann, mit der Binnenbindung zu brechen und zur Außenveräußerung überzugehen, gehöre in unsere Chronik eingetragen.

Das fand Scharrbowski auch, und kaum war das Telefonat zwischen ihm und der Kurvertretung des Hauptbuchhalters beendet, eilte ich zu meiner Brigade. Diesmal schlich ich nicht über den Korridor, sondern stieß die Schiebetür mit Schwung zur Seite, setzte mich in meinen angestammten Stuhl und erzählte.

Den Damen gefiel ich, wie ich den Großen Reiter aus der Rexverwahrung holte und den exportfixierten Direktor in die Schranken wies. Einer der Ihren war ich nun. Zwar zur Zeit auf höherem Posten, aber eben als einer von ihnen dort aufgestellt. Einig waren wir, daß Hauptbuchhalter, wenn es sie denn geben müsse, besser aus unserem als anderem Holz zu fertigen seien, und uneins waren wir nur in der Frage, wie wohl im höchsten Bereich über den hohen Reiter entschieden werde.

Nach Meinung von Weigel und Jäger waren die achtzehn Tonnen Bronze bereits auf dem Marsch zu sechshunderttausend Paraderöcken in mindestens achtzehn fernen Ländern, doch Woltermann und Farßmann hielten dagegen, Rückwandlung Rex wie auch Rückkehr desselben auf Sockel seien nicht gänzlich ausgeschlossen. Es gebe, sagte der Kollege Farßmann, Zeichen einer neuen Unbefangenheit.

Ich sagte es seither wahrscheinlich einige Male zu oft. Ich sagte es nicht nur in unserem Zirkel der Chronikforscher, sondern auch in der Zentralen Zirkelleiterkonferenz aller Chronikforscher. Ich weiß nicht, ob es einen Zusammenhang gegeben hat zwischen meiner Berufung dorthin und dem Höchstbereichsbeschluß, der zur Wiederbemannung des Sockels am Platz der Guten Taten führte. Aber zu der einen Tagung wurde ich eingeladen und in ihr Präsidium gewählt, und zu anderen Tagungen wurde ich ebenfalls eingeladen, und in deren Präsidien wurde ich ebenfalls gewählt.

Bei einer Wochenendkonsultation sämtlicher Hauptbuchhalter sprach ich von der Neuen Unbefangenheit, und auch die Feier der Volkseigenen Vereinigungen kam weder ohne dieses Thema noch ohne mich als Redner aus. Vor Jungen wie Alten berichtete ich über Konflikt und Lösung des Konflikts zwischen Binnenbindung und Außenveräußerung, und ich pries die Entscheidung des höchsten Bereichs, von der ich betonte, man habe sie als Abdruck einer Neuen Unbefangenheit zu begreifen.

Wohin das mit mir gehen würde, schien absehbar. Schon hieß es, der offizielle Hauptbuchhalter vom VEB Ordunez sei etwas häufig zur Kur, und es müsse doch nachdenklich stimmen, daß erst bei seiner Abwesenheit der bronzene Rex aus der Zweckfremde habe heimkehren können.

Gerede dieser Art und andere verdächtige Zeichen kamen zunehmend auf. Scharrbowski verkehrte mit mir im

Herzenston, der zwischen Leiter und Leiter gilt, aber meine Brigade klopfte neuerdings bei mir an. Statt Kindermund nun Zeitungsschau, so ungefähr verfärbten sich unsere Gespräche.

Auch im Erholungspark vom VEB Ordunez wehten die Winde kalt, wie sie nur Einsamen wehen. Einmal, als ich dort wieder allein zwischen den noch unverwachsenen Löchern stand, starrte ich über S-Bahn-Einschnitt und Gasgemäuer hinweg und wußte plötzlich von mir: Auf St. Helena war ich schon, und Napoleon sollte ich noch werden.

Ich wollte aber von beidem nichts und sann, man kann sagen, verzweifelt, nach Mitteln gegen drohende Erhöhung.

Dann kam der Tag, an dem sie den rückverwandelten Großen Reiter auf seinem Sockel am Platz der Guten Taten neu befestigten, und der Protokollbescheid ereilte mich, ich hätte auf dem Weihepodest neben dem Höchsten aus dem Höchsten Bereich meine Aufstellung zu nehmen. Natürlich konnte ich mich dem nicht verweigern, und als ich mich über den Köpfen der Meinen wiederfand, schien unabänderlich, daß ich auf diesem Niveau mein künftiges Leben fristen müsse.

Helga Woltermann erkannte ich, die fremd und doch mit einigem Stolz zu mir aufsah. Lia Weigel war da und brachte es gerade noch zu einem kleinen Winken. Ellen Jäger staunte empor zu mir und schien sich zu fragen, wie sie den Kindern von jenem Manne sprechen sollte, mit dem sie einst Löschpapier und Locher geteilt und der nun aufgereiht stand zwischen Großem Reiter und Großem Leiter dazu.

Scharrbowski sah ich auch, und sein fliegender Blick

besagte, daß er die erhabene Bronze wieder und wieder zu weltmarktfähigen Medaillen vermaß. Ersichtlich ebenso machte ihm immer noch die Frage zu schaffen, wieso ausgerechnet dieses Mal das verantwortliche Sein nicht übers Bewußtsein die Oberhand behalten hatte.

Unübersehbar für mich in meiner Höhe stand in einer Wolke aus Stumpenqualm der Patriot Josef Klagg, und zufriedener als er konnte keiner rauchen.

Alle zeigten sich ein wenig verändert und waren doch die alten. Einzig ich, so schien es mir, stand im Begriff, ganz aus aller Gewohnheit zu geraten. Aber ich wollte das nicht. Ich wollte nicht Schwelle noch Schiebetür zwischen mir und den anderen, und den Sockel wollte ich nicht und auch nicht sonstige Erhöhung. Farßmann wollte Farßmann bleiben, und wie noch die Reden dröhnten und dann die beschließende Musik erscholl, wußte Farßmann einmal auch, wie er das erreichen konnte.

Zwar gehörte einiger Mut dazu, um nicht von Unbefangenheit zu reden, und die Überzeugung war nötig, daß nichts unmöglich sei, aber den Mut fertigte ich mir aus meiner Verzweiflung an, und wenn ich wissen wollte, was diese Welt an Möglichkeiten barg, brauchte ich die Hand nur auf den bronzenen Pferdeleib an meiner Seite zu legen.

Eine strichfeine Narbe lediglich ließ sich fühlen, wo kürzlich noch die Grenze zwischen lautem Ping und Pong und lautlosem Kiemenschlag verlaufen war, und ich, der ich diese Verbindung gestiftet hatte, sollte Farßmann nicht bleiben können?

Das wollte ich sehen, und als es unter dem Großen Reiter zum Abschied von den Führenden kam, konnte jeder sehen, was ich wollte.

Ich gab dem Höchsten Vertreter des Höchsten Bereiches die Hand, wie es vom Protokoll auch vorgesehen war, und dann gab ich ihm ganz außerhalb des Protokolls drei herzliche Küsse. Einen auf die rechte Wange, einen auf die linke Wange und einen auf den Mund.

Die Begleitung schien dazwischengreifen zu wollen, aber wir standen erhöht, und für die Kameras wären solche Bilder nichts gewesen. Was meinen Partner betrifft, so hielt er sich brav. Zwar suchte er sich mir zu entwinden, aber weil ich ihn mit Buchhalterfäusten und nicht mit Hauptbuchhalterhändchen bei den Schultern hatte, schickte er sich ins Unvermeidliche und ließ sich von mir kosen. Aber es sagte ihm nicht zu, soviel ließ er mich spüren, und als ich von ihm abließ, wußte ich, ich hatte mich aus der Gefahr, ein Prinz zu werden, zurück auf meinen Platz als Frosch geküßt.

Was eine angenehme Stellung ist. Man hat die Wochenenden wieder frei und muß nicht immerfort von alten Reitern und neuer Unbefangenheit erzählen.

Meine Brigade hat die Chronik abgegeben und dafür die Pflege des jungen Rasens im Garten vom VEB Ordunez übernommen. Wir sprengen ihn in jeder Mittagspause, und er wächst recht gut.

Sonnabends manchmal gehe ich für mich allein die Fortschrittsallee hinunter zum Platz der Guten Taten und lehne mich, wo es niemand sieht, an den wiederbemannten Sockel. Wenn wir das Wetter danach haben, steht der Große Reiter in ruhiger Wärme da, und es ist, als atme die Bronze.

Und ich atme auch.

DER MANN VON FRAU LOT

Mit dem Rücken zur Wand, das schien spannend genug, aber mit dem Rücken zum Fußballfeld war auch nicht ohne. Jan G. stand wörtlich mit dem Rücken zum Feld, weil er bildlich mit dem Rücken zur Wand stand. Bildlich und sehr wirklich.

Zu seiner Verwunderung hatte er kein Papier beibringen müssen, seinen Leumund betreffend oder Soll und Haben. Es ging nach Augenschein und eigenen Angaben. Auch sah man wohl, dass mit ihm nur zu spaßen war, wenn er Lust dazu hatte.

Ob er Fußballfan sei, wurde er gefragt, doch auf Fußballnarren waren sie nicht aus. Sie suchten keine verhinderten Stars, sondern Ordner und nahmen ihn, weil er geeignet schien. Wie weit er wirklich taugte, musste sich erweisen; dass er kein Ordner seines Lebens war, hatte sich in einschlägigem Zusammenhang gezeigt. An der Seite einer schönen Person war er an einem verhungerten Rasenstück vorbeigekommen, auf dem Halbwüchsige verbissen bolzten. Ihren verirrten Ball nahm er betulich an, schob ihn betulich zurück und versuchte gar nicht erst, ihn direkt und elegant ins lange Eck zu schlenzen. Die Dame, von der er längst wusste, die hätte es sein können, schien nichts bemerkt zu haben; für Jan G. aber stand seither ein lachhaftes Versäumnis fest.

Gegen den Irrtum, er sei ein tragischer Pechvogel, ließe sich auf seine Alltäglichkeit verweisen. In Abwandlung des altbekannten Wortes eines allbekannten Meisters war er nicht aus dem Volk gestürzt, sondern mit ihm abgestiegen. Vor der Vereinigung, die er Vereinnahmung nannte, galt er als gesuchter Facharbeiter, nach ihr suchte er nicht nur in seinem Fach nach Arbeit. Ähnliches hätten neueste Maschinen womöglich einmal auch ohne den famosen Beitritt bewirkt; dank seiner geschah es mit reißender Wucht.

Ohne Job zu sein galt bis dahin als stark verwunderlich, obgleich nicht als persönliche Schande. Dem empfindsamen Staat galt es als gesellschaftliche Schande. Er schämte sich des Notstands, weil der ihm ein überwundener Teil überwundener Zeiten war. Oder Zubehör verkommener Gegenwelten. Nach dem Hinschied des heiklen Gemeinwesens verlor sich mit den meisten seiner Gepflogenheiten auch der Brauch, Leute wie Jan G. innerhalb des Werks umzusetzen. Künftig setzte man Überzählige auf die Straße. Jener Altmeister hatte leicht zynisch gefragt, ob unsere Straße denn schlecht sei. Schlecht ist diese nicht, sagte Jan G., sie ist nur nicht meine.

Er wurde etliches los in den Wechseln der Wende. Die Frau, die Kinder und einige Skrupel. Doch hielt er den deutschen Namen hoch, indem er tat, was Leute mit deutschen Namen seltsam scheuten. Er stach Asparagus wie ein auswärtiger Wanderstecher und verdingte sich gegen Bares als Fliegenfänger und Beetbelüfter. Zeitweilig im Teppichhandel wirkend, konnte er einem Iraner einen Perser verkaufen. Der Gewinn ging drauf, weil er ihn beim Eskimo an der Ecke in einen Kühlschrank polarischer Herkunft steckte. Jan G. musste man von Globalisierung nichts sagen.

Die Reformen festigten ihn nicht. Weder die der

Orthographie noch die der gehobenen Sozialbalance lag ihm sonderlich am Herzen. Anfangs sparte er zur Vereinfachung den Bindestrich ein und überschrieb seine Bewerbungen mit »Stellung Suche«. Worauf ihm wertkonservative Arbeitgeber weder Arbeit noch Antwort gaben. Mit führenden Wörtern der Zeit: Neben nur gefühlten Lasten gab es solche, die er nachhaltig spürte. In einem Brief an seine entfernte Frau geriet ihm der Ausdruck »Hartz vierteilen« in die Feder. Nach Ansicht der Gemahlin hatte ihm ein Wiener Gelehrter dabei den Griffel geführt.

Der Versuchung, die Einstmalige an Zeiten zu erinnern, in denen so lose Rede zu allerlei Neckerei geführt haben würde, widerstand Jan G. Vielmehr überlegte er, ob sich sein altes Kennertum mit einer neuen Beweglichkeit verbinden lasse. Er packte Werkzeug in den Rucksack, der eine letzte Geburtstagsgabe seiner Frau und wohl auch ihr Wink mit dem Rucksack gewesen war, suchte und fand seinen gegenstandslosen Betriebsausweis, entwarf einen gediegenen Text des Inhalts, er sei ein erfahrener Mechaniker, der technisches Ungemach sofort vor Ort beheben könne, druckte ihn auf gelblichem Karton kunstvoll aus, schob das Halbdokument in eine Klarsichthülle und begab sich auf die Suche nach bezahlter Tätigkeit.

Einzelheiten liegen vor; hier genüge, es habe wenig gebracht. Zumal der mobile Scherenschleifer sein Papier bereits beim zweiten Versuch postwendend zurückerhielt. Durch dieselbe Briefklappe, durch die er es eingereicht hatte, nur ohne Klarsichthülle und ohne einen Mucks hinter der Wohnungstür.

Wegen dieser und ähnlicher Erfahrungen stand er jetzt mit dem Rücken zum Rasen, auf dem Großes statthaben sollte. Jetzt war er Ordner, der verhindern musste, dass blindwütige Flitzer von der Tribüne her die wirbelnden Formationen der Kicker störten. Jetzt wusste Jan G., er durfte einem Spiel beiwohnen, von dem er bis dahin nur träumen konnte. Zugleich war ihm jetzt bekannt, er werde weiterhin träumen müssen, weil er nichts sehen würde.

Märchen und andere Literatur hatten ihn gelehrt, der Mensch verkaufe, gebot es die Lage, seine Seele, sein Erstgeborenes, sein Lachen, seinen Schatten und sich selbst mit Haut und Haar. Seit der Endspielgeschichte, die nicht erst mit dem Anpfiff und nicht erst mit den Hymnen und nicht erst am Finaltag begann, wusste Jan G., auch unschuldige Vergnügungen ließen sich zu Markte tragen. Zugleich ahnte er, viel Gewinn werde aus dem Handel nicht springen. Obwohl er das Große Los gezogen und einen Platz unweit der Tunnelmündung bekommen hatte, in der wenige Minuten vor dem Anstoß die Helden der nächsten neunzig Minuten erschienen waren. Wenn nicht gar die verlängerten Helden der nächsten einhundertzwanzig Minuten. Wenn nicht gar die überlangen Helden der nächsten einhundertzwanzig Minuten plus etlicher Minuten eines Elfmeterschießens.

Was immer auch noch folgen würde, er hatte seine Heroen gesehen. Mann für Mann und unglaublich in der Nähe. Hand in Hand mit kindlichen Erstkickern, angeführt vom integersten aller Schiedsrichter sowie von dessen Assistenten und von allerhöchster Offizialität, waren die Besten der Besten auf dem Weg in die Arena, in der die Allerbesten ermittelt werden sollten, an ihm vorbeigezogen. Seitlings vorbei und auf ihn, der, den Instruktionen getreu, unverwandt die Zuschauer in seinem

Tribünensektor im Auge hatte, nicht achtend. Gerade noch sichtbar am äußersten Rand seines Blickfelds liefen die Götter auf. Er pries des Menschen durchdachte Natur, die ihm ganz nach Zeiss- und Nikonart ermöglichte, seinen Sichtkreis von größter Fisheyeweite bis zur vergrößernden Telepunktenge zu variieren. Obwohl ihm diese Beweglichkeit, die man Zoomen nannte, im Finale nicht helfen konnte, da alles, was zählte, hinter seinem Rücken geschah.

Auch nach vorn durfte Jan G. die optische Mobilität nur eingeschränkt nutzen. Sie war auf den Tribünenabschnitt begrenzt, als dessen so gut wie vereidigter Aufseher er galt. Wohl hatte er nicht schwören müssen, doch an Beschwörungen fehlte es nicht. Der Ruf des Stadions, des Clubs, der Stadt, des Landes, des Verbandes, ja der Sportart überhaupt stehe mit dem Spiel auf dem Spiel. Dafür, dass sich an das Finale nicht ein Fiasko der Arenaeigner knüpfe, hätten die Ordner durch äußerste Dreingabe zu sorgen. In ihre Hände sei der Fußball als solcher gegeben. Der Fußball nicht nur der aktuellen Generation, sondern jener der älteren ebenso wie der jüngeren. Fritz Walter und Helmut Rahn schauten auf sie herab, Seeler und Netzer sähen ihnen kritisch zu, die Ehrenbegleitjugend blicke lernfreudig auf zu ihnen.

Wie alle Welt wisse, wolle die Fußballwelt im folgenden Jahr ihren Meister in diesem Lande und, freudeschönergötterfunke, neben anderen Austragungsorten auch in dieser Kampfstätte ermitteln. Ob sie es wirklich tue, hänge vom fehlerfreien Verlauf des jetzigen Treffens ab, also von der Bereitschaft der Damen und Herren Ordner, jedem Störenfried und jeder Störenfriedin mit aller Macht in den Hintern zu treten.

Recht eigentlich werde das nicht von ihnen verlangt. Schon gar nicht mit solchen Worten. Im Gegenteil, sie sollten durch ihre bloße Anwesenheit allenfalls eine leise Drohung und keinesfalls eine laute Bedrohung darstellen. Sie müssten am Rasenrand stehen, wie im unvergessenen *Paten* der Vetter des Kronzeugen im Gerichtssaal gesessen habe. Wortlos, mit brennenden sizilianischen Augen. Ähnlich wie der Consigliere der Corleones den Verwandten des aussagebereiten Mafia-Killers zwecks dessen Erinnerung an die Omertà herbeizuschaffen wusste, hatte der gastgebende Verein die Zahl der Stadionordner so erhöht, dass sie, allen Störauftritten verstörter Störenfriede vorbeugend, wenn nicht Schulter an Schulter, so doch Armspanne für Armspanne das Spielfeld säumten. Rücken für Rücken dem Spielfeld zu.

Die Qualität der Schutzleute habe man durch Auslese gesteigert, hörten die Schutzleute. Da ihre wichtigste Tugend die Besonnenheit sei, gleiche der Wert ihrer Kette um den Rasen dem Wert der Perlen auf dem Rasen. Diese Taxierung spiegle sich weniger in Gehaltslisten wider als vielmehr im Wohlwollen des Vereinsvorstands. Der wisse eine Aufsicht zu schätzen, die ihre Knochen hinhalte, damit die Spieler die ihren ungestört ihren Gegenspielern hinhalten könnten. Hoch, sehr hoch gälten der Leitung gereifte Menschen, welche unreife Menschen an Taten hinderten, die letztlich Untaten waren.

Dem werde Rechnung getragen. Eingedenk ihres geistigen Verlusts, der mit ihrer körperlichen Präsenz einhergehe, werde allen Ordnern kurz nach dem Match je ein Datenträger überreicht, auf dem das von ihnen halb versäumte, weil mit ganzer Hingabe durch sie geschützte Ereignis mit hochtechnischen Mitteln festgehalten sei.

Dem aufgezeichneten Spiel könnten sie entnehmen, was ihnen im Dienst an ihm entgehen musste. Kein Ersatz, gewiss, angleichender Ausgleich bestenfalls, ein singuläres Dokument nicht minder. In Ton, Bild, Farbe und Bewegung werde das Geschehen überliefert, dem die Ordnungskräfte von allen in der Arena Anwesenden – Spieler und Unparteiische ausgenommen – seelisch und räumlich am nächsten gewesen seien. So nahe wie möglich und so fern wie möglich zugleich.

Da die Kameras faktisch keine toten Winkel kennten, könne das komplette Sicherheitskorps auf dem Dokument digital angetroffen werden. Als elliptisches Ganzes aus der Vogelperspektive, bei Einwürfen und Eckstößen in Nahaufnahmen einzelner Schutzkettenglieder und in gruppenstarken Segmenten hinter dem einen wie dem anderen Tor. Keineswegs würden die Abgebildeten ausschließlich mit dem Rücken zu den Kameraobjektiven zu sehen sein, sondern häufig mit der Nase zu diesen.

Was zusätzlichen Service ermögliche. Jede Ordnerin, jeder Ordner erhalte eine auf sie oder ihn zugeschnittene Kopie, die ihre beziehungsweise seine Großaufnahme enthalte. Es seien Unikate, da nur das jeweilige Exemplar über den gemeinsamen Ereignisverlauf hinaus das Extra biete. Ein herauskopierbares Bild, das ebenso in Kabinenspinde wie in Spinnstuben passe und für Erkennungsszenen im Kreis der Familie oder im Kreis der heimischen Fußballfamilie sorgen werde. Ein Souvenir, das jede und jeden an einen ohnedies unvergesslichen Abend erinnere, an dem sie oder er per persönlichen Verzicht zur Gemeinschaft beigetragen habe.

Obwohl geübt, bei Lobpreis nach dem Preisschild zu spähen, fand Jan G. auf Anhieb keines. Dieser Bonus schien ohne Malus auszukommen. Kein Danaer in Sicht. Was freilich genau jenem Umstand entsprach, dem die Krieger bei Homer ihren Zutritt zu Troja verdankten. Nur dass es beim jetzigen Finale nicht um die schöne Helena ging, sondern um ein Geld, das dem in seiner Halbheit hässlichen Job halbwegs entsprach.

Jan G. sah den Spiele-Vermarktern diese Relation nach, da es die Gleichung *Je hässlicher die Arbeit, umso schöner der Lohn* nirgendwo gab. Im Gegenteil, dachte er und nahm sich vor, es später zu bedenken. Im Augenblick lag die Frage näher, warum die Platzeigner über das Entgelt hinaus mehr als nötig versprochen hatten. Die Antwort, es könne am Sportsgeist von Sportveranstaltern liegen, verscheuchte er wie eine lästige Fliege. Videos kosteten Geld, Spezialaufnahmen schon gar. Verkauften sie sich nicht, kosteten sie mehr, als ihre Herstellung gekostet hatte. Verschenkte man sie, verschenkte man Geld. Wer auf der weltweiten Welt tat das schon?

Da die Stadionbetreiber zumeist unfromme Kerle waren, würde ihnen ein Lohn kaum genügen, der nicht edelmetallen klang, bestenfalls aus der Kehle drang und nicht einmal umstandslos durch die Gurgel gejagt werden konnte. Andererseits schlugen die silbrigen Scheiben selbst dann nur mäßig zu Buch, wenn die Einzeleinblendung der Wächter als kostentreibender Faktor zählte. Schließlich stand in mindestens hundert Ordner-Fällen, multipliziert mit den Häuptern der Lieben der Ordner, geldwertes Wohlwollen zu erwarten.

Mann o Mann, bei der Bewerbung auch nur ein einziger Ton in dieser Tonart, herrschte Jan G. sich an, und du wärest gar nicht erst auf den Endspielplatz gekommen. Jedenfalls nicht als Ordner. Weil sie dich nicht genommen hätten und weil dir das Geld, das du heute verdienen willst, da noch spürbarer fehlte. Selbst dessen Besitz hätte dir zu keinem Billett verholfen. Sieh dich nicht um, das ist untersagt, sieh nur einmal, indem du die Nase hebst und die Augen in deiner Aufsichtsschneise lässt, die Ränge hinauf. Sie sind besetzt bis unters neue Dach. Ausverkauft, lautet der frohe Bescheid. Sogar die Schwarzhändler sollen ausverkauft sein.

Heute, dachte Jan G., bist du wie der Künstler oder wie der Rasenkünstler, den sie über seine Lust an seinen Künsten hinaus auch noch bezahlen. Sagen wir, da deine Augen halb aus dem Spiel sind, für die halbe Lust, den halben Genuss. Vermutlich ließe sich bei entsprechendem Honorar und der Garantie, dass der Vorstand dadurch eure unverminderte Aufmerksamkeit erwürbe, auch euer Gehör einschränken. Ohne Original-Stadion-Ton liefe es auf weiteren schweren Verlust hinaus. Selbst wenn Miniradios erlaubt wären, die euch sagten, was sportlich Sache sei. Denke dir, Horror, die Arena ohne das Gejohle des Publikums, ohne Flüche und Wehgeschrei der Ballartisten, ohne ihr Räuspern und Spucken. Doch sind das müßige Überlegungen, da du so wenig einen Reporter hören wie einen der Kämpfer sehen wirst. Du darfst das eine und auch das andere nicht. Beides ist strikt verboten.

Herrschaften, hatte der Instrukteur gesagt, auch wenn man Sie kaum für das Unwiederbringliche entschädigen kann, honorieren wir Ihre Leistung doch gut. Im Gegenzug sollen Sie all Ihre Sinne ausschließlich für die Tribüne beisammenhaben. Stecken Sie kein Kleingerät in das von uns gemietete Ohr. Halten Sie es frei für nur das eine. Halten Sie es offen, um etwaige Drohlaute sogleich orten zu können. Benutzen Sie weder Spieglein noch verspiegelte Brillen, in denen sich auf augenmerkmindernde Weise das Spielgeschehen bricht. Ebenso ungern sähen wir Neffen von Ihnen oder sizilianische Vettern, die vom Stehplatz aus mit Hilfe ertüftelten Lichtgeräts die Verläufe zu Ihnen hinunterblinkten.

Spätestens ab dem Anstoßpfiff gehört Ihr sensorischer Apparat uns. Wir verlangen nicht seinen Missbrauch, sondern seinen teilweisen Nichtgebrauch. Niemand will eine Mauer aufrichten, aber verhalten sollen Sie sich, als seien Sie durch eine solche unaufhebbar abgetrennt vom rückwärtigen Lauf der Dinge. Ließe es sich kontrollieren, dürften Sie nicht einmal aus dem, was Sie aus den Mienen auf der Tribüne lesen, auf den Verlauf des Spiels schließen, das man auf der Tribüne sieht. Ähnliches forderten wir, wenn es durchsetzbar wäre, vom Umgang Ihrer Ohren mit allem, was Ihnen an Triumphgeschrei oder Schmähgesang von den Rängen entgegenschallt. Doch ist das Zukunftsmusik und intelligenten Maschinen vorbehalten, die uns dereinst ergänzen werden. Zunächst ergänzen und einmal ersetzen. Bis dahin müssen wir uns Ihrer und Ihrer Vigilanz bedienen.

Mit einem weiteren Nachgedanken war der Instruktor aus der Zukunft in die Vergangenheit gesprungen und hatte die Damen und Herren ersucht, auf ihrem Platz zwischen Kampffeld und Niemandsland an Sodom und Gomorrha zu denken. Insbesondere an Lots Weib. Oder, um die riskante Analogie überhaupt zu ermöglichen, neben der Frau Lot auch an deren Mann. Die überlieferte weibliche Person habe sich, wie jeder wisse, wollte sie nicht zur Salzsäule erstarren, nicht umdrehen dürfen. Ähnliches gälte für Lots Gemahlin, stünde sie heute im Arenadienst. Nicht anders lägen die Dinge für ihren Gatten. Wäre Herr

Lot jetzt mit seiner Frau als Ordner beim Finale dabei, wäre es auch für ihn eine Sache des eisernen Willens.

Wie man überhaupt alles vor allem sinnbildlich nehmen solle. Kein Mensch müsse bei etwaigem Versagen seine Umwandlung ins Salzsäulenmäßige befürchten. Wer den Vertrag nicht erfülle, hebe ihn lediglich auf. Was zu keiner Intervention des Vereins führen würde. Außer zur Nichtzahlung, die für allfallsige Nichterfüller unter Umständen den Nichtkauf einiger Fässchen Salz bedeuten könne. Sinnbildlich gesprochen. Nebenher gesprochen: *Salär* leite sich wie *salary* von der Salzration römischer Soldaten aus der gloriosen Gladiatorenzeit her. Um bei heutigen Worten zu bleiben: Wer sich entgegen der Abrede umdrehe, werde aus der Liste der eisern Willigen gestrichen. Damit wäre der Vorrat an rechtlichen Mitteln erschöpft, mit denen der Verein sich ausgestattet habe.

Nach der letzten Unterweisung wurde empfohlen, kurz vor dem Auftakt noch einmal die Einrichtungen im Offizialtrakt zu benutzen, damit Frau Lot und Herr Lot in der Lage seien, jedes Gran ihres Willens auf die Wacht übers Endspiel zu wenden. Der Instrukteur winkte den Instruierten zugetan und angetan zu, ehe er in die Höhen der Monitorbatterien auffuhr, um der Aufzeichnung der Mutter, ach was, Königinmutter aller Spiele zu folgen und den Ordnerinnen und Ordnern mit einer Aufmerksamkeit, die der ihren hoffentlich in nichts nachstehe, auf ihr eisernes Beharren, ihr umsichtiges Betragen, ja ihre ganze Verfassung zu sehen.

Jan G. stellte sich den Kontrollraum wie einen Tower vor, in dem nervenstarkes Personal den Flugverkehr unverwandt im Auge hatte. Abflug, Anflug, Anstoß, Abseits, Einwurf, Sinkflug, Eckstoß, Steigflug, Abschlag,

Warteschleife, Flügelwechsel, nicht dasselbe, nicht das Gleiche, aber verwandt. Verwandt wie *Salz* und *Salär*. Beim Flugbetrieb und Spielbetrieb entsprach die Ordnerkette um den einen Platz der Lichterkette um den anderen. So gesehen, gab Jan G. nach eigenem Urteil zwar keine Leuchte ab, wohl jedoch einen unverzichtbaren Heimleuchter, auf den es ankam, wenn einer plötzlich ankam und böse Absichten hatte.

Während er als hausierender Dienstleister sein eigener Manager gewesen war, ein Ich-Agent, der selbst entscheiden musste, was zu tun oder zu unterlassen sei, entfiel dieser Zwang in der Endspielarena. Hier konnte es nicht zu Grässlichkeiten wie dem Scherenschleifer-Augenblick kommen, in dem er entgeistert vor dem räuberischen Briefschlitz gestanden und nicht gewusst hatte, wie sich verhalten. Was gebot die unerhörte Lage? Stürmisches Klingeln? Sachtes An-die-Türe-Klopfen? An eine Wohnungspforte, hinter der man ihm, wie es schien, seit längerem aufgelauert hatte? Durfte er im leeren Treppenhaus empört nach der entwendeten Klarsichthülle rufen und danach noch auf einen bezahlten Auftrag anderer Mieter hoffen?

Derartige Alternativen lagen bei der finalen Begegnung nicht vor. Die Aufgaben der Ordner hatten ebenso wie ihre Obhutsabschnitte durch Instruktion an Kontur gewonnen. Was hinter ihnen auf dem Spielfeld geschah, durfte sie, hörten sie, auch wenn es nicht leichtfiel, nicht die Bohne kümmern. Wer auf der Galerie jählings aufsprang, obwohl es weder zur völkerverbindenden La Ola noch zum Protest gen Himmel einen Anlass gab, wer also verdächtig in Bewegung geriet oder sich unvermutet im Treppenaufgang zeigte, der setzte die Ordner spätestens dann in Gang, wenn er die Gitter zwischen Rang und Rasen überwunden hatte. Unmittelbar hinter dem Spartacus-Flechtwerk musste ein etwaiger Kletterer, ob er nun streicheln oder morden, küssen oder sterben wollte, an Jan G. und Kollegen geraten, die als finalste aller finalen Abwehrreihen zwischen Rang und Rasen hellwach auf Posten standen.

Wer anscheinend grundlos im letzten Bannkreis erschien, schien nicht nur Ungutes im Schilde zu führen, sondern führte Ungutes im Schilde. Keiner überwand Kettenzäune und stählerne Traljen, die an Alcatraz, Moabit und Guantánamo gemahnten, um am Rasenrand nach dem nächsten Telefon zu fragen. Wer so weit vorgedrungen war, trug sich mit Absichten. Ob harmlosen oder üblen, das würde der Zugriff zeigen. Der hatte Vorrang vor allem, doch sollte er auf das Publikum nach Möglichkeit wie ein gelinder Eingriff wirken. Eben nicht anders, als führe man einen vom Weg geratenen Kommunikationsbedürftigen behutsam zur nächsten Zelle.

Eher als mit menschlichen Irrläufern sei mit verschlagenen oder verfehlten Bällen im Seitenaus zu rechnen, hatte der Instrukteur gesagt. Natürlich gehe so ein verlaufener Gegenstand keinen Ordner etwas an. In dessen Zentrum stehe der fehlgeleitete Mensch. Auch wüssten die Kenner der Sportart, zu deren Höhepunkt sie als Wächter beigezogen worden waren, dass Bälle, die außerhalb des Feldes oder in den Fängen eines Fans auf der Galerie landeten, flugs von flinken Ballgehilfen durch andere ersetzt würden. Mithin solle ein Schutzbeauftragter das verirrte Leder einfach ignorieren. Durchaus verständlich der Wunsch, es aufzunehmen und dem Einwerfer zuzuwerfen. Dem infolge der Spielabgewandtheit und Tribünenzugewandtheit aller Ordner lediglich vermuteten Einwerfer, wohlgemerkt. Verständlich sei die Regung schon, jedoch geeignet, Verwirrung zu stiften und vom Eigentlichen, das hoffentlich hinlänglich beschrieben wurde, abzulenken.

Hinlänglich, weiß Gott, um nicht länglich zu sagen, hatte Jan G. gedacht, doch kein Zeichen von seinem Bedenken gegeben. Aus leiser Aufmüpfigkeit wurde zu oft auf Neigung zum Aufruhr geschlossen. Ungern sähe er sich mit entsprechenden Vermerken in die Reservearmee zurückbeordert. Aus einer Dienststellung gar, die zwar eigentümlich, aber keineswegs ohne Reize war. Eisernen Willens unablässig an der Aufsicht nach vorn festzuhalten, während hinten ein großer Zauber lief, durfte als Test aller Tests wohl gelten. Und, falls bestanden, als Anlass zu einem Fest aller Feste.

Der Herr feiert, ehe auch nur ein einziges Tor gefallen ist, teilte er sich ungehalten mit. Der Herr weiß im Augenblick nicht einmal, auf welches Tor welche der Mannschaften spielt, doch hat er das Siegesbüfett bereits im Auge. Der Herr ahnt kaum, wie die Partie enden wird; das hindert ihn nicht, eine Party zu planen. Ja und? Da war kein Widerspruch. Mochten die einen, mochten die anderen siegen, the winner was Jan G. Er hatte die Schlange der Bettler gegen die Kette der Ordner getauscht. Er war in die Garde unter der Hellebarde berufen worden. Er, über den man einst hinter Briefschlitzen lachte, sah sich gegen Flitzer und Schlitzer als Schützer gestellt. Was die eigentliche Aufstellung des Tages heißen durfte. Wie sollte er, von dem man fest zu wissen schien, er werde mit einer seltsamen Halbheit fertig, nicht ausgelassen feiern, wenn alles fertig war?

Seltsame Halbheit klang seltsam verkürzt. Oder verlängert. Wenn von einem Spiel das Spiel als Hauptsache galt, konnte man, wo es fehlte, nicht gut von Halbheit sprechen. Da fehlte weit mehr. Wie viel von einer Sache nahm eine Hauptsache ein? Wenn auch nicht alles, mehr als die Hälfte bestimmt. In Quantität wie Qualität. Selbst wo das Spiel als die halbe Feier zählte und sein Drumherum als die andere Hälfte, wogen beide Teile einander nicht auf. Ein Spiel kam ohne Publikum aus, kein Publikum ohne Spiel. Das stimmte unter Flutlicht wie auf verhungertem Rasen. Cool hätten jene verbissenen Bolzer es einst gefunden, dachte Jan G., und cool hätte jene Dame einst ihn gefunden, dachte er, wäre ihm, ach, mit dem verirrten Ball ein beiläufiges Kunststück geglückt.

Obwohl ihm über die Jahre einige Mechanikerkunststücke gelungen waren, beiläufig kam keines zuwege. Der bei Dienstleistern beliebte Werkstattspruch von den Wundern, die etwas länger dauern, sei auf ihn gemünzt, hatte er einmal beim Bier behauptet. Die Hälfte des Satzes schaffe er mit links. Weniger die Wunder, wohl aber, dass es länger dauere. Protest kam, wie erhofft, prompt. Er solle nur ja nicht den Lahmarsch geben, vernahm er höchst angetan und fragte sich, ob ihm zu dem respektvollen Bescheid die passende Demutsmiene halbwegs gelungen sei.

Einen Daseinsschritt später, am Abend in der Finalarena, hätte er gar zu gern gewusst, ob seine Miene zu dem gelben Leibchen stimme, in das man ihn gekleidet hatte, einen Kittel, auf dem neben der Nummer 4 weniger drohend als anspruchsvoll *Ordner* stand. Versucht, den Unterschied zwischen einstiger und jetziger Autorität zu bedenken, empfahl er sich, zunächst ein Ordner seiner selbst zu sein.

Folglich ging er die Frage an, gegen welche Abwehrreihen welcher Mannschaft die jeweiligen Sturmläufe in seinem Rücken vorgetragen wurden und in welchem der Tore er welchen der ruhmbedeckten Torhüter zu denken habe. Die Lösung hatte er bald. Er musste sich nur an die roten und blauen Farben der Schals der Fans und an die Drehungen der Hälse darüber halten. Auch unterschied er mühelos zwischen aufmunternden oder angstvollen Gesten. Danach wollten lediglich die Gebärden vor seinen Augen mit den sportsmännischen Verlautbarungen hinter seinen Ohren synchronisiert sein.

Falls man etwas zur Platzwahl gesagt hatte, war es Jan G. entgangen, da auf jeden Ton aus den näheren Lautsprechern so beeilt Töne der ferneren folgten, dass in all der Hast kein Wort daraus entstand. Mochte sein, die Videokameras kannten keine toten Winkel, dafür machte in seinem Winkel ein überlebendiges Audiosystem von sich hören. Über den jobbedingten Entzug hinaus, infolgedessen er halb blicklos in der Sperrzone stand, trampelten die Töne einander in einer Weise nieder, die ihn alles vernehmen und nichts verstehen ließ.

Dem Instrukteur hätte die semiblinde und semitaube Verfassung Jan G.s als ideal gegolten. Als ahne ihm von dessen künftigen Orientierungsversuchen, hatte er gesagt, je weniger ein Ordner vom Verlauf des Matches wisse, desto wirksamer könne er Ordner sein. Wissbegier und Leidenschaft gälten für die zahlenden Leute auf der Galerie, nicht für bezahlte Leute der Securitas. Die sollten sorgen, dass kein Spieler in Mitleidenschaft gezogen werde. Ende des Auftrags, Ende des Vertrags. Nur logisch: Wer alle Aufmerksamkeit auf das Publikum wende, habe keine für die Spieler übrig. Nach den Regeln dürfe ihm keine verbleiben. Für die Sicherer des Finales gelte, was für das Finale gelte: Ganz oder gar nicht, alles oder nichts, entweder oder. Auf keinen Fall sowohl als auch.

Die Worte hatten nach Abschluss geklungen. Weshalb Jan G. sich ihrer doppelt entsann. Einmal, weil sie zum jetzigen Stand der Rasendinge nichts enthielten, und zum anderen, weil es beileibe keine letzten Worte gewesen waren. Im Ton von Bescheiden, die mit sich selbst im Einklang standen, breiteten sich weitere Ordres aus: Körperhaltungen verrieten Geisteshaltungen, daher werde von verschränkten Armen abgeraten. Nicht zufällig sei es auch sprachlich von Verschränktheit zu Beschränktheit nicht weit. Wie einerseits Türstehermentalität aus Gliedmaßen spreche, die vor dem Bauch verhäkelt seien, zwängen und zwängten sie andererseits den Körper in eine Zwangsjackenposition. Das Berufsbild oder Nebenberufsbild von Aufsichtsführenden jedoch vertrage sich weder mit Aggressivität noch Hilflosigkeit.

Von wachstem Aufdemsprungesein hingegen zeuge eine Haltung, bei der die Ordner-Hände einander knapp über dem Ende des Rückgrats locker umschlössen, während die Füße bei durchgedrückten Knien leicht abgeschrägt und leicht aufgesetzt auf dem Arenaboden ruhten. Er nenne es die *No-nonsense-* oder *Besser-nicht-mein-Bester*-Figur. Weil aber über das Figürliche das Gehirnliche bestimme, komme er auf Gefährdungen des Finales durch Gripsversagen zurück. Und wiederhole: Wer sich um das Spiel auf dem Felde kümmere, entziehe sich seiner Aufsichtspflicht.

Begrüble einer, von welchem der hinter ihm um den Ball rangelnden Grätschenmeister die so ganz besonderen Knurr- und Schnieflaute stammten, werde er unweigerlich seinen Auftrag als Hüter der vertikalen Zugangswege vernachlässigen. Auch wenn die Damen und Herren in schwingender Linie den Platz umspannten, seien sie keine Linienrichter. Das fehle noch, jemand aus ihren Reihen vermute und melde den Unparteiischen trotz seiner partiellen Blindheit und trotz seiner teilweisen Taubheit ein ebenso übles wie verdecktes Foul.

Nichts dergleichen habe man zu melden. Angesichts der Finale-Regeln müsse jedes Glied der Sicherheitskette im Sinnbild der dreifach entsagenden Tempelaffen sein Richtzeichen sehen, sagte der Instrukteur. Er machte zwei der äffischen Posen vor, indem er zuerst nur die Zeige- und Mittelfinger auf seine Ohren legte, um danach mit eingerollten Händen ein Teleskop vorm zweckvermählten Auge anzudeuten. – Der Ordner Jan G. sah und hörte nicht ohne keimende Zweifel zu. Fast war ihm, als bildeten sich in seinen flüssigen Teilen salzige Kristalle aus.

Der Instrukteur kramte für jeden Sinnesbereich ein Exempel aus seinem Zettelköpfchen. Wegen etwaiger Schweißschwaden möge keiner die Nase rümpfen. Dem Satelliten, mithin der Erdball-Fußballgemeinde, entgehe nichts. Ansonsten gelte *non olet* auch für die Gage. Wer an Zwischenrufzwang leide, solle nicht glauben, auch nur einer der Edlen werde mitten im Fluge von einer Schwalbe Abstand nehmen. Man verbrauche nur Ressourcen, auf die einzig die Arenabetreiber alle Rechte besäßen. Um einmal von Ästhetischem zu reden: Bubblegums müssten ausnahmslos entfallen. In Einklang mit den geltenden Beschlüssen zum Betragen der Spieler kämen auch für Ordner goldene Kettchen oder brillantenbesetztes Nasengeschmeide nicht in Betracht. Analoges gelte für Uhren der Rasenstars oder Rasenhüter. Abgesehen von der Verletzungsgefahr, mindere nichts stärker die Quote als ein Platzhüter im Global-TV, der unter dem Hemdsärmel nach seiner Rolex nestle. Ebenso wenig dürfe einem Verlangen, ab und an ins Tuch zu schnauben oder sich hie und da zu kratzen, nachgegeben werden. Gefesselt sei keiner, in Maßen zweckgebunden aber jeder.

Noch eines: Die geforderte Wachheit richte sich zwar ausschließlich auf die Besucherseiten der Arena, doch meine sie kaum die Besucher selbst. Obschon der Ordner das Publikum gleichsam abstrakt im Auge haben solle, dürfe sein Auge nicht konkret auf ihm ruhen. Nicht auf einzelnen Teilen und nicht auf besonders schönen Teilen. Schon gar nicht in einer Manier, die als Belästigung gelten könnte, welche trotz der befristeten Dauer der Verträge als Belästigung am Arbeitsplatz geahndet werden müsse. Wie es am Arbeitsmarkt geahndet werde, könne er nicht sagen.

Ein Letztes: Spielphasen seien denkbar, in denen es einen der Ordner nach Austausch mit seinen Nachbarordnern verlange. Möge ein jeder dieses Geistes Kind in der Wiege erdrosseln! Der Nebenmensch verstehe vor lauter Arenaklängen ohnehin kaum ein Wort, die Menschheit aber, millionenfach bildschirmverbunden, werde sich beunruhigt fragen, welches Rasen- oder Randgeschehnis die Nummer 5 oder 50 eben veranlasst habe, alarmiert die Zähne zu öffnen. Weshalb er, sagte der Instruktur, Nummer 5 oder 50 und Nummer 3 oder 30 sowie alle übrigen Nummern ersuche, in den nächsten zwei Stunden nichts als sie selbst und ohne alle Nebenfühlung zu sein.

Eine Instruktion, die Jan G. binnen kurzem mehr als beengte. Ob hinter ihm Alonso oder Alfonso traumhafte Flanken schlug, konnte der Ordner im Leibchen Nr. 4 nicht sagen. Ob Keeper Robinson gewagte Robinsonaden wagte oder Keeper Kalaschnikin bei Paraden glänzte, entzog sich ihm. Ob es Romulus oder Remus war, der die Abwehr mit Kernschüssen prüfte, blieb ihm verborgen. Ob Rot oder Blau auf grünem Rasen gelbe oder rote Karten sah oder, Skandal, hätte sehen müssen, sah er nicht. Zu den periodischen Entsetzensschreien des Publikums voraus, das auf alle Äffchenregeln ersichtlich und unüberhörbar pfiff, wurde er keiner Gründe achtern inne.

Sacht jedoch seiner Lage. Je länger Jan G. Hören und Sehen und Riechen und Sprechen und Vermuten und jegliche Nebenfühlung vermied, desto heftiger befiel ihn Eigenfühlung. Je inniger sein Bemühen, die Optik und Elektronik vor seiner Nase und den Instrukteur zu seinen Häupten zu vergessen, umso stärker trat ihm das Video mit ihm als schwachem Kettenglied vor die Augen. Vor seine kontraktgebundenen Augen, die beim Ordnungswesen im Gedinge standen. Mit jedem Versuch, ein Bild zu unterdrücken, das ihn als Nummer 4 im gelben Kittel zeigte, zoomte es näher heran. So zweckgerichtet, so säulenartig artig, würde seine gewesene Gemahlin vorm Fernseher sagen, habe sie ihn immer gewünscht. So beengt, so bemessen eingezirkelt, würde die Dame vom verhungerten Rasenstück sagen, habe sie ihn vor Zeiten erlebt. Während ihm derart Störerbegünstigendes durch den Kopf lief, baute sich in seinem Herzen ein Grundbeben auf. Passrechter konnte daher der Ball, der in einem buchstäblichen Augenblick seinen Sichtkreis tangierte, ehe er ihn in den Rücken traf, nicht kommen.

Als die Ordner Nr. 3 und Nr. 5, unterstützt von den Ordnern Nr. 2 und Nr. 6, flankiert von Nr. 1 und Nr. 7, den Störer Jan G. durch die finale Röhre schleiften, dämmerte ihm, was geschehen war. Er hatte ein Verlangen, das unbändig hieß, nicht länger Lügen gestraft und die Kugel ins Feld zurückgeschlagen. Ins Tor vielmehr. Es war, wusste er unter bedenklichem Lachen, ein halb vergurkter Flatterball, doch, sapperlot, er saß.

PATCHWORK

Mein Freund Hinnerk neigt zu konstruktivem Missfallen. Habe ich lange nichts geschrieben, schickt er Romananfänge, die mir auf die Sprünge helfen sollen. Der letzte ging so: »Sie wolle sich scheiden lassen, sagte die Frau zum Mann, sie halte es nicht länger aus. – Wenn es ihr um Geld zu tun sei, erwiderte er, das könne sie leichter haben, kramte den Revolver vom Schrank und schoss sich tot. – Schöne Bescherung, sagte die Frau; der Doppelsinn machte sie lachen.«

Gar nicht schlecht, doch weil es auf eine Ehekrise mit Rückblenden hinausgelaufen wäre – wer sind die Leute, und wie kommt der Revolver auf den Schrank? –, habe ich mir lieber etwas aus den Fingern gesogen. Einen Roman, über den Hinnerk dann befand, er sei handlungsarm und wortüberwuchert. Zwischen den Zeilen stand unübersehbar: Halte dich ans pulsende Leben, Mann! Um mir dabei beizustehen, schrieb er in sorgfältigem Sütterlin bei einem Gelehrten ab, was der unter Manierismus versteht. Es muss ihn Zeit gekostet haben, und kräftig unterstrichen hat er die Auskunft, beim M. gehe übermäßige Handlungsarmut mit unnötigem Formenreichtum einher.

Da Hinnerk den Reichtum wie die Armut beheben und mich vom Formalismus befreien wollte, versah er mich schon am nächsten Posttag mit Handlung übergenug. Mit Papier, das aus Briefen, Anträgen, Bescheiden, Klageschriften, Urteilen und anonymen Schmähzetteln bestand. An die vier Pfund Originale und Kopien in einem übergroßen schockgelben Umschlag. Kein Gedanke, ich hätte die Gabe gleich nach ihrem Eingang mehr als flüchtig studieren können.

Weil das erklärt sein will, sage ich kurz, was geschehen ist: Am Abend des Tages, an dem Hinnerks Urkundenpaket eintraf, musste ich zu einer Lesung, die ich am liebsten abgesagt hätte. Aus einem Grund, der schlicht Gicht heißt, aber Teufelei genannt werden sollte. Die Scheußlichkeit hatte mich seit Jahren halbwegs in Ruhe gelassen, doch fiel sie in der Nacht vorm lang vereinbarten Auftritt in Z. über mich her.

So spät kündigst du nicht; es sei denn, du hättest die Bücherfreunde, die sich deinetwegen versammeln wollten, beizeiten gewarnt: Bleibt zu Hause, Leute, ich muss es auch; erspart es euch, statt eines alten Kerls einen siechen Greis ans Pult kriechen zu sehen, und erspart es mir, euch gichtschubhalber mitten im frisch ausgedachten deutschen Satz etwas vorkreischen zu müssen! – Nur ging das nun nicht mehr.

Spätestens wenn du dich fluchend ins Auto gezwängt hast, weißt du, das Fahrzeuglenken erfolgt vorzüglich unter Einsatz der Zehengelenke. Und bald merkst du, dies ist eine bewusstseinsweckende Plage. Was längst ins Unbewusste ausgelagert war, will jetzt energisch aufgerufen und gegen Widerstand aus widerlichstem Schmerz durchgesetzt sein. Soll sich die Karre rühren, musst du die Knochen rühren. Jaule nur, wenn es gilt, mit dem einen Fuß zu kuppeln; brülle und heule, wenn der andere vom Gas auf die Bremse muss, aber enthalte dich jeder Verkehrsgefährdung und bleibe am Lenkrad Herr deiner Wege.

Weil die Art vorsätzlichen Fahrens, die sich aus dem

Regiment der Knochenpest ergibt, selbst des geübten Wagenlenkers Tüchtigkeit einschränkt, verließ ich den Nord-Süd-Fernweg zugunsten der übrigen Verkehrsteilnehmer, zugunsten meiner meiner harrenden Leser und nicht zuletzt zu meinen Gunsten. Doch brachte das einen Wechsel vom glatten Europfad auf eine Straße bestenfalls zweiter Ordnung mit sich, deren Kuhlen und Hümpel man vor geraumer Zeit mit einer haushälterisch bemessenen Menge Bitumen überzogen hatte. Weshalb mir war, als befinde sich jedes der Räder in jedem Moment seines Vorwärtsrollens nicht nur im rasanten Ausgreifen, sondern zugleich in rasend wechselnder Disposition zu den anderen. Mal in einem Loch, mal auf einem Hügel, mal auf einer Falte, mal in einem Riss, mal tiefer als die Miträder, mal höher als sie, mal im Quadriga-Verbund mit allen, mal ganz allein, immer aber nur für einen flüchtigen Augenblick in der jeweiligen Position.

Wenn ich auch selten bedaure, am Computer kein Algorithmen-Komponist zu sein, auf dem Teilstück der kippeligen Nebenstrecke zum Vortragsort bedauerte ich es sehr. Denn als solcher hätte ich den Konstellationswechsel im Fahrwerk meines hüpfenden Wägelchens nicht mit verwaschenen Worten wie *flüchtiger Augenblick* beschreiben müssen, sondern ihn in eine Rechnerformel zwingen können, in der neben der Reisegeschwindigkeit auch Reifendruck, Federkraft, Gesamtgewicht, Fahrzeugtyp und Gegenwind untergekommen wären

Und wozu das? Etwa um im Dienst der Mobilwesenforschung die Frequenz des schwingenden Schütterns zu erfassen, mit dem wegen der Wegbeschaffenheit rechnen muss, wer, weil er öffentlich ein Lied von sich singen will, von P. nach Z. auf Reise geht? Weit gefehlt. Ich wollte nur auf Ablenkung von der Pein hinaus, die mir besonders dann durchs Bein fuhr, wenn ich das eine oder andere Pedal zu treten hatte.

Ungern, weil ich der Kasse nicht als kostendämmendes Beispiel dienen möchte, sei es gesagt: Ob großes Weh oder kleines Wehweh, ich halte sie wie auch den Pilleneinsatz gegen sie im Zaum, wenn ich mir Schwieriges zu denken gebe. Gegen das chorische Jauchzen *Die Gedanken sind frei!* weiß ich Dämpfendes, aber gegen die Jaulensnot, die mit starken Beschädigungen einhergeht, komme ich mit Gedanken an. Keineswegs immer und nie mit Allerweltsproblemen. Doch bei Daseinsrätseln, die mich in Anspruch nehmen, verfängt es.

Ein Programm zum Beispiel, ein Computerprogramm zu ertüfteln, aus dem sich der fahrbahnabhängige Ratterfaktor auf der Verbindung von P. nach Z. ergäbe, hätte bestimmt vom schrillen Reiz im Fuß abgelenkt. Doch war es, wie gesagt, mit mir als Formelartist weniger weit her, als es von P. in Mecklenburg nach Z. in Brandenburg ist. Weshalb ich mir, um mich gegen das Reißen abzuschotten, ein vertrauteres geistiges Pflaster suchte. Eines, auf dem weniger die boolesche Algebra als vielmehr das Alphabet regiert. Eins, auf dem als gut gilt, wer in der Lage ist, nicht nur das passende Wort zu finden, sondern auch, wenn es die Lage will, ein passenderes zu erfinden.

Will die Lage oder Erzählung das aber nicht und stellt sich dem wortreichen Satz keine kurvenreiche Aktion an die Seite, neigen Leser dazu, von kringeligem Unrealismus zu sprechen. Oder zu deinem Frommen strenge Artikel aus gestrengen Werken abzuschreiben. Manchmal in Sütterlinschrift und mit Wendungen, die dir tief ins Ohr dringen und schmerzen, als zöge dir einer dieses lang.

Was zwar, verglichen mit dem Gliederreißen, eine sanfte Berührung ist, den An-deinem-Ohr-Zieher jedoch veranlasst, jedenfalls, wenn er Hinnerk heißt und zu konstruktivem Missfallen neigt, ein Bündel handlungshaltiger Papiere auf die Post zu geben.

Davon, dass seine Sendung mich in einem Augenblick erreichen würde, in dem ich stöhnend den Aufbruch nach Z. und den Ausbruch der Gicht durchlebte, hat er so wenig ahnen können wie von der Rolle scharfer Probleme beim Ankampf gegen schartigen Schmerz. Er wollte meinen Kopf von Unnötigem befreien und mit Nötigem bestücken, und ich habe, indem ich belachte, was er schrieb, meine Zehen gehindert, allmächtige Kommandeure über mich zu sein. Weshalb ich sein Paket ein CARE-Paket nenne, geschnürt von einem bedachten Freund für einen unbedachten Freund.

Wie er an die Papiere gekommen war, ließ er nicht wissen, aber eine ellenlange Einführung von seiner Zeichnerhand enthob mich der Aufgabe, den Packen Stück für Stück durchzugehen. Ich hätte es, stand im Begleitbrief, mit dem Stoff für einen Gegenwartsroman zu tun, der meiner Schreiberhand harre und sich an die beiliegenden Hauptgeschehnisse, alle verbürgt und beglaubigt, nur die Namen geändert, halten könne.

Im Herbst 1990 erwarb der Buchprüfer Jason Passwang aus Itzehoe in Holstein am Dorfrand von Bleicken in Nordwestmecklenburg ein Grundstück und wurde binnen weniger Jahre zur Landplage. Kurz nach seiner Ankunft kündigte er einen Vortrag an, den er, Eintritt frei, unter dem Titel *Einheit ja – Einfalt nein!* in der Gaststätte »Ünner de Eeken« halten wollte. Er versprach, kritisch auf die im Grundgesetz behandelte Dreifaltigkeit

Eigentum, Erbrecht und Enteignung einzugehen. Weshalb er über einen Mangel an Zulauf nicht klagen konnte. Dem Publikum gefiel es, in bildhafter Sprache von Gefahren und Möglichkeiten zu erfahren, und redlich kam ihm vor, dass der Zugereiste sich nicht als Kundenwerber versuchte. Im Maße, wie der neue Nachbar Lehrbeispiele jener Lebensart benannte, die auch ihre werden sollte, erkannten sie einen nützlichen Nachbarn in ihm.

Die Würde des Menschen selbstredend voran, hat Jason Passwang gesagt, und ich habe es aus Hinnerks Verkürzungen in faktensatte Langschrift übertragen, die Würde voran, sei der Eigentumsparagraph die Herzkammer der Verfassung. Wer diesen Passus verstehe, verstehe die Welt. Und bestehe sie. Allerdings könne kein Deibel die Passage *Eigentum verpflichtet. Sein Gebrauch soll zugleich dem Wohle der Allgemeinheit dienen* so ganz erfassen. Zwar lägen gelehrte Kommentare und musterstiftende Urteile vor, aber wenn das deutsche Volk aus dem schlau werden wollte, was es sich laut Präambel selber aufgegeben hatte, renne es zum Notar.

Oder befinde sich im Tanzsaal von »Ünner de Eeken« jemand, der auf Anhieb sagen könne, was die GG-Bestimmung vierzehnzwo für das anfassbare Leben bedeute und was ein Bürger tun müsse, um beim Gebrauch seines Eigentums zugleich dem Wohle der Allgemeinheit zu dienen? In diesem Falle bitte er, Jason Passwang, Bleicken-Ausbau, Telefon wie auf dem Aushang, um einen Kontaktanruf. So viel jetzt schon: Auch er wisse nicht gerichtsfest zu sagen, wann der Gebrauch einer neuen Hose zugleich dem Wohl der Allgemeinheit diene. Als Buchprüfer wisse er dafür genau, wie genau im Rechtsstaat das Leben belegt sein wolle. – Die Bewohner von

Bleicken und die Besucher des Dorfkrugs »Ünner de Eeken« kamen an diesem Abend voll auf ihre Kosten, und ihr neuer Nachbar konnte nach vielen Tagen, an denen sein guter Rat in Haushaltsfragen weniger teuer als preiswert war, Ähnliches sagen. Seine beiläufig angefallene Rufnummer wurde wie seine keineswegs beiläufige Kenntnis des Rechnungs- und Quittungswesens von den Bleickenern zunehmend genutzt.

Sie belachten es, wenn er seine wohlfeilen Dienste mit dem Spruch begleitete, er habe nichts gegen die freiheitliche demokratische Grundordnung anstelle des Führerprinzips, meine aber, eine ordentliche Buchführung könne ihr nicht schaden. Genau bedacht, so schrieb mir Hinnerk, habe Passwangs Verfassungsschlenker den Alteingesessenen nicht nur die Schläue des Zugewanderten gezeigt, sondern auch belegt – indem sie seinen Zungenschlag unverdeckt belachten –, dass die freiheitliche demokratische Grundordnung von der Großgemeinde Bleicken angenommen worden sei.

Obwohl ich bei Frivolitäten, in denen das Führerprinzip vorkommt, zu Engherzigkeit neige, bedachte ich den Eindruck nicht weiter, dieser Jason könne von halbschräg ins Bild gewandert sein, war aber nicht überrascht, als mein Unbehagen durch Hinnerks Rapport bekräftigt wurde. So wohltuend des Buchprüfers berufliches Handeln gewesen sei, hieß es dort, so verwirrend hätten seine Redensarten gewirkt. Wobei niemand des Mannes Verdienste bestreite.

Seine Neigung zu nationalen Obertönen hinderte ihn nicht, einem Ex-Volksarmeekoch, der auf Tattoo & Piercing umgesattelt war, die Berufsbezeichnung *Durchstecher* auszureden. Anderen, die vorm Umsatteln schwankten, hatte er gesagt, auch wenn es nach der Losung *Überholen ohne einzuholen* oder der Parole *An den eigenen Haaren aus dem Sumpf!* klinge, stimme der Slogan *Joblos, aber nicht hoffnungslos* doch. Nur Selbstständigkeit führe aus Abhängigkeit. *Unternehmen von unten!* oder *Auftrieb von den Graswurzeln her!* laute sein Konzept, das er durch Sichten und Lichten von Firmengründerpapieren zu Leben bringen wolle. Doch müsse früh darüber hinaus gedacht werden.

Er wisse, dass der durch Ordnung erreichte Überblick eines Tages Eigentum erbringe; wisse aber ebenso, dieses wolle behütet sein. Gut gesagt, doch wie getan in der freiheitlichen Demokratie, die das Gewaltmonopol des Staates einbegreife? Mit Zähnen und Klauen? Mit Zähnen und Klauen wohl, aber nur mit denen? Das schrecke keinen Stehldieb ab.

Anders als der Amerikaner, leider, dürfe der Germane keine Waffen führen. Allenfalls in der Schützengilde. Im eingetragenen Verein. Im Bumerang-Verein zum Beispiel oder im Armbrust-Verband. Wie denn, was denn, in Nordwestmecklenburg gebe es – oh, immer diese vierzig Jahre! – nichts dergleichen? Schlimm, doch könne man das ändern, man werde sehen. Gut, beim Bumerang gebe es Probleme; der sei ein befremdliches Instrument, entlegen wie die Territorien seiner Ursprünge, Australien, Afrika, Amerika. Zu weit für Reisen zu Paten- und Partnerverbänden, extrem kostenungünstig.

Ganz anders die Armbrust. Mit ihr komme die abstechernahe Schweiz ins Bild, das Wilhelm-Tell-Land gleich nebenan. Nach einem Blick über den Tellerrand sei es mit einem Sprung über diesen erreichbar. Über den TELLerrand sozusagen. Und so zu schreiben. Wenn er an ihren künstlerischen Einsatz bei Schiller denke, gelüste es ihn, die Armbrust nicht nur eine intelligente Waffe zu nennen, sondern auch das Wort *intelligent* mit einem herausgehobenen *TELL* zu versehen.

Korinthenkacker – er habe einige beste Freunde am Golf von Korinth und verwende den Begriff nicht fremdenfeindlich –, Korinthenkacker könnten aus dem Tell-Wort, der Starke sei am mächtigsten allein, eine Neigung des Dichters zum Führerprinzip ableiten wollen, aber das beiseite. Er sei so wenig Dramenkritiker wie Korinthenkacker, allerdings sei er Letzteres sehr wohl, wenn es in den von ihm betreuten Haushalten ums Haushalten gehe. Um Einnahmen, Ausgaben, Gewinn, Verlust, Erwerb und Beleg. O ja, auch bei geringsten Zettelchen, aus deren Ordnung früher oder später Geldeswert springe, sei er ein wenn nicht Korinthen-, so doch Krümelkacker. Dem Kleineigentum verpflichtet, diene er, indem er es prüfend mehre und mit Rat in Steuersachen nicht geize, zugleich dem Gemeinwohl.

Über Krümel und Häuflein denke er hinaus und habe sie als Haufen im Auge. Als angehäuftes Gut, das freilich andere alsbald begehrten. Das wohne dem Menschen inne. Weshalb Besitz geschützt sein wolle. Nicht mit Pulver und Blei, vielmehr durch Ideelles. Durch Ansehen und Geltung, durch einen ideellen Harnisch, der auch Image heiße. Jeder seines Glückes Schmied, das sage sich leicht, aber jeder ein Maler seines Bildes, das liege auf der Hand. Reputation sei ein per Eigenleistung erschaffbares Gut. Im hier verhandelten Falle durch die Gründung eines eingetragenen Armbrustschützen-Verbandes. Eines Vereins, dessen Wirken das Werden der Werte in Bleicken begleiten werde, bis die Gemeinde und ihre Bürger mit dem Ruf eiserner Unangreifbarkeit ummantelt seien. – Keine Sorge, es gelte nicht, sie nach dem Bilde Wilhelm Tells zu modeln und armbrustbewehrt auf Posten zu schicken, es gehe einzig um ihren Ruf, im Besitz von feindabweisenden Fertigkeiten zu sein, die sie beim Sehnenziehen und Zielerfassen erworben hätten.

Liebe Leser – ob Sie nun in Z. wohnen, wo ich am Ende der aufrüttelnden Fahrt in den Vorleseraum hinkte, oder in Orten zu Hause sind, die an Straßen erster Ordnung liegen –, liebe Leser, ehe Sie mich fragen, ob der Roman schon in Arbeit sei, für den ich von Hinnerk ausgerüstet wurde, und ehe ich von dessen Vorwort zu den Notizen übergehe, mit denen er das Wirken des Jason Passwang im zweiten Teil seiner Botschaft angedeutet hat, muss das Folgende mir vom Herzen:

Wie viel auch gegen den Bogenspanner aus Itzehoe sprechen mag, eines sei ihm gutgeschrieben: Die Einleitung in mäkelndem Sütterlin, mit der Freund Hinnerk mir aus der manieristischen Patsche helfen wollte, und sein Bericht vom Sichter und Stifter Jason Passwang sind mir gut bekommen. Ich spreche von meiner Lese-Anreise, die bei rabiatestem Zipperlein über Stock und Steine ging und bei der mir über die unablässige Gicht hinaus eine Gischt aus Splitt ab und an unflätige Flüche abpresste. Des Freundes Vorspann und mein erinnerndes Bemühen um den Text waren fordernd genug, den Schmerz und die Wut nennenswert einzudämmen. So sehr ich auch globale Entspannungen begrüße, diese lokale hätte ich in höchsten Spaliertönen bejubeln mögen.

Da es vor allem um den Buchprüfer und nicht um mich geht, will ich mein Treffen mit den märkischen Lesern zurückhaltend bewerten. Ganz ohne das geht es nicht, weil mich die freundliche Aufnahme auf dem Heimweg zu einem unerfreulichen Verdacht bewegen wollte, der mit einer überaus erfreulichen Wahrnehmung einherging: Kurz nach der am Abend verkehrsarmen Umfahrung von Oranienburg war mir, als ziehe sich das Wüten im Bein merklich zurück.

Der Schein trog nicht. Dort, wo der Zubringer wieder auf die Bundesstraße trifft, war das Übel verschwunden. Ein Wunder, das ich still hätte annehmen sollen, doch gab ich mich mit dem Ende des Leids als Lied ohne Worte nicht zufrieden. Klartext musste her: Wenn von dem wilden Ungemach nur mildes Unbehagen geblieben war, weil ich den Grund vom Kommen und Gehen der Gicht nicht wusste, musste der Wechsel meiner Empfindungen mit der Lesung zusammenhängen. Wo nicht mit dem Text, dann mit seiner Aufnahme. Also doch mit dem Text.

Falls es so war, lag keine Wunderheilung, sondern Selbstheilung vor. Oder sollte man ganz andrerseits von eingebildeter Krankheit sprechen? Bildete ich mir die Attacke nur ein, und bildete ich mir jetzt ihren Rückzug ein? Gesundete ich, weil ich in Z. ein Bad in der Menge nahm? Müsste ich entweder als eingebildeter Kranker gelten, wie er bei Molière beschrieben steht, oder als krankhaft eingebildet? – Hatte am Ende gar die Berg- und-Tal-Fahrt mir die Misere aus den Gliedern getrieben? Ein knochenschütternder Beelzebub den markerschütternden Teufel?

Jetzt, wenn Hinnerk da gewesen wäre! Der wusste Antwort auf solche Fragen. Der kannte sich als Künstler mit Teufeln und Beelzebuben aus. Wie als werktätiger Mensch mit eingebildeten Kranken und eingebildeten

Schreibern. Und als Zeichner von Graden mit eingebildeten Zeichnern. Dem ginge zu erzieherischen Zwecken ein Verweis auf den *Eingebildeten Kranken* von Molière flott von der Zunge. Überdies konnte er Wörter wie *Malade imaginaire* oder *Manierismus* in Sütterlin schreiben. – Aber weit und breit nur dunkle Havelwiesen. Ich musste mir gegen den Verdacht, entweder ein beifallsüchtiger Narziss oder ein bühnenreifer Scheinkranker zu sein, allein beistehen. Wobei der würzige Ruch von frisch Gemähtem, der mit dem Havelwind in den Wagen drang, mir stichwortgebend zu Hilfe kam.

Wat good is för de Küll, is ook good för de Hit, sagte mein Großvater, wenn er beim Heuen die Strickweste anbehielt. Und ich sagte mir: Was gegen die Pein taugte, mag auch gegen Peinlichkeiten taugen. Gegen den Glauben etwa, das Knochenreißen sei ein Phantom gewesen, das sich unterm Beifall von Z. verzog. Oder gegen die anders famose Idee, der Knüppeldamm habe die beißenden Knoten aus meinem Gebein geprügelt. Dennoch: Was gut gegen den Anfall war, könnte auch gut gegen die Annahme sein, mir habe von der Plage nur geträumt und unterm Applaus im Märkischen sei ich zu mir gekommen. Sei einem Wahn entkommen. – Weshalb ich hinterm Lenkrad noch einmal Hinnerks Notizen in meinem Kopfe dingfest machte, Wort für Wort. Ein Aufwand, bei dem ich darauf achtete, dass mir für einen unfallfreien Heimweg an sächsischen Radlern und mecklenburgischen Rehen vorbei genug Obacht-Reserven verblieben.

Nach Hinnerks Darstellung hat Jason Passwang, kaum war der Armbrust-Verein auf gutem Weg, weiterem Retro das Wort geredet. Ein zündendes insofern, als er die Rückwärtsbewegung als Fortschritt zu den Bleickenern brachte. Wenn es auch, hat er gesagt, pekuniär genommen nicht jedermann leichtfalle, beim Gebrauch von Eigentum zugleich ans Gemeinwohl zu denken, halte er sehr wohl eine technische Zurücknahme für überfällig, die zugleich dem allgemeinen wie dem persönlichen Fortbestand dienen könne.

Nein, er komme nicht mit der ollen Kamelle vom Abschaffen des elektrischen Autoanlassers daher. Weit gefehlt. Oder nicht so weit, im Prinzip gehe es um das Gleiche. Die Theorie suche nur einen Weg in die Praxis. Deren Fragen lauteten: Dem Klima zuliebe zurück zur Anlasserkurbel? Nein, nein! Man denke nur an die Unzahl zerschlagener Handgelenke und Schienbeine. Dann aber vielleicht zurück zur alten Fensterkurbel? Aber ja, warum denn nicht? Wisse jemand von jemandem, der Frischluft haben wollte und gebrochene Finger bekam?

Es gebe Zusammenhänge zwischen dem Einbau elektromechanischer Hilfen im Verkehrsbereich und einem körpermotorischen Abbau im persönlichen Verkehrsbereich. Das Entfallen der Scheibenkurbel als Folge elektrischer Scheibenheber habe ein Nachlassen im Mensch-Menschlichen zur Folge gehabt. Wirbelsäule, Zirbeldrüse, Schwurbelsäure, dergleichen. Weshalb eine Wiederbelebung durch Wiedereinführung der Handkurbel anzuraten sei.

Das Geschehensfeld, um das es hier gehe, so hat Passwang zur Verdeutlichung gesagt, und Hinnerk hat es für mich aufgeschrieben, weshalb ich es neben der Gicht, dem Getier und dem Gegenverkehr bedenken konnte, sei jene Vergnüglichkeit, deren Gebrauch zugleich dem Einzelnen wie seit eh der Allgemeinheit diene. Oder allen zugleich? Oder allen zu gleichen Teilen? Oder zur gleichen Zeit? Oder gleichzeitig? Oder was nur gleich?

Daran, dass einfache Wörter wie *Eigentum* und *Allgemeinheit* sowie die Wörtchen *gleich* und *zugleich* mir zu schaffen machten, als ich sie auf der Fahrt zurück von Z. nach P. aus Hinnerks Brief aufrufen wollte, merkte ich, es wurde Zeit, in meine Höhle zu kommen. Das Reißen, das Reisen, das Vorlesen, das Verbeugen, alles mehr oder minder zugleich, war etwas viel gewesen. Weshalb ich, des Schmerzes ganz, der Bedenken fast ledig, das Automobil ungezügelt den Rest des Weges laufen ließ.

In der Hütte endlich, müde und mürbe zwar, aber gichtfrei und froh, verzehrte ich Brot, Wurst und Bier und warf, bevor ich in die Federn kroch, noch einige tagbeschließende Blicke auf die Passwang-Papers. Wenige und doch zu viele. Wie anders erklärt sich, dass ich nicht wachen und nicht schlafen konnte und wenn nicht an Albträume, so doch in Halbträume geriet? An Gedanken und Gesichte, die sagten, was ich längst wusste: Jason Passwang hat den nordwestlichen Osten mit Ideen überzogen, und Hinnerk hat mir Zettel im Postsack geschickt, auf denen stets dasselbe stand: J. P. aus Itzehoe war kein Profiteur, sondern nur ein überschrägter Helfer. Willkommen dort, wo allzu viel Abschied galt. Von Nutzen in Kontensachen, weniger beim Rest. Doch streitbar gerade beim Rest. Ein Retter der Art, die dir beim Dich-aus-dem-Wasser-Ziehen die Gräten bricht und an dir zerrt, wo du doch nur baden wolltest. Einer, der um des lieben Friedens willen immer Streit anfängt. Ein Heidentäufer, der sich an dir, willst du Heide bleiben, als Heidensäufer versucht. Was nicht dich persönlich meint, sondern die falsche Idee in dir. Zu deinem Heil ist er gekommen; begreifst du das nicht?

Anfangs begriff Bleicken und schrie auf die Frage, wo

das Volk sei, *hier!* Und auf die Frage, wer das Volk sei, *wir!* Getreu der alten Lehre, schaffte es zum neuen Sein ein neues Bewusstsein an. Riss sich am Zopf, verwahrte zu jedem Atemzug den Beleg, träumte Zettel um Zettel den Zettel-Traum und tauschte Nischen gegen Vereine. Mancher Rat kam ihm ein wenig schrullig vor, langsam der Ratgeber auch. Ein Wort gab das andere, leise Sätze führten zu lauteren. Gehaltvollen Fragen folgten ungehaltene Antworten. Beschwerden wurden geschrieben, Klagen vorgebracht; Rechtsstreit begann, Glaubenskriege brachen aus.

Davor hat es Freund Hinnerk zufolge infolge Jason Passwangs rastlosen, aber nicht lautlosen Wirkens in Bleicken eine Armbrust-Bewegung gegeben sowie eine grüne Plattform, die auf die Zurücknahme des elektrischen Scheibenhebers zugunsten körperkraftgetriebener Scheibendreher drang. Der Vorstoß scheiterte, weil die Linke gegen den von ihr als *Doktor-Faustus-Kurbel* verhöhnten Handgriff stimmte. – Kann aber sein, von dieser Replik hat mir nur geträumt.

Nicht erfunden sind andere Ideen, die zusammen mit Jason Passwang in Bleicken einzogen und dort umgesetzt wurden. So die mobile Hyde-Park-Corner-Kanzel, ein Redner-Untersatz, der ursprünglich ein *Trabant* war, den sein Vorbesitzer gefühlte vierzig Jahre gefahren und gewartet hatte. Die Begründung, mit welcher der Bürger aus Itzehoe um Zulassung seines Plattform-Fuhrwerks einkam, lautete: *Was im englischen Park recht ist, kann im deutschen Hain nur billig sein!*

Die Behörde genehmigte, der TÜV gutachtete; fortan fuhr Jason Passwang, die Ämter-Bescheide unter Folie auf dem Armaturenbrett, eine Mini-Armbrust des

TELL-Vereins daneben, von Gemeinde zu Gemeinde und ließ Nordwestmecklenburg von seinen neuesten Seifenkisten-Ansichten hören. Was zu Klagen aus dem Ideen-Center »Ünner de Eeken« führte, die von entgangenem Umsatz handelten und zusammen mit den Antworten des Buchprüfers einen ersten Block jener Zeitzeugnisse bildeten, deren flüchtige Kenntnis ich Hinnerk verdankte.

Keineswegs flüchtig, wenn auch halbtraumweise nahm ich nach der Gicht-und-Lesereise an Passwangs Aktionen aus anderen Stoffen teil. An Einfallsfetzen, Ideenmustern, Handlungsproben, die ich mit eigenem Garn zum Jason-Patchwork vernähte. Das Protest-Podest, wie die Rolltribüne ihrem Besitzer hieß, setzte er auf Marktplätzen und Dorfangern ein und spitzte die Gerüchte vom Ende eines Kultkinos sowie das Gerede des Finanzministers, der dem Land goldene Berge versprach, wenn es in jeder Stadt eine Spielbank gäbe, zur Rednerfrage *Statt ins Kino ins Casino?* zu. Nicht ohne dem Amtsträger zu raten, Croupier im Game Point »Ünner de Eeken« zu werden. Oder zum Kultus zu wechseln und die Leibesübung *Pole Dance* als Ausdruckstanz der Leitkultur zuzuschlagen.

Auch wenn es nur geträumt sein könnte, meine ich, in Hinnerks Bündel eine Abmahnung des Ministers gesehen zu haben. Ob aber Gespinst oder nicht, die Aussicht auf weitere Wirren ließ mich am Morgen handeln: Ich versah des Freundes Unterlagen mit einem Zettel, auf dem ich ihm schrieb, der welthaltige Stoff verdiene einen anderen Autor. Am ehesten tauge ein junges freches starkes Weib für ihn.

Dann tat ich Gelesenes wie Ungelesenes zurück ins

übergroße übergelbe Kuvert, verklebte es neu, bestieg mein Auto, fuhr zur Post und beriet mit mir, ob ich dem Landrat des Kreises, zu dem der Vorleseort Z. gehört, von der Wirkung des Weges über sein Land berichten und ihm raten solle, per Rückbau weitere Anti-Gicht-Pfade einzurichten und als mautschlitzbestückte Los-von-der-Gicht-Alleen auszuschildern, deren Gebrauch zugleich dem eigenen wie dem kommunalen Wohl dienen könne.

Angesichts des Päckchens von Hinnerk, das alarmgelb vor Passwangs Ideenzwang warnte, beschloss ich, dem Rat an den Amtmann die Frage an einen Medizinmann vorzuspannen, ob Gichtzustände im Ernst durch Wegzustände behebbar, sprich: durch Schotter-Schocks therapierbar seien. – Klar war mir schon jetzt, ich könnte nicht jedem Arzt damit kommen, ohne ihn eine delikate Überweisung erwägen zu lassen.

Kam hinzu, dass ich nur wenige geeignete Doktoren kannte. Jedenfalls keinen in der Nähe. Fernmündlich wäre, was ohnehin unmöglich schien, schon gar nicht möglich. Höchstens bei meinem Hausarzt. Nur hatte der Urlaub, und seinen Vertreter wollte ich ihn ungern bei mir vertreten lassen. – Blieb einer aus dem Nachbarort, der mich einmal aushilfsweise behandelt hatte. Er entfiel jedoch aufgrund seines damaligen Gehabes. Und auch weil ich ihn nicht gut nach Jahren fragen konnte, ob Motocross gegen Zipperlein verfange. Vor allem aber störte mich, es sei wiederholt, sein Gehabe.

An diesem Erzählpunkt, so würde Hinnerk einzuwenden wissen, hätte der Auftritt des Doktors in meiner Geschichte längst vorbereitet sein müssen. Wohl wahr, doch muss ein unvermittelter Nachtrag genügen: Im

Sommer vor Jahren stand ein mir unbekannter nasser und fast nackter Mann vor meiner rückwärtigen Tür und hielt einen jungen Hund vor seinem Bauch, als apportiere er mir das Tier. Ein eigenartiges Schniefen ging von beiden aus: von welchem genau, hätte ich nicht sagen können. Ob ich die Gartenpforte öffnen und sie vom Grundstück lassen könne, fragte der Herr. Sein Hundchen, das Banjo hieß, sei ihm davongeschwommen, als er aus der Badehose in die Hose wechseln wollte. Erschöpft erst habe es sich von ihm an Land hieven lassen. Übers Wasser zurück zur Badestelle ginge es nicht; nur lägen dort ihre Sachen wie Papiere. Er werde Banjo durchs Dorf tragen müssen, doch sei mein Tor davor. – Also zur Straße, wo ich dem Herrn und dem Hund die Pforte öffnete und alles Gute wünschte. Was geboten schien, da der Unglücksmensch nicht nur fast nackt, sondern, wie sein blanker Hintern zeigte, von Kopf bis Fuß bloß und nur zum Teil mit einem Junghund vom Stamme der Golden Retriever bedeckt war.

Wir Südostmecklenburger sind zwar, vielleicht wegen der Nähe zu Brandenburg, beweglicher als die Leute im Nordwesten, doch ob man einen unbekleideten Fremden, der einen strohgelben Köter vorm vorderen Unterleib durchs Dorf trug, wortlos passieren ließe, wusste ich nicht, Umso gewisser war, brächte ich die quasi Schiffbrüchigen im Auto zum Badepfad, würde es nach ihrem Abgang zu Austausch über meinen Umgang führen.

Was den beiden widerfahren ist, erfuhr ich nicht; ich hörte weniger davon als von Passwangs Abgang. Dank Hinnerk wusste ich, der fand nach einem *Tuttifrutti-Event* genannten Liederabend statt, den der Buchprüfer am Mikrofon seines Hyde-Park-Trabis gab. Der unermüdliche Kehrreim *Liebe die Tutti und kose die Frutti!* soll Bleicken veranlasst haben, den Künstler nach Itzehoe zurückzugeben. Was einem gesalbten Altprediger Anlass gab, Parallelen zwischen dem Gleichnis vom verlorenen Sohn, der Geschichte des Jason und der eines anderen ungelittenen Sängers zu ziehen. – Parallelen, sagte die Sprecherin der Linken dazu und meinte wahrscheinlich die Unendlichkeit, schnitten sich nur im ewigen Leben.

Genug des Nachtrags und zurück zu mir, wie ich vor der Post überlegte, welchen Arzt ich in Sachen Gicht konsultieren könnte, ehe ich den Landrat in Sachen Kur informierte. Oder doch noch ein Wort zu dem Mediziner aus dem Nachbarort: Unwichtig, warum ich damals gerade zu ihm gefahren war; wichtig nur, dass ich es nicht wiederholte. Oder was würden Sie, lieber Leser, tun, wenn einer, den Sie einmal mit nichts als nassem Hund bekleidet sahen, so täte, als hätte er Sie nie gesehen?

Für mich war er in seinem weißen Tarnzeug und ohne Golden Retriever zunächst nur ein unbekannter Arzt, bei dem ich Hilfe suchte. Am Schniefen jedoch, das mithin bei unserer Erstbegegnung seines und keines seines Hundes gewesen war, erkannte ich ihn. Ich bekam mein Rezept, sagte Dank, hinkte davon, hatte einige Mühe, zu seinem Schweigen nicht den Kopf zu schütteln, sagte mir aber, vielleicht hatten ja Herr und Hund einander gelobt, von der nassen Sache im Dorfe P. für immer die Schnauze zu halten.

Nun aber die Post erledigt! Zwar habe ich keinen Brief an den Landrat spediert, bin jedoch Hinnerks Bündel losgeworden. Problemlos, da in der Agentur gleich drei Agentinnen Dienst taten. Meine, zu der ich nach kurzem Aufenthalt an der Diskretionslinie gelangte, gab mir freundliche Blicke, musterte anerkennend den wohlverklebten hochgelben Packen, wog die Sendung, zog das Porto ein, händigte mir die Quittung aus und sagte *Tschüß!* mit einem langen ü und mit Eszet.

Ledig der Last, bestieg ich mein Fahrzeug, doch war ich nicht aller Sorgen ledig. Hatte sich am Tag zuvor nach ruckelndem Weg die Gicht verzogen, sprangen mich jetzt auf halbem Wege Bedenken an. War es richtig gewesen, das Gepackte in der gleichen Verfassung auf den Postweg zu geben, in der es zu mir gekommen war? Hochgelb und in Pfunden schwer. Infolge des Tausches meines Brieflins gegen Hinnerks ausholenden Begleitbrief zwar etwas leichter, aber durch meine Kenntnis seines Inhalts von doppeltem Gewicht. Ich riet mir zu ruhig Blut: War die Sendung angelangt, würde sie auch zurückgelangen. Sie reiste ja nur von Südostmecklenburg nach Nordwestmecklenburg und musste nicht an somalischen Küsten vorbei. Was sollte ihr schon passieren?

Das war, Ostmecklenburg hin, Westmecklenburg her, eine leichtfertige Frage. Hatte ich zwar von Torfbränden und Radrissen anderswo gehört, wusste aber nicht, dass auch am Postweg zwischen meinem P. und Hinnerks B. brennbare Torfmoore lagen? Und dass die Bahn, die ihn und mich verband, auf ähnlichen Rädern rollte? Vergaß ich überm Bohrloch, mit dem BP mehr als ein Sommerloch füllte, die heimatnah explosiv Liquides bergenden Kessel und auch die unfernen Halbwertszeithöhlen und auch die gasführenden Röhren und auch die energiegeladenen Netze, an denen vorbei, über die hinweg, unter denen hindurch das schockgelbe Dokumentenkolli ans Ziel gelangen musste? Nahm ich den Regen von Pakistan und China für gegeben und meinte, Mecklenburgs Himmel halte immer dicht? Sah ich, zumwinkelnochmal, sicheres Geleit für meine Post durch die Post verbrieft und hielt abstürzende Hauptbahnhofsbalken für unwiederholbar? Wusste ich, die Erde war verbraucht, meinte jedoch, für Nordwestsüdostmecklenburg gelte das erst in hundert Jahren?

Nachdem mir auf den Residenzstraßen, die nach Elisen und Luisen hießen, über Apokalyptisches hinaus viel Kleinkalibriges eingefallen war, dem Jason Passwangs Unterlagen zum Opfer fallen könnten, und als ich bedacht hatte, womit ich angesichts des Buchprüfers Händelsucht rechnen musste, falls ich entgegen seiner Lehre die Auflieferung der von ihm handelnden Papiere nicht mit genauem Frachtpapier belegen könnte, fuhr ich aus dem nächsten Verkehrskreisel dort wieder hinaus, wo ich in ihn hineingefahren war, und betrat ein weiteres Mal das Depeschen-und-Pakete-Office.

Wie eben lief auch diesmal alles am Schnürchen. Wir Kunden traten in einer Reihe an, die sich ab der Intimzonenmarke zur Dreierlinie teilte, und rückten dank des Bedientrios zügig vor. Bis der Mann zwei Plätze vor mir an den linken Schalter gerufen wurde und dort einen Stapel Briefe unterschiedlichsten Formats auf den Tresen hob. Er musste ihn auf die Weise getragen haben, in der einst der Hund Banjo getragen worden war.

Das könne dauern, hörte ich meinen Hintermann sagen. Und hörte es gleich noch einmal, als die Frau vor mir, jeder Zoll eine Betreuerin, mehrere buntgewandete Jugendliche zu sich an den rechten Schalter rief, wo sie der Posthalterin unter Fingerzeigen auf die jungen Menschen etwas erklärte. Dem folgte postalische Auskunft, der Übersetzung folgte. Unschwer zu raten, was geschah. Die Jungen brauchten einen Service, mussten etwas ausfüllen, wurden unterwiesen, wie und wo. Weil sie unter anderen Postwertzeichen aufgewachsen waren, hatten sie viele Fragen. Jeder eine, die übersetzt und übersetzt beantwortet wurde.

Ja, das konnte dauern, nur machte es mir nichts, weil ich bald am Ziel sein würde. Meinem Hintermann machte es viel. Im Augenblick, in dem ich mich von ihm löste, weil ich an der Reihe war, hörte ich sein Stöhnen, das von starkem Schniefen begleitet wurde. Beide Laute galten dem Auflauf rechts und dem Haufen links, und mir galten sie nicht, aber mir war ihre besondere Tönung bekannt, die zugleich etwas von Banjo dem Hund und, falls das geht, von einem stummen Doktor hatte.

Ich konnte mich dem leidenden Mann nicht widmen, weil die Servicefrau hinterm Tresen auf meine leeren Hände sah und von mir Wünsche erwartete. Es gehe, sagte ich, um die Beförderung meines eben aufgelieferten Packens in eine Beförderungsklasse, zu der eine genauere Quittungsart als jene gehöre, die ich erhalten habe. Vielleicht so ein Konnossement wie im Seefrachtverkehr üblich. Kurz, ich bäte um einen Erkennungsschein, der mir im Fall der Fälle Ärger erspare.

Der Blick der Schalterfrau besagte, hier sei keine Reederei. Ich ließ ihn ungesehen und beschrieb die Sendung, die zugleich Hinnerks und meine war. Breit und hoch, doch nicht halb so dick wie früher die Schulranzen. Schockgelb und so wichtig wie gewichtig. – Ich verkürze, was folgte. Der nächste Blick, den ich bekam, sprach von Generationen zwischen unser beider Schulranzenzeiten; dann erfuhr ich, einmal aufgegebenes Gut sei aus dem Container kaum rückholbar. Das wusste ich nicht und wusste auch nicht, wie wenig sich der Umsatz meines

Postamts vom Umsatz des Postamts von New York City unterschied. Von Unwissen und nunmehrigem Wissen gebannt, verharrte ich aber.

Mit einem Seufzer, der zum Schniefen des Mannes jenseits der Datenschutzzone passte, begann eine Suche, die am Ende erfolgreich war. Zeit verging, doch verging sie mir schnell, weil ich sie zu Überlegungen nutzte: Sollte ich den Menschen, dem ich dank seines und auch meines Leids mehrmals begegnete, ansprechen und zuerst nach Banjo fragen oder gleich nach Literatur zur Gicht? Oder nach seinem Betragen in der Praxis, das ich besser nicht Gehabe nennte? Nahm er mir übel, was ihm peinlich war? Hasste er mich aus den bekannten Gründen? Hatte uns etwas verbunden, das uns nun trennte? Tat er damals im Zirkel schreibender Ärzte mit, doch hatte es nicht für den Poetenverband gereicht? Kannte er Freunde von mir und so meine Geschichte von ihm und seinem Hund? War er dem Zeichner H. begegnet? Oder Jason P., dessen Sprung im Tellerrand ich durch Hinnerk kannte? Oder Wilhelm T.? Sollte ich es melancholisch angehen und sagen, das Leben funke dem Leben immer dazwischen? Und, mit Blick auf die Warterei, auch ein Bruchteil der Ewigkeit dauere eine Ewigkeit? Konnte ich ihm polithistorisch kommen? Mit Brüderle & Westerle & Kasperle und knäbischem Knoppzeug? Mit Präsidenten, die gegangen oder denen wir gerade so entgangen waren? Wären Grundfragen angezeigt? War Merkel eine Frauenfrage? Und das Rentenalter eine der Zeit? Wo stand er kulturell? Und wie zu Manierismus und Sütterlin? Hegte er literarische Präferenzen? Immer noch Tschechow, oder hatte sich nach zwanzig Jahren Konsalik zu ihm durchgefressen?

Just als noch andere Namen in mir aufkamen, trug die Versandgehilfin den prallhochgelben Packen herbei, fragte, ob er das Gesuchte sei, ersuchte um Zuzahlung und ließ mich diesmal den Beleg selber ziehen. Auch klang das ü in ihrem Tschüss nur noch verhalten. Unmatt hingegen und sehr schniefend führte sich mein Nachfolger auf. Wäre ich nicht zur Seite gewichen, hätte er mich beim Sprung über den Intimbereichsstrich in die Theke gerammt.

Also ließ ich ihn und den Gichtbrief sein und fuhr nach P., um für Hinnerk diese Geschichte aufzuschreiben. Manierlich lud ich ihn zum nahen zwanzigsten der Dritter-Oktober-Feste ein. Welchen Grund ich sähe, das dröhnende Datum zu feiern? Immerhin, gesetzt, wir gingen von vierzig Jahren Verweildauer aus, wäre die Hälfte dann um.

Textnachweis

»Krönungstag«, »Mitten im kalten Winter«, »Gold« – Aus: H. K., »Ein bißchen Südsee«, Rütten & Loening, Berlin 1962.

»Lebenslauf, zweiter Absatz«, »Eine Übertretung« – Aus: H. K., »Eine Übertretung«, Rütten & Loening, Berlin 1975.

»Frau Persokeit hat grüßen lassen«, »Der dritte Nagel« – Aus: H. K., »Der dritte Nagel«, Rütten & Loening, Berlin 1981.

»Bronzezeit« - Aus: H. K., »Bronzezeit«, Rütten & Loening, Berlin 1986.

»Der Glasberg« – Entstanden 1959. Zuerst abgedruckt in: »Risse. Zeitschrift für Literatur in Mecklenburg und Vorpommern«, Heft 20, Frühjahr 2008.

»Der Mann von Frau Lot« – Zuerst abgedruckt in: »konkret« (Hamburg), Heft 12/2005.

»Patchwork« – Unveröffentlicht.